BRILLARÁS

▸ **Dirección editorial:** Marcela Luza

▸ **Corrección:** Cecilia Biagioli con Erika Wrede

▸ **Coordinación de diseño:** Marianela Acuña

▸ **Arte de tapa:** Carolina Marando

▸ **Diseño de interior**: Tomás Caramella sobre maqueta de Silvana López

▸ **Fotografías de tapa:** aerogondo2/Shutterstock.com
Yodchai Prominn/Shutterstock.com

un sello de
V&R Editoras

© 2018 Anabella Franco

© 2018 Vergara y Riba Editoras, S. A. de C. V.

www.vreditoras.com

MÉXICO:
Dakota 274, Colonia Nápoles, C. P. 03810,
Del. Benito Juárez, Ciudad de México
Tel./Fax: (5255) 5220–6620/6621 • 01800-543-4995
e-mail: editoras@vergarariba.com.mx

ARGENTINA:
San Martín 969 piso 10 (C1004AAS) Buenos Aires
Tel./Fax: (54-11) 5352-9444 y rotativas
e-mail: editorial@vreditoras.com

Primera edición
Primera reimpresión: abril de 2019

ISBN: 978-607-7547-93-8

Impreso en México en Litográfica Ingramex, S. A. de C. V.
Centeno No. 195, Col. Valle del Sur, C.P. 09819
Delegación Iztapalapa, Ciudad de México.

Anna K. Franco

BRILLARÁS

VR
YA⚡

"All we are is dust in the wind".

Todo lo que somos es polvo en el viento.

Kerry Livgren (Kansas)

1

Hilary

Hilary era… perfecta.

Mis mejores recuerdos de ella son de hace dos años, cuando yo tenía catorce, y ella, dieciséis.

Es imposible olvidar que se levantaba cada mañana con una sonrisa. Su largo pelo rubio se agitaba con sus movimientos cuando saludaba, efusiva, a mamá y a papá. Cualquiera de los dos le entregaba su recipiente de leche con cereales y ella se sentaba en una banqueta del desayunador, a veces frente a mí, a leer mensajes en el móvil. Mostraba sus bellos dientes en una sonrisa mientras respondía. Rara vez me saludaba; todos sabían que ni bien me levantaba, tenía un humor de perros.

A decir verdad, por ese entonces, todo lo que se refería a mi familia me ponía de mal humor. A veces me parecía que mis padres intentaban ponerse a mi altura sin entender nada de nada.

El día que mamá me sentó en la sala y me preguntó si ya había tenido sexo, fue como si me obligaran a comer una abundante pila de basura. Por supuesto, me negué a responder. Como siempre, ella trajo a cuento a Hilary.

Respondió que mi hermana no había tenido problema en decirle la verdad; le había hecho la misma pregunta cuando tenía mi edad. No me importaba lo que había hecho Hilary: ella era perfecta, en cambio yo no podía decirle a mamá que ningún chico me querría jamás porque en la escuela me llamaban "gorda". Mamá nunca entendería. De hecho, estaba segura de que respondería: "Por favor, no creas eso, Val; tú no estás gorda". Pero yo no soy el tema aquí. Es ella: Hilary, mi hermana mayor.

Hilary tenía el cabello rubio, largo hasta la cintura, unos preciosos ojos celestes y la belleza que a mí me faltaba. Mi pelo era de color castaño rojizo, y mis ojos, verdes, pero en la escuela tenían razón: estaba gorda. Bueno, quizás solo un poco. Digamos que no tenía el cuerpo esbelto de mi hermana mayor, y que mis senos eran demasiado grandes en comparación con los de ella, aunque yo era menor. Eso me avergonzaba, y me encorvaba a veces, intentando ocultarlos. Solo una gorda podía tener tanto busto, así que sí: los chicos de la escuela tenían razón.

Hilary se destacaba como porrista y tenía un historial académico excelente. Yo, en cambio, era un desastre. No había nada que me gustara realmente. Me iba mal en Matemáticas, y Literatura me aburría. Llegué a dormirme en clase de Ciencias e hice explotar un tubo de ensayo en Química. ¿Gimnasia? ¡Dios! Cada vez que tenía que padecer ese tormento volvía a casa con varios pelotazos marcados en mi cuerpo. Un día, incluso, me golpearon con un bate de béisbol y por poco me pusieron un yeso. Fue mi culpa, por supuesto, por cruzarme donde no correspondía.

Sí, además de gorda, era torpe. Y toda la escuela lo sabía. Pero también era la hermana de Hilary: la chica popular, exitosa y divertida. Y eso me mantenía a salvo de las burlas. Me criticaban, claro, y yo sabía con exactitud qué hablaban a mis espaldas. Pero al menos nunca me habían metido la cabeza en un excusado, ni esas cosas horribles que sí les hacían a otros.

Saltaba a la vista que Hilary y yo éramos muy diferentes. Hasta nos gustaban estilos de música incompatibles. A ella le encantaba el rock. Podía pasar horas con esos compilados de gente que entonaba frases ininteligibles y baterías que salpicaban el sonido de las guitarras eléctricas. Yo, en cambio, me dejaba llevar por la música de moda.

Los compañeros del colegio que venían a casa para hacer algún trabajo conmigo adoraban a Hilary. ¿Quién no? Si teníamos que subir al primer piso, espiaban por la puerta entornada de su habitación para ver qué había adentro. Los trofeos que Hilary había ganado con los deportes se exhibían en la sala, y a mamá le encantaba contarles a sus amigos historias de mi hermana. También a mis compañeros, y ellos la escuchaban, encantados.

Sé que dije que hablaría de Hilary, pero es imposible no hablar de mí. Mentiría si dijera que jamás sentí celos de mi hermana. Lo cierto es que a veces hasta me parecía que era la hija preferida de mamá, y eso me llevaba a ser hostil. Mi mal humor de la mañana era una excusa para demostrarles que no los necesitaba y que podían hacer con su amor lo que quisieran. Lo cierto es que, por otro lado, las diferencias que Hilary y yo teníamos nunca terminaron de alejarme de ella.

A veces reíamos juntas y mirábamos alguna película cuando papá y mamá salían. No le gustaba que yo tocara sus cosas, sin embargo, cuando yo tenía que salir y me quejaba porque nada me quedaba bien, ella siempre aparecía en mi habitación con algo para prestarme. Su ropa me hacía sentir más linda, quizás porque tenía mejor gusto que yo. En mi guardarropa predominaban el negro y el color café; eso de "gorda" me llevaba a intentar ocultarme detrás de colores oscuros. Las prendas de Hilary eran siempre coloridas, como ella, y así transformaba a las personas que estaban a su alrededor. Aunque teníamos cuerpos distintos, su ropa me entraba porque ella era más alta que yo.

Jamás olvidaré el sonido de mi teléfono cuando Hilary me llamaba. Le había asignado como ringtone una canción de los 70 que mis padres solían poner en el auto cuando éramos niñas: *Dust in the Wind*, de Kansas. Les hacía creer a todos que había elegido semejante reliquia por el significado del título: 'polvo en el viento', en el sentido de que habría sido mejor que su llamado se evaporara. La gente solía reír cuando les contaba esa tontería.

Todos amaban a Hilary, ya lo dije. O al menos así fue hasta que enfermó.

Entonces, los aplausos en el gimnasio se apagaron, las buenas calificaciones terminaron, y las visitas fueron disminuyendo. En un comienzo, sus amigas venían de a decenas. Cuando la quimioterapia la despojó de su bello pelo rubio y le dejó a cambio ojeras moradas, solo seguía viniendo un puñado. La única que pasaba una vez por semana era su mejor amiga, Mel; ella le traía tareas de la escuela para que se entretuviera y le leía libros que les daba su profesor de Literatura. Incluso mis únicas amigas, Liz y Glenn, dejaron de venir. Supuse que Liz estaba atareada con el colegio, ya que vivía para la escuela, y que el padre de Glenn se había vuelto más estricto de lo que era y ahora también le impedía ir a casa de sus amigas. Terminaron confesándome que, como habían notado la gravedad de la enfermedad, no querían molestar.

Cuando Hilary enfermó, mamá dejó de trabajar. Estaba agotada y solo vivía para mi hermana. Papá conservaba su trabajo –de algo teníamos que vivir, ¡y vaya que el cáncer acaba con las finanzas de cualquiera!–, así que, si antes sentía que había poco para mí, ahora había menos. Como si fuera poco, cuando las cosas se agravaron, en lugar de pasar más tiempo en casa, papá empezó a pasar más tiempo en la oficina. Él decía que necesitábamos dinero. Mamá le discutía que necesitábamos su ayuda. Y así proseguían los problemas.

Debo ser sincera: por esa época, todavía no tomaba conciencia real de lo que estaba sucediendo. Dentro de mí, no terminaba de entender la gravedad de la situación y creía que, con el esfuerzo de mamá y papá, Hilary se pondría mejor. Mamá lo creía también, por eso la llevaba a consultas y a tratamientos médicos todas las semanas. Papá, no sé.

Mientras tanto, yo seguía con mi rutina habitual: iba a la escuela, lo pasaba bien con mis amigas, espiaba al chico que me gustaba en su salón.

El sábado que todo cambió, me hallaba en el cumpleaños de un compañero. Liz también estaba allí. Glenn no había ido; como era de noche, seguro que su padre no se lo había permitido. La verdad, no nos dábamos mucho con nadie; el chico solo nos había invitado porque era nuevo y estaba peor que nosotras en cuanto a hacer amigos. Debido a su personalidad, Liz les caía mal a unos cuantos. Era una alumna destacada, pero a veces tenía actitudes egoístas. A Glenn también la criticaban, en su caso, porque la consideraban ingenua. Se la pasaba en la iglesia, y para todos, era bastante aburrida. De algún modo, éramos tres inadaptadas.

La música sonaba muy fuerte. Liz estaba sentada en un sofá, a mi lado, editando una foto que acababa de tomar. Alzó la mirada cuando un chico empezó a volcar cerveza dentro de un jarrón para beber de allí con sus amigos.

—Este novato no sabe en qué lío se metió al invitar a toda esta gente —bromeó, gozando un poco de la situación—. Esta fiesta no da para más. Me voy —determinó y se levantó—. ¿Vienes?

Tomé su mano y ella se inclinó para oír lo que iba a decirle:

—Hay un chico que ha estado mirándome. No lo conozco, debe ser amigo del novato.

—¡Lo hubieras dicho antes! —exclamó, riendo—. Me habría alejado para que pudieran estar solos.

—También hay varios mirándote. Lo raro es que ese se haya fijado en mí.

—No es raro, ¡tonta! —me golpeó en el brazo—. Eres preciosa, y eso es lo único que les importa. Quédate un rato más. Más te vale escribirme luego y contarme cómo ha ido todo con tu admirador. Ojalá valga la pena, aunque lo dudo —me guiñó el ojo y se alejó.

A pesar de que éramos muy amigas, Liz hablaba poco de su vida. Yo solo sabía que sus padres se habían divorciado hacía años, que su padre se había mudado a otro estado y que ella vivía con su madre. Nunca hablaba de su familia ni de problemas personales si se referían a su hogar, y casi nunca nos invitaba a su casa. Aunque era muy hermosa y le atraía a muchos chicos, Liz no estaba interesada en ellos. Solía decir que ninguno valía la pena, que eran todos iguales y que solo les importaba nuestro cuerpo. No creía en el amor, aunque no tenía mucha experiencia. Yo suponía que el divorcio de sus padres la había afectado, aunque jamás me lo diría.

Recogí un vaso y tomé un poco de cerveza. Quería olvidar que el chico que me miraba podía perder interés en mí en cuanto a alguno se le ocurriera llamarme "gorda". Aunque tenía dieciséis años, no contaba con la lucidez suficiente para entender que un idiota que se deja llevar por los demás no merece a una chica como yo. En ese momento, ese chico me gustaba y estaba contenta de gustarle también.

El chico que cumplía años se acercó y puso una mano sobre mi hombro.

—Val, hay dos personas afuera. Dicen que son tus tíos y que vinieron por ti.

—¿Mis tíos? —pregunté, frunciendo el ceño.

Tomé mi teléfono, que había quedado sobre la mesa, rodeado de vasos plásticos, platos y snacks, y revisé los mensajes. Había dos llamadas perdidas de papá y un mensaje de mamá: "Te quiero en casa ya".

Fue lo más molesto de la noche, aún más que cuando Brian dejó caer su bebida sobre mi blusa y Tim abrió la puerta del baño mientras yo estaba en ropa interior, intentando quitar la mancha.

—Gracias —le dije, y salí de la casa recogiendo mi abrigo de un perchero que estaba junto a la puerta.

Subí al auto, enojada. No podía creer que mamá hubiera enviado a su hermana y al esposo por mí, solo porque no me quería en una estúpida fiesta y ella tenía que quedarse con mi hermana.

—¿Por qué los envió a buscarme? —me quejé. Aunque me quedara en casa, mis padres ni siquiera se enteraban de que estaba allí, ¿para qué me querían ahí?

Mi tía giró, y yo me quedé petrificada. Ella estaba bañada en lágrimas. Se pasó el pañuelo por la nariz, sus ojos volvieron a humedecerse y sollozó:

—Lo siento, Val. Tu hermana murió.

2

Lágrimas

Cuando alguien muere, la gente parece amarlo más que nunca. Todo lo malo que hizo, los errores que cometió, las injusticias que perpetró, todo eso se olvida. Después de que morimos, todos somos buenas personas, y los vivos fingen estar compungidos. Apenas unos pocos sienten de verdad tu falta. El resto solo aparece como si de pronto necesitáramos su presencia mientras que, antes, ellos se habían evaporado.

Mi hermana era en verdad buena. Aun así, muy pocos aparecieron cuando se estaba muriendo. No los necesitábamos ahora. Los habíamos necesitado cuando Hilary gritaba de dolor por las noches. Cuando vomitaba por la quimioterapia, cuando mi casa se iba vaciando de visitas, como si temieran que la muerte se los llevara por error de paso que venía a buscar a mi hermana. Ahora que Hilary se había ido y, paradójicamente, la gente había "resucitado", yo deseaba que todos se marcharan.

Estaba sentada en el sofá de mi casa, rodeada de personas vestidas de negro que se servían canapés como si fuera una fiesta. Al contrario del noventa por ciento de mis días, no había querido vestir colores oscuros. Había combinado algunas de las últimas prendas que me había prestado Hilary: una blusa roja, un pantalón verde y unas botas deportivas.

—¡Val!

La voz de Liz me alejó del ensimismamiento. Se sentó junto a mí con la corrección que la caracterizaba y miró al hombre que tenía al lado. Ni siquiera yo lo conocía, creo que era un colega de papá en el trabajo. Liz le pidió disculpas por haberlo movido al ocupar el asiento. El señor hizo un gesto cortés con la cabeza.

Mi amiga era tan perfecta como Hilary: tenía buenas calificaciones, era inteligente y hermosa. En ese momento, me recordaba a ella.

—¿Cómo estás? —preguntó, apoyando una mano en mi muñeca.

—Bien —respondí en voz baja. No acostumbraba ser el centro de atención de nadie, y desde que el funeral había comenzado, no había persona que no se acercara a darme las condolencias.

Una compañera de mi hermana nos interrumpió para saludarme.

—Hola, Val. Cuánto lo lamento. Hilary era tan buena…

Guardé silencio. ¿Por qué no había aparecido cuando mi hermana estaba enferma y necesitaba de sus amigas? ¿Por qué la gente pensaba que era obligación hablar bien de los muertos? Era irónico que, mientras la persona estuviera viva, hicieran lo contrario. Porque Hilary era popular y querida, pero estoy segura de que, alguna vez, también habría sido presa de las habladurías.

De pronto escuché que mamá volvía a estallar en llanto. Había pasado lo mismo varias veces desde que el funeral había empezado. No pude evitar buscarla con la mirada y la encontré de pie, abrazada a una amiga.

¡Mierda! No quería estar ahí.

Los funerales son una cosa estúpida. No entiendo para qué querrías llorar con alguien que no estuvo para sostener tu mano cuando tú sostenías la de tu hija enferma. Pero así funciona el mundo adulto: pura hipocresía. Bueno, a decir verdad, no había mucha diferencia con el colegio.

Liz pasó mucho tiempo conmigo y luego se retiró diciendo que su madre la llevaría de compras. La noche anterior me había contado que ya la había llevado al centro comercial hacía una semana. Aunque no parecía muy contenta con el shopping, supuse que ella, como yo, odiaba los funerales, pero no se atrevía a confesármelo. Hacía bien en irse; si yo hubiera podido, habría hecho lo mismo.

La gente seguía yéndose al ritmo que otra llegaba, y yo no lo soportaba más. Si escuchaba una sola condolencia más, gritaría. Miré por la ventana y vi acercarse una figura conocida. Aunque era una mujer de unos sesenta años, conservaba una apariencia juvenil. Tenía el pelo rubio y vestía una falda de colores combinada con una blusa hindú blanca. ¡Vaya! Había alguien más que se pasaba los funerales por el trasero.

Para mi sorpresa, mi padre apareció por el camino de entrada e impidió que la mujer llegara hasta la casa. Resultaba imposible escuchar qué le decía, pero me di cuenta de que la estaba echando. Ella intentó acariciarle la cara. Él le apartó la mano y señaló la calle. La mujer finalmente se volvió sobre sus pasos mientras se secaba las mejillas con una mano.

La única persona a la que mi padre podría haber echado de esa manera era a mi abuela, su madre. Así que ahí estaba: después de diez años de ausencia, Rose Clark había aparecido en el funeral de su nieta mayor. La seguía llamando "Clark" porque ni siquiera recordaba su apellido de soltera. ¿Cómo lo recordaría, si cuando desapareció de nuestras vidas yo tenía seis años, y mi padre nos prohibió hablar de ella? Bueno, no es que nos había sentado un día y nos había dicho: "En esta casa no se habla de la abuela", pero resultaba evidente que el tema lo fastidiaba y que, sencillamente, no se hablaba de ella.

La escena terminó justo cuando una vecina se sentó a mi lado y me sonrió, compungida. Tenía un pañuelo húmedo en la mano, había estado llorando.

—Te ves bastante fuerte —comentó—. Eso no es bueno. No hay que guardarse el dolor adentro.

Tenía ganas de responderle: "¿Y a usted qué le importa?"; la gente daba consejos que nadie le pedía. Sin embargo, la verdad era que, desde que me había enterado de que Hilary había muerto, no había derramado una sola lágrima. Se me nublaron un poco los ojos cuando llegué y papá y mamá me abrazaron. Pero llorar, lo que se dice llorar, no lo había hecho.

No sabía qué contestar, así que me encogí de hombros.

Dos hombres que estaban sentados cerca de nosotras rieron. Uno de ellos se cubrió la boca y los dos se miraron como si acabaran de cometer una imprudencia.

Las condolencias me tenían cansada y no quería seguirle la conversación a nadie, así que saqué el móvil. Deseché los mensajes de algunas personas que seguían enviándome saludos —no era tan popular ni en mi cumpleaños—, y busqué un juego.

Creo que la música de circo se oyó hasta la acera de enfrente. Me había olvidado de que el sonido estaba activado.

Cuando levanté la cabeza, varias personas me miraban. Jamás había descubierto tanto en los ojos de la gente: pena, indignación, curiosidad. Cada sujeto experimentaba un sentimiento diferente, y eso despertó un lado rebelde que no creí que tenía. En lugar de pedir disculpas y guardar el móvil, bajé la cabeza como si nada hubiera pasado y seguí jugando.

Papá se acercó poco después.

—¿Qué haces? —me regañó, cubriendo la pantalla con una mano.

Lo miré al instante. Ya no tenía dudas de que se había enfrentado a su madre; solo eso podía haberlo dejado de tan mal humor. Había enojo en él, más allá del dolor propio de la situación horrible que estábamos atravesando, y apostaba a que no se debía solo a mi actitud.

—No quiero estar aquí —me atreví a manifestar.

—¿Por qué no estarías? Es el funeral de tu hermana.

—¿Puedo ir a mi habitación? —pregunté con la voz entrecortada. No iba a llorar, el ardor en los ojos solo era resentimiento.

—Vete —respondió mi padre, señalando las escaleras del mismo modo en que había indicado la calle a su madre hacía un momento.

Me puse de pie y me alejé del tumulto.

Por un lado me sentí aliviada. Por el otro, parecía que una mano me oprimía la garganta.

Camino a mi dormitorio, pasé por el de Hilary. Me quedé de pie frente a la puerta, mirando la nada. Por un instante, deseé abrir y que ella estuviera en la cama, aunque sea sobreviviendo gracias a los aparatos médicos. Enseguida recordé que eso no era vida y la imaginé sentada frente a su armario, pintándose las uñas, y deshice la primera fantasía.

Abrí despacio, temiendo hallar su espectro. El dormitorio estaba a oscuras; las cortinas seguían cerradas. Encendí la luz y me atreví a dar un paso. Adentro hacía frío y había poco espacio. Todavía no habían retirado la camilla y los aparatos que habían mantenido a mi hermana con vida en el último tiempo, así que todo estaba abarrotado. Su preciosa habitación decorada en la gama del rosa parecía un hospital y a la vez un depósito.

Me metí sin cerrar la puerta y contemplé su guardarropa. Abrí una puerta y me quedé observando las fotos que Hilary había pegado. En ellas sonreía con sus amigas, con papá y mamá cuando era niña… ¡conmigo! Nunca me había dejado mirar sus fotos, así que supuse que no tenía una de las dos juntas. Pero allí estaba: ella, de seis años, que sostenía mi mano, y yo, de cuatro. Se me hizo un nudo en la garganta.

Cerré la puerta y me volví, suspirando, hacia las paredes empapeladas. Observé los cortinados rosa viejo, el tocador blanco. Fui hacia allí y pasé un dedo por la cajita de alhajas de mi hermana, por sus perfumes, por sus maquillajes. Cuando me pareció que la bola de llanto se hacía más dura en mi garganta, me senté en la cama. Extraje el móvil del bolsillo y, como toda una masoquista, busqué la canción de nuestra infancia.

Y así, escuchando *Dust in the Wind*, me eché a llorar como si la que debiera enfrentar la muerte hubiera sido yo y no mi hermana.

Escuchando *Dust in the Wind* comprendí que Hilary se había ido para siempre. Entendí que no regresaría, que jamás volvería a llamarme. Supe por primera vez que la vida a veces era dura e injusta, y que estaba enojada. Muy enojada. No con la gente, ni con mis padres, ni siquiera con la vida misma, sino con la muerte. La muerte que todo se lo lleva y todo lo arruina.

Las lágrimas son arte. Indican tanto tristeza como felicidad, y caen de una manera sublime. Salen de los ojos, es decir, de adentro, y se deslizan por la cara hasta derramarse en cualquier parte. Un pañuelo, los dedos, la piel de otra persona. Las lágrimas aprisionan y liberan, pero por sobre todas las cosas, son lo más auténtico de nosotros mismos.

Lloré tanto que no me quedaron fuerzas para nada.

Tan solo alcé la cabeza y deseé haber saludado a Hilary todas las mañanas. Deseé haber sentido orgullo de sus logros en lugar de envidia, deseé haber sido una mejor hermana. Quizás, alguna vez, en el tiempo de esa foto que ella había colgado en su guardarropa, lo había sido.

Mi mirada volvió a pasar por el tocador y terminó en el enorme espejo de pie en el que Hilary se miraba cada vez que iba a salir. Ahora yo me reflejaba en él, con los ojos enrojecidos por el llanto y la ridícula ropa con la que intentaba demostrar al mundo mi opinión acerca de los funerales. Los muertos se llevan adentro, no sirven como máscaras sociales.

Permanecí sobre la cama otro rato, y cuando sentí que el frío iba a devorarme, me puse de pie para irme.

Entonces lo vi. Un borde de papel sobresalía de atrás del espejo, en la parte más alta. Supuse que estaba allí por alguna razón estúpida, como separar la lámina espejada de la madera de la estructura, pero enseguida me di cuenta de que eso no tenía sentido.

Me acerqué y observé mejor. Quizás era mi imaginación, pero me pareció que había algo escrito.

La curiosidad fue más fuerte que mi cautela y di un salto, intentando alcanzarlo. Por supuesto, fracasé: estaba demasiado alto. Me acerqué más al espejo y volví a saltar, con la intención de apretar el papel con los dedos.

Mi caída fue espectacular. Pisé mal, me fui hacia delante y empujé el espejo con el peso de mi cuerpo. Me eché hacia atrás enseguida, intentando restablecerme, y me olvidé por completo de mantener quieto el espejo. Cuando quise darme cuenta, fue demasiado tarde y se vino hacia delante después de haberse tambaleado. Apenas hice a tiempo a dar un salto antes de que se estrellara contra la camilla que estaba junto a la cama.

Los trozos de vidrio saltaron por todas partes, fue un milagro que ninguno me cortara. Algunos terminaron sobre mis botas; el papel cayó a mi lado. Ya que había hecho tanto estruendo, lo recogí y lo abrí. Mis manos temblaron en cuanto leí: "Diez cosas que quiero hacer antes de morir".

Iba a seguir, pero la llegada de mis padres interrumpió la lectura. Doblé rápido el papel y lo metí en el bolsillo. Si era de Hilary, supuse que lo correcto habría sido dárselo a mi madre. Sin embargo, en ese momento mis reflejos me llevaron a ocultarlo, como si hubiera hallado algo prohibido.

Mamá se sujetaba del marco de la puerta; había llegado dando trompicones. Papá me miraba, confundido, desde el pasillo.

Ella se movió primero.

Se acercó, me apretó los brazos contra el cuerpo y me sacudió con fuerza.

—¡¿Qué haces?! —me gritó—. ¿Por qué estás aquí? ¿Por qué entraste? ¡Mira lo que has hecho!

Se volvió para mirar el desastre, se acuclilló junto al espejo y acarició un borde de la estructura de madera. Giró la cabeza y me miró de un modo desconocido, como nunca antes me había mirado.

—Aléjate de aquí. ¡Esta habitación debe permanecer intacta!

Tragué con fuerza. Tenía los ojos muy abiertos y la respiración agitada. ¿Por qué me prohibía el acceso a la habitación de mi hermana? Al parecer, mamá la seguía prefiriendo aun cuando ella ya no estaba. Eran más importantes un espejo y un dormitorio que yo.

Me volví y salí sin responder. Papá me detuvo en el pasillo.

—¿Estás bien? —me preguntó—. ¿Te lastimaste?

A alguien le importaba mi persona, después de todo.

Negué con la cabeza, dominada de nuevo por el nudo en la garganta, y hui a mi habitación.

3

La lista

El refugio que solía ser mi habitación de pronto me parecía una cueva siniestra. No solo me sentía devorada por el dolor, sino, además, molesta. No entendía la actitud de mamá: para mí, usar las cosas de mi hermana era una forma de honrarla. Para ella, siquiera tocarlas era un pecado. Intenté convencerme de que se trataba de algo pasajero y de que, con el correr de los días, ella entraría en razón. Tenía que ser así.

Me senté en la orilla de la cama. Metí la mano en el bolsillo del pantalón y saqué la lista. Ahora que podía observarla mejor, se trataba de un papel blanco escrito con lapicera negra. La letra de Hilary era inconfundible: meticulosa y redondeada, casi como un dibujo.

"Diez cosas que quiero hacer antes de morir".

¿Podía alguien resumir su vida en apenas diez deseos? ¿Cuántos habría llegado a cumplir? ¿Cuándo habría escrito esa lista?

Bajé la mirada y fui directo a la firma. Decía "Hillie", como solíamos llamarla, y debajo había una fecha. Ya tenía la respuesta a una de mis preguntas: había elaborado esa lista cuando el cáncer había hecho metástasis, es decir, cuando la enfermedad se había agravado. Después de la metástasis, la vida de Hilary no había superado los cuatro meses, y había dependido casi todo el tiempo de las máquinas. No sabía aún qué había escrito en la lista, pero estaba casi segura de que, si había logrado cumplir algo, no había sido mucho.

Respiré hondo y emprendí la lectura.

1. Decir lo que pienso más seguido.

2. Acercarme a la abuela sin importar lo que diga papá.

3. Ir a un recital de rock.

4. Nadar en la playa al amanecer.

5. Hacerme un piercing.

6. Tener sexo.

7. Comer la pizza más grande del mundo.

8. Ir a ver un partido de la NBA.

9. Besar a alguien en Times Square justo en el Año Nuevo.

10. Hacer algo que valga realmente la pena por alguien.

¡¿De modo que Hilary tampoco había tenido sexo?!

Ni bien pensé en eso estuve a punto de mirar el cielo. No era una persona religiosa ni mucho menos, pero me sentí en falta. Se me ocurría semejante tontería cuando estaba asistiendo a lo más triste de la existencia de una persona: la comprensión de que la vida nunca es lo suficientemente larga para hacer todo lo que queremos.

Apoyé el papel sobre la almohada y me quedé mirando la pared. No vivíamos en un pueblo en medio de la nada; estábamos en Nueva York, y mi hermana nunca había ido a un partido de la NBA. ¡Es que jamás hubiéramos apostado a que quería ir a uno! O, al menos, yo no.

Nunca le había gustado el básquet, y a mi familia tampoco. Ella era porrista del equipo de fútbol americano. Quizás no era el deporte lo que le interesaba, sino hacer algo distinto. El recital de rock era obvio, pero lo de nadar en una playa al amanecer también me había sorprendido. Sentí que ese deseo representaba ser libre. Libre de los aparatos médicos, de la enfermedad, de la muerte.

Tenía que darle la lista a mamá, seguro la ayudaría a conocer mejor a su hija ahora que se había ido, si es que le pasaba lo mismo que a mí. Sin embargo, en ese momento, yo estaba enojada y preferí quedármela. Me puse de pie y, para que no la descubrieran, la oculté en la última gaveta de mi cómoda, debajo de unos suéteres que ya no usaba.

Volví a la cama y abracé la almohada hasta que me quedé dormida.

Desperté con unos golpes a la puerta. Papá abrió y me avisó sin espiar que la gente se había ido y que debía bajar a comer algo. Le agradecí y me levanté enseguida.

Solo él estaba en la cocina, ordenando el desastre que habían dejado las visitas.

—Procura guardar silencio, tu madre ingirió unas píldoras que le recetó su médico y se quedó dormida —me informó.

Me senté delante de la mesa, acerqué un plato con algunos canapés y me los quedé mirando. Después de que terminó de meter vasos en el lavavajillas, papá se volvió, se apoyó en la mesada y se cruzó de brazos.

—Val —lo miré—, me gustaría saber si estás bien.

—Estoy bien —aseguré.

—Tu actitud de hoy fue muy extraña. Es imposible que la partida de Hillie no te duela. Sabemos que estás sufriendo tanto como nosotros y creemos que deberías exteriorizarlo.

—¿"Creemos", o solo tú lo crees?

—Mamá también. Pero le está costando asimilar lo que nos pasa y no puede hablar de ello aún —"ello" era la muerte—. Sabes que ella vivió la enfermedad de Hillie más de cerca; le costará reponerse y tenemos que ayudarla.

—¿La conversación es sobre mamá o sobre mí? —pregunté. No porque no me importara mi madre, sino porque no quería sentirme mal por haber entrado en el dormitorio de Hilary y haber hecho un desastre. Lo dicho: podía ser muy torpe, y por cómo se había puesto mamá, eso no la había ayudado en absoluto.

—La conversación es sobre ti, amor, lo siento —respondió papá—. Queremos que estés bien. Bueno, al menos, lo mejor posible. Te ofrecimos ir a un psicólogo cuando la enfermedad comenzó, ¿recuerdas? No insistimos porque el dinero escaseaba y consideramos que le venía mejor a tu hermana.

—Lo sé. No me hacía falta ir a terapia, no te preocupes.

—Pero podemos pagarlo ahora.

—No hace falta, papá, gracias.

—No tomes la decisión de forma apresurada, solo es una propuesta. Responde cuando te sientas preparada.

Asentí con la cabeza y me metí un canapé en la boca, solo para no responder más y para que creyera que de verdad estaba bien.

—Esa ropa... —continuó él.

—Era de Hillie, sí —dije antes de que siguiera hablando.

—Creo que sería mejor que no usaras ropa de Hillie delante de mamá. Al menos por el momento.

—¿Mamá irá al psicólogo?

—No lo sé, no hemos hablado de ello todavía.

Volvimos a guardar silencio.

—Papá.

—¿Sí, cariño?

—Será extraño dormir sin despertar en medio de la noche por los gritos de dolor de Hillie.

No sé de dónde salió eso, por qué lo dije justo en ese momento para terminar de romper el corazón de mi padre.

—Hillie ya no sufre más —dijo él con entereza, aunque se le quebrara la voz—. Vamos, come; tienes que mantenerte fuerte. ¿Qué harás mañana? Tengo el día libre en el trabajo, ¿quieres ir a la escuela?

No lo había pensado.

—Sí, quiero ir a la escuela —dije.

—¿Estás segura?

—Estoy segura. Gracias.

Asintió y se volvió para seguir vaciando platos en el cesto de basura y colocarlos en el lavavajillas. Yo lo miré un momento: su ancha espalda, sus hombros erguidos, sus piernas largas. Papá. Casi lo estaba viendo con los mismos ojos de cuando era niña; esperaba que ahora que Hillie se había ido, al menos dejara de sacrificar su vida en el trabajo.

Después de comer dos canapés, lo ayudé a tirar los restos a la basura y a guardar los utensilios que ya estaban lavados. Un rato después nos despedimos con un abrazo y cada uno se fue a su habitación.

Casi no dormí. Pensaba en Hilary, me preguntaba dónde se encontraría, si me estaría espiando. Sentí miedo, pena, tristeza y dolor, todo al mismo tiempo. Lloré un rato, recordé nuestros mejores momentos, y al final terminé riendo cuando me acordé de que una vez, a los cinco años, ella había permitido que le cortara el pelo y yo le había hecho un desastre.

Sí, Hilary había sido una buena hermana, y eso me acompañaría para siempre.

Cuando bajé las escaleras por la mañana, encontré que nadie se había levantado. Me preparé un tazón con cereales, comí algo de pan tostado y fui al colegio.

Glenn fue la primera en correr hacia mí cuando me vio abriendo mi casillero.

—¡Val! ¿Cómo estás? Creí que no vendrías —dijo.

—¿Qué sentido tendría quedarme en casa? —respondí.

—¡Cuánto lo siento! Lamento no haber ido ayer. Estaba en la iglesia, mi padre no me dejó faltar al servicio para ir a tu casa.

Glenn era de tez morena y vivía en Harlem, un barrio típico de afroamericanos. Cantaba como nadie y no se perdía un solo día de ensayo —y mucho menos de celebración— con el coro de su iglesia.

Se me escapó una sonrisa: el padre de Glenn era pastor y todos en su casa eran muy religiosos. Sin embargo, no había permitido que su hija faltara un domingo a la iglesia para acompañar a una amiga que acababa de perder a su hermana.

Como ella parecía en verdad compungida, procuré comportarme como la persona que ya no me sentía y le dije que no había problema, que había recibido su mensaje en el móvil y que estaba agradecida de que orara por mi familia. ¡Lo estaba! Pero… necesitaba algo más. Algo que ni mi familia, ni mis amigas, ni ninguna de las personas que conocía podía darme. Lo peor era que no sabía qué me faltaba. Hilary, por supuesto. Pero había algo más.

Era como si su partida me hubiera hecho dar cuenta de que, en realidad, siempre había estado un poco vacía.

Intenté sobrevivir ese día entre las condolencias de los profesores y las clásicas tonterías de mis compañeros. A pesar de que una persona moría, el mundo seguía girando, nada se detenía. Nada cambiaba, excepto los afectados por esa partida, que en mi caso se reducían solo a mamá, papá y a mí. Tres contra el resto.

Ir a la escuela, de todos modos, me ayudó. Por momentos se me cruzaban pensamientos; por ejemplo, el hecho de que Hilary no había podido ir a la universidad. Aun así, me entretuve con un experimento en clase de Ciencias, leí en voz alta un poema en Literatura y hasta me atreví a defender a mi amiga.

—Hoy la gente no ama —dijo Liz. Estábamos tratando el tema del amor—. Los chicos solo buscan una chica bonita que puedan lucir frente a sus amigos y pasar el rato con ella.

—Envidiosa —murmuró uno, fingiendo que tosía. Los demás rieron. Liz era una de las chicas más hermosas de la escuela; ese tonto no sabía lo que decía.

—Chicos —los regañó la profesora, muy poco enérgica para mi gusto, y luego volvió a mirar a mi amiga—. Eso que expones es una problemática muy cierta, Elizabeth. Trabajaremos más adelante el tema de la mujer como objeto sexual —los profesores llamaban a Liz por su nombre completo, y ella lo odiaba. Se oyeron algunas risas más—. Pero no todos los chicos son de esa manera, estoy segura de ello. Fíjate: Lord Byron era un romántico.

—Pues entonces tendríamos que ir al siglo XVIII para encontrar un chico que valga la pena —acoté, mirando al idiota que había llamado *envidiosa* a mi amiga. Los demás hicieron un largo "Uh", sorprendidos por mi nueva actitud.

Cuando llegué a casa, mamá seguía en la cama y papá no estaba. Como ella dormía, bajé las escaleras e intenté comunicarme con él por el móvil. Me atendió recién al cuarto llamado.

—Lo siento, Val, surgió algo en el trabajo y tuve que venir a la oficina. Regresaré tarde a casa. Tienes comida en el refrigerador. Por favor, asegúrate de que mamá coma algo también.

—Sí, de acuerdo. Adiós.

Dediqué el resto de la tarde a hacer algunas tareas y preparé la cena. Nada muy elaborado, solo lo que mi pésimo talento culinario me permitió. Preparé dos platos, dos vasos, dos pares de cubiertos y subí a buscar a mamá.

—Mamá —la llamé mientras le tocaba el brazo. Me pareció que no se había levantado en todo el día—, vamos a cenar.

—No tengo hambre, Val, gracias —respondió con un hilo de voz. Las sábanas estaban cubiertas de pañuelos de papel, y ella todavía apretaba uno con la mano. El ambiente estaba muy caluroso, me dio la impresión de que ella sudaba.

—Por favor… Preparé todo, acompáñame a la mesa.

—Déjame en paz.

Me erguí de golpe; la frase me sacudió. Sentí bronca y bajé las escaleras corriendo. Cargué el plato de mamá con comida, serví agua en su vaso y puse todo en una bandeja. No iba a rechazarme de esa manera; yo iba a hacer que comiera, como me había pedido papá.

Subí con todo y lo apoyé sobre la mesa de noche. Volví a llamarla y hasta la sacudí.

—Te traje la cena. Papá me pidió que comieras. Por favor, no me hagas esto —supliqué.

Nunca respondió.

Fue la peor semana de mi vida. Mamá casi no se levantaba de la cama, papá se la pasaba en el trabajo… yo solo tenía la escuela.

El domingo, deseé huir a un mundo paralelo. Glenn estaba en la iglesia y Liz, estudiando para sostener sus amadas calificaciones en lo más alto. Mamá seguía en la cama, y papá, insistiendo para que se levantara. Entonces entendí que me hallaba sola, que la enfermedad no se terminaba con la muerte de Hillie y que mi familia quizás estaría enferma por siempre.

Me sentía triste e impotente. Tan molesta, que hasta llegué a enojarme con Hilary. Le pregunté en mi interior por qué se había enfermado, por qué se había ido, como si ella tuviera la culpa.

Así fue como volví a la lista. Me senté delante de la gaveta y busqué entre la ropa hasta encontrarla. Releí cada palabra que había escrito Hillie, cada deseo, y fue como si mi alma de pronto se llenara.

Esa semana había sido espantosa en casa, pero diferente en la escuela. Me había atrevido a participar en clase, algo que jamás hacía por miedo al rechazo, y había disfrutado de las asignaturas, quizás porque eran lo único con lo que podía entretenerme un poco. Por primera vez, el estudio había sido mi válvula de escape. ¿Y si había otros métodos? ¿Y si el modo de honrar a alguien no era hacer un funeral y mantener su dormitorio intacto? ¿Y si Hilary, desde el más allá, había tirado ese espejo para que yo tuviera su lista?

Bueno, eso último era en realidad bastante exagerado. Pero, como fuese, la lista había llegado a mis manos y debía servir para algo.

Hilary no había tenido tiempo de concretar sus sueños, pero yo podía extender sus días.

 Yo podía cumplir sus deseos.

4

La estafadora

Me puse manos a la obra y copié la lista de Hillie en otra hoja. No había modo de que tocara la de ella, quería guardarla de recuerdo. Además, no descartaba dársela a mamá algún día.

La releí varias veces y me pregunté si había algo de todo eso que no haría. Había algo que me perturbaba cada vez que lo leía, y era el deseo de tener sexo. Podía besar a un desconocido en Times Square justo en Año Nuevo, pero el sexo era algo que llegaba o no llegaba a la vida de una persona, y no andaría buscando acostarme con cualquiera solo para cumplir un sueño de mi hermana. Jamás tendría sexo solo porque me lo indicara una lista, así que taché el ítem número seis. Mi decisión era irreversible: el ítem seis no existía.

El otro punto difícil era el segundo. Ir a ver a la abuela cuando a duras penas me acordaba de ella y solo sabía que papá no la quería ver ni en el funeral de su hija, era, como mínimo, una locura. Si él se enteraba de que había desobedecido su mandato implícito, se desataría una guerra.

Me detuve enseguida. No podía empezar a tachar deseos a diestra y siniestra; habría sido como jugar con los sueños de mi hermana. ¿Qué es la vida, sino aventura? Si quería demostrarme a mí misma que era capaz de concretar los deseos de Hillie a pesar de que jamás se me hubieran ocurrido, me convenía empezar con algo difícil. Comer pizza lo hacía cualquiera. Ir a ver a la abuela era de valientes.

Lo primero que hice fue buscar "Rose Clark" en Internet. Por supuesto, aunque se la veía bastante jovial, no tenía redes sociales. Claro que quizás estaba usando su apellido de soltera, pero no tenía modo de averiguarlo sin alertar a papá. Enseguida se me ocurrió que una persona de sesenta años podía no tener Facebook, pero sí teléfono fijo, entonces busqué la página web del directorio telefónico.

Cuando encontré que existía una Rose Clark en el Barrio Chino, mi corazón dio un salto. La alegría me duró apenas un instante: si era china, sin duda no era mi abuela. Pero allí no solo vivían chinos, aunque fueran mayoría. Tendría que ir para quitarme la duda.

Como mamá se la pasaba encerrada en su habitación y papá, en el trabajo, ni siquiera tuve que dar explicaciones. Al día siguiente, cuando salí de la escuela, me resultó muy fácil tomar el metro hasta el barrio chino. No era una zona que frecuentara mucho, así que tuve que usar una aplicación del teléfono para encontrar la dirección.

Cuando llegué a la puerta, me quedé pasmada. Se trataba de un pequeño local con una ventana cubierta por cortinas rojas. Detrás del vidrio colgaba un cartel luminoso que decía "Mentalista". Reí sin tapujos, aun a riesgo de que los transeúntes me consideraran una loca. Nunca había creído el cuento de que algunas personas podían adivinar el futuro, y mi abuela sin duda no era una estafadora que vivía de los incautos que entraban a su tienda creyendo mentiras místicas. Una mujer que hacía eso no podía haber criado a un hombre intachable como mi padre. Aun así, ya que me había tomado la molestia de ir, entré.

Ni bien abrí la puerta, se oyeron unas campanitas. El olor a incienso me ahogó. Hice una mueca y entrecerré los ojos, como si así la penumbra escarlata del negocio me permitiera ver mejor. Había un pesado cortinado bordó y, detrás de él, una mesita redonda y una silla.

—Adelante —dijo una voz de ultratumba.

Aunque sentí un poco de miedo, seguí avanzando. Empecé a darme ánimos. *Vamos, Val, no puedes sentir miedo de una estafadora. Ella debería sentir miedo de ti. Si la denuncias...*

Esperaba encontrar a una china de unos cuarenta años en espera de clientes. Me quedé sin habla en cuanto descubrí que la voz no pertenecía a una asiática, sino a la señora que había visto en la entrada de mi casa. Sí: mi abuela era una estafadora y, como si fuera poco, ni siquiera me había reconocido. Alguna vez había creído que la enemistad entre papá y la abuela no era tan terrible y que él debía enviarle fotos de sus hijas. Al parecer, no era así.

—Adelante, querida —dijo, señalando la silla libre.

Llevaba el pelo rubio, largo y ondulado sobre los hombros, y una blusa blanca muy parecida a la que le había visto en casa. Sobre la pequeña mesa redonda había cartas de tarot y unas piedras, supuse que eran runas. El olor a incienso de ese lado de la cortina era aún más fuerte y me estaba mareando; el humo me impedía terminar de estudiar su rostro. Solo supe que sus manos estaban llenas de anillos, y sus muñecas, de brazaletes.

Apreté el respaldo de la silla y la aparté despacio. Me descolgué la mochila y la dejé junto a la silla mientras me sentaba. No quité la mano de las correas, por si tenía que salir corriendo. El ambiente daba miedo.

—Déjame decirte lo que veo —pidió sin que yo explicara nada—. Acabas de salir del colegio. Tienes un problema muy grave y necesitas ayuda.

Entreabrí los labios, indignada. Mi abuela no solo era una estafadora, sino que, además, se atrevía a robarle a una menor de edad.

—Sí —contesté para seguirle el juego.

Entrecerró los ojos y me miró desde la cabeza hasta la cintura, que es hasta donde me llegaba el borde de la mesa.

—Estás triste. Puedes contarme el motivo si quieres, o permíteme un rato para que lo perciba.

No era difícil arriesgar que una adolescente podía acudir a una mentalista porque estaba triste o en problemas. No iba a conformarme con frases hechas.

—¿Y cómo es que le llega mi información? ¿Por e-mail? —pregunté, fingiéndome ingenua.

Me arrepentí al instante de haber hecho la broma.

—Eres muy mala en los deportes —soltó de la nada. Me quedé atónita—. Pero tu hermana es muy buena. Excelente.

—Era —la corregí con voz temblorosa.

—¿"Era"?

—Murió hace una semana.

Sentí escalofríos. Nunca había reconocido la muerte de Hilary en voz alta. Además, créase o no, esa mujer acababa de adivinar que yo era pésima en los deportes, que tenía una hermana y que ella sí era genial.

Estuve a punto de huir, pero justo en ese momento la mirada de mi abuela cambió, y una fuerza invisible me apretó contra la silla. Rose se llevó una mano al pecho con el ceño fruncido y murmuró:

—¿Eres Valery?

—Sí —respondí con cautela.

—Oh… —tan solo "Oh". ¡Pero había tanto en ese monosílabo!

Se levantó de la silla y apagó el cartel luminoso de la ventana. Del mismo modo veloz, giró el que decía "Abierto" a "Cerrado" en la puerta y le puso llave.

–Vamos a tomar un té –me invitó, extendiéndome una mano.

No la toqué pero, a pesar de sentirme un poco insegura, recogí la mochila y me puse de pie para seguirla al fondo de la tienda.

Salimos a un apartamento con el mismo estilo del local. El suelo estaba cubierto con una alfombra persa, había un sillón de dos cuerpos y una mesa revestida con un pañuelo de seda negro y dorado. La sala estaba abarrotada de objetos; destacaban un gato egipcio de porcelana que me llegaba hasta la cadera, un mueble antiguo y un centenar de frasquitos y velas.

Por favor, que no sea una bruja como las de las películas. Que no sea una bruja, que no sea una...

–Siéntate –ofreció, señalando una silla. Por ir pensando tonterías no me  había dado cuenta de que acabábamos de llegar al comedor.

Los muebles eran de madera y había una ventana con las cortinas cerradas. Del otro lado estaba la abertura que iba a la cocina y una pared baja que hacía de desayunador.

Me senté y ella se quedó mirándome un instante. Supongo que pensaba *¡Qué grande está mi nieta!* y todas esas cosas que piensan las abuelas, por más joviales que parezcan.

–Prepararé un té –anunció, y fue a la cocina.

Por suerte podía verla desde el comedor a través del desayunador y controlar que no colocara nada extraño en la infusión. Yo estaba actuando como una paranoica, lo sabía, pero jamás había estado en la casa de una mentalista. Y que encima fuera mi abuela... No podía creerlo. Por poco no tenía que ir a visitarla a la cárcel por quitarle el dinero a la gente con mentiras.

–¿Hace mucho que trabajas de... esto? –pregunté, intentando adivinar si mi padre se había alejado de ella por eso.

Rose sonrió y me respondió desde la cocina.

–Desde que George murió.

–¿George? –pregunté.

–Mi pareja. ¿Cómo? ¿Tu padre no...?

La frase quedó en suspenso.

–No –dije enseguida. Mi padre jamás nos había contado el motivo que lo había alejado de su madre, mucho menos quién era George.

En menos de cinco minutos, Rose trajo las tazas de té y, además, unas galletas. Se sentó frente a mí y me preguntó si quería azúcar. Le dije que sí y, como todas las abuelas, puso dos cucharadas en mi taza para que no tuviera que hacerlo yo.

–Prueba estas galletas –sugirió–. Son de canela, las horneé yo.

Acepté con una sonrisa breve y tomé una. Ahora que podía ver a mi abuela de cerca, era muy hermosa. Las pocas arrugas de su rostro pasaban desapercibidas en un cutis cuidado, y el pelo brillante enmarcaba su expresión vivaz.

–¿Cómo se te ocurrió venir a visitarme? –preguntó.

No quería contarle de la lista. Como tampoco quería mentirle, usé una verdad a medias.

–Sabía que a Hilary le hubiera gustado venir a verte antes de... –no quería decir *morir* de nuevo.

–Me alegra que hayas venido –intervino ella para evitarme el mal momento, y me tomó una mano por arriba de la mesa.

Fue lo más impresionante de toda la semana. Jamás había sentido nada como eso cuando alguien me tocaba. Esa mujer tenía una energía especial. No dejaba de ser una estafadora, pero había en ella una armonía que me hizo llorar.

Fue la primera vez que lloré por Hilary en público, y eso se sentía muy mal. Estaba avergonzada y a la vez devastada, por eso me demandó unos minutos retirar la mano de la de Rose.

Ella me ofreció un pañuelo de papel, y yo le di las gracias.

—¿Por qué papá está alejado de ti? —pregunté mientras me secaba la nariz. Acababa de llorar delante de ella, no le costaba nada confesar algo también.

—Es raro que tu padre no te lo haya contado, creí que se lo había dicho a todo el mundo. Verás, hace diez años… yo engañé a su padre. Hacía un curso de control mental y George era mi maestro. Fue todo bastante traumático porque se lo dije a mi esposo y él se lo contó a tu padre. Entre los dos me echaron de la casa y terminé viviendo aquí con George.

—Lo… lo siento… —balbuceé. La verdad era que ella había sido una adúltera, pero ¿acaso podía juzgarla? ¿Por qué mi padre y el abuelo la habían tratado de esa manera? Estaba lleno de hombres que hacían lo mismo, pero entre ellos se encubrían. En lugar de juzgarla, sentí pena por ella.

—Oh, no, no lo sientas, fue la época más feliz de mi vida —se apresuró a aclarar mi abuela—. Extrañaba a mi hijo, por supuesto, pero en cuanto a mi vida como mujer, nunca me había sentido más plena. George era el amor de mi vida, y no me arrepiento de haberlo elegido. Lamento si suena duro; es lo que tu padre nunca podrá perdonarme, y lo entiendo.

Suspiré, incapaz de tomar partido por nadie. Por un lado, sentía pena por ella. Por el otro, había vivido en carne propia la sensación de que mi madre prefiriera a otra persona antes que a mí, así que opinar habría sido arriesgado.

—Si papá hubiera tenido mi edad, ¿lo habrías llevado contigo? —indagué.

—¡Claro que sí! Quizás me expresé mal: no elegí a George por sobre tu padre, sino a George por sobre mi esposo. Si no volví a acercarme a tu padre fue porque me sentía culpable. Lo intenté varias veces, incluso hace una semana, pero él siempre me rechazó, y tiene razón. Rompí el corazón de mi esposo, y él murió pocos años después de que me echó. De todos modos me habría ido, para eso le había confesado que amaba a otra persona.

—Sufrió un infarto —eso yo lo recordaba muy bien.

—Sí, lo sé. Fui a su entierro, aunque me oculté.

Apreté los labios, incapaz de decir más. ¿Entonces ese era el secreto de mi familia? ¿Eso era todo? ¿Hacían falta diez años y la muerte de mi hermana para que me atreviera a acercarme a mi abuela?

—Cuéntame de ti —pidió, quizás para relegar los temas espinosos. Sus ojos brillaban, se notaba que estaba contenta de verme.

—No hay nada interesante que contar. La vida de Hilary era mil veces más interesante que la mía —afirmé con seguridad.

—Pero tú estás aquí, así que primero quiero saber de ti.

Bajé la cabeza. El té todavía humeaba.

—Me levanto, voy a la escuela, no me destaco en ninguna asignatura (mucho menos en deportes), regreso a casa y hago las tareas. Eso es todo.

—¿Y qué haces los fines de semana?

—A veces voy a alguna cafetería con mis amigas. Pero ellas no son de salir mucho, y yo tampoco. Suelo quedarme en casa usando el móvil o la computadora.

—¿Y qué te gusta hacer? ¿Cuál es tu asignatura favorita?

—Ninguna. No hay nada que me guste. Te advertí que mi vida no era interesante, lamento decepcionarte y haber tenido razón.

—¿Y qué esperas para que lo sea? La vida es corta y tiene que ser excitante —respondió.

Me humedecí los labios pensando que lo más excitante que había hecho en mi vida había sido ir a su casa aun en contra de la voluntad de mi padre.

—Algún día lo intentaré —dije. La verdad, no tenía idea de qué responder.

Ella percibió que la conversación había llegado a un punto muerto y preguntó:

—¿Por qué no me acompañas a hacer unas compras?

Salimos de la casa y dimos una vuelta por el barrio. Resultó que mi abuela sabía discutir en chino para que le rebajaran los precios y me hizo reír amenazándome con un pescado crudo.

Me sentí cómoda y volví a estar contenta. Haber visitado a mi abuela me había hecho bien, pero ya era tarde y tenía que volver a casa.

Cuando regresamos a la tienda, me negué a entrar y le dije que debíamos despedirnos.

—Por favor, ven cuando quieras —dijo. Era más bien un ruego.

—Solo si me respondes una cosa —ella curvó las cejas en señal de permiso—. ¿Cómo supiste todo lo que me dijiste en tu negocio? No te creo que seas mentalista y que una fuerza superior te hable al oído sobre las personas.

Rose rio con ganas.

—Mejor te lo cuento la próxima, así me aseguro de que vuelvas.

Me guiñó un ojo y se metió adentro.

¿Mi abuela era o no era una estafadora? ¿Merecía o no el rechazo de mi padre?

La verdad, ya no me importaba. Me daba la impresión de que era una buena persona, y volvería a visitarla. Por un rato me había alejado de la tristeza, y necesitaba más de eso.

5

Oscuridad y luz

Ni bien puse un pie dentro de casa, sentí que mi mundo era oscuro de nuevo. Con mamá en la cama y papá en el trabajo, me sentía sola y desamparada. Mamá parecía haber olvidado que le quedaba una hija, y aunque podía comprender su dolor, no quería encerrarme en el problema. Si lo hacía, terminaría como ella.

Cada vez que iba a mi habitación, pasaba frente a la de Hillie y me quedaba viendo la puerta, tentada de entrar a pasar un rato con sus cosas. La extrañaba, y extrañaba lo que solía ser nuestra familia antes de que ella enfermara. Me di cuenta de que en ese momento no me había sentido tan ignorada como ahora. En comparación, por aquel entonces no era ignorada en absoluto.

Para mi sorpresa, ese día la puerta estaba entreabierta y la luz, encendida. Espié: se habían llevado la camilla y los aparatos médicos, y el dormitorio había vuelto a tener el aspecto que Hilary solía darle cuando estaba sana. Mamá se hallaba sentada en la orilla de la cama, abrazada a un osito de peluche que mi hermana adoraba cuando era niña. Lloraba.

Suspiré, tentada de entrar. No lo hice. Intenté consolarme pensando que ese día había cumplido uno de los deseos de Hilary y fui a mi habitación. Me encerré sin ganas, siquiera, de cenar.

Busqué la lista copiada con mi letra y taché el ítem número dos. Había ido a ver a la abuela y pensaba volver. Como el seis no contaba, me quedaban ocho deseos para concretar.

Al día siguiente, la escuela me esperaba para alejarme del dolor y del miedo a que jamás nos recuperáramos de la muerte de Hilary.

Cuando la primera clase terminó, mis amigas y yo salimos del aula comparando nuestros exámenes de Matemáticas. El de Liz, como de costumbre, era perfecto. Por suerte a mí me había ido bien, pero las líneas de las gráficas se parecían al dibujo de un anciano tembloroso, y eso nos hacía reír.

Me detuve de pronto junto a una pizarra de anuncios. Un folleto había llamado mi atención: se trataba de la publicidad de un bar. Según la información, en ese lugar tocaban bandas de covers de rock, lo cual trajo a mi memoria otro deseo de Hilary. No pude resistirme a robar el folleto. Después de todo, no era un sitio para menores de edad, y si alguien de la administración veía la publicidad, esta acabaría en un cesto de basura.

—¡Vamos, Val! —insistió Glenn, jalando de la manga de mi camisa.

Les mostré el folleto.

—¿Me acompañan a este bar el sábado? —pregunté.

Liz me lo arrancó de las manos y me lo devolvió en menos de un segundo.

—¿A ver bandas de covers de rock? Debe ser un lugar para gente mayor. "Stones Tribute", seguro tocan canciones de los Rolling Stones. No es lo mío, lo siento. Además, tengo que estudiar para Literatura.

–Yo no puedo –contestó Glenn–. Mi padre no me deja salir de noche. Además, el sábado a las siete tenemos un especial de góspel en la iglesia.

No hacía falta más: ya sabía que estaba sola para ir al bar.

–¿Cuándo te escucharemos cantar? –preguntó Liz a Glenn mientras volvíamos a caminar–. Cada vez que entonamos el himno, quisiera que todos se callaran para oírte solo a ti.

–Pueden venir a la iglesia cuando gusten.

–Me refiero a canciones que todas conozcamos –Liz dejó de hablar a Glenn y volvió a mí. Señaló el folleto–: ¿Para qué quieres eso? Arrójalo a la basura antes de que piensen que lo hemos pegado nosotras.

–Sí, después lo tiro –dije, y lo guardé en un bolsillo de la mochila.

En casa, por milagro encontré a papá. Estaba sentado en el sofá de la sala, frente a la mesita. Sobre ella había dos tazas de café. En el otro sillón se hallaba un señor de piernas cruzadas. Era canoso y llevaba gafas redondas de marco negro. Vestía un pantalón color caqui, al igual que su chaqueta, y camisa blanca.

–Doctor, le presento a nuestra hija Valery –dijo papá, y estiró una mano hacia mí–. Acércate, cariño –pidió, y obedecí–. Este es el doctor Hauser, es psiquiatra. Vendrá dos veces por semana para ayudar a mamá. Le gustaría hablar con nosotros a veces. Contigo a solas, conmigo, con los tres juntos… ¿Tienes algún problema con eso?

–No, en absoluto –respondí. Era cierto.

–Gracias, cariño. Le dije, doctor, que era una chica brillante y comprensiva.

Ahogué la risa por lo de **brillante**. No creía que fuera "brillante" desde que tenía diez años y Hillie había comenzado a destacarse en el colegio.

Entendí que mi momento en la sala había terminado, así que me despedí del psiquiatra y fui a mi habitación. Allí solté la mochila y lo primero que hice fue buscar el folleto del bar. Como no podía ser de otra manera, era negro, y las letras del nombre tenían estilo gótico. Se llamaba Amadeus y ofrecía recitales de bandas desconocidas que hacían covers de otras famosas. Ese fin de semana tocaban los Tourniquets, los Stones Tribute, los Rats, los Dark Shadow… Me aburrí de leer tantos nombres terribles.

¿Un show de bandas de covers en un bar contaba como recital de rock? Esperaba que sí, porque era lo único a lo que podía acceder por el momento. Solo tenía que resolver un inconveniente: necesitaba una identificación en la que fuera mayor de edad.

Imposible, pensé. *No puedo cometer un delito para cumplir un deseo de mi hermana.* Además, ni siquiera habría sabido dónde conseguirla; lo mío nunca había sido el mundo de las falsificaciones. ¡Si ni siquiera me había copiado jamás en el colegio! Prefería que me fuera mal a ser descubierta en una acción tan vergonzosa.

Había un solo tipo de desobediencia que podía permitirme: entrar en el dormitorio de mi hermana, aunque mi madre me lo hubiera prohibido, y tomar alguna identificación de ella. No éramos idénticas, pero si me maquillaba y me peinaba igual, podía usar su nombre. Si alguien preguntaba, haría de cuenta que me había teñido el pelo y que últimamente estaba comiendo de más.

Esa noche, mientras mis padres dormían, me levanté con sigilo, iluminando mi camino con la linterna del teléfono, y entré en el dormitorio de Hilary. Me dio un escalofrío, pero seguí adelante y abrí la primera gaveta de su escritorio, donde ella debía guardar los documentos que necesitaba con frecuencia. Me equivoqué. Por fin, encontré credenciales que podían servir como identificación en su mesa de noche. Me quedé con la tarjeta que la distinguía como deportista profesional, ya que tenía la foto en la que más nos parecíamos, y regresé a mi habitación.

Tenía un recital al que asistir y una identificación que me permitiría entrar.

El psiquiatra pidió hablar conmigo a solas el sábado por la mañana. Papá me llevó hasta el consultorio para no tener que pagar la visita domiciliaria para mí también, y aguardó a que terminara en la sala de espera. La consulta fue bastante rápida: el doctor indagó acerca de mis sentimientos, mi familia y mi percepción de lo que había sucedido con Hilary. Le dije toda la verdad, no me pareció que tuviera que ocultarle nada: si queríamos encontrar nuestro eje de nuevo y esa persona podía ayudarnos, había que ser honestos. Lo único que conservé en secreto fue la lista de deseos y mi intención de volverlos realidad. Tampoco eso tenía tanta importancia para restaurar mi familia, ¿o sí?

Pasé la tarde preparándome para la noche. Jamás había ido a un recital y nunca se me hubiera ocurrido ir a uno de rock, así que no sabía cómo vestir, cómo actuar ni qué decir. Me guie por los rockeros de la escuela, aunque ni loca usaría tachas ni el tipo de aretes y anillos que veía en sus orejas y dedos. Vestir de negro no era un problema, casi todo mi guardarropa se componía de prendas oscuras, así que encontré qué ponerme enseguida: una blusa un poco escotada, una chaqueta de jean color café, un vaquero negro y botas de tacón. Con dos anillos plateados, el pelo suelto y el rostro maquillado en la gama del bordó, podía pasar por una amante del rock. Ni siquiera Hilary se vestía así, aunque ese era su estilo de música favorito, así que los estereotipos podían tomarse un respiro conmigo también.

Por primera vez en dos semanas, mamá bajó a cenar. Me sentí extraña al hallarla sentada a la mesa: no se había vestido, estaba pálida y tenía ojeras. Su rostro evidenciaba la tristeza de su interior. A diferencia de papá, que llevaba bastante bien la situación, parecía que ella había envejecido de golpe.

Me miró sin levantar la cabeza y enseguida los ojos se le llenaron de lágrimas.

—Val... —susurró, abriendo los brazos como invitándome a que me acercara.

Caminé despacio, con miedo y un poco confundida. En cuanto me tuvo al alcance de su mano, me rodeó la muñeca y tiró de mí hasta pegarme a ella. Se abrazó a mi cadera y comenzó a llorar.

—Lo siento, hija —gimoteó—. Te quiero.

Yo estaba congelada. No quería echarme a llorar también, pero no resistí y le acaricié el pelo. Estaba áspero y húmedo, no parecía el cabello de mi madre. En realidad esa persona que me abrazaba no conservaba nada de ella.

—¿Vas a salir? —me preguntó papá con una bandeja de verduras en la mano.

—Sí —dije.

Mamá levantó la cabeza y me miró, tomándome las manos.

—No salgas —me pidió—. Quédate en casa.

Tragué con fuerza. Jamás me había pedido eso. ¿Por qué ahora, de pronto, se ocupaba de mí?

Papá se sentó a la mesa y puso su enorme mano sobre las nuestras.

—Deja que Val se siente —pidió a mi madre. Ella me soltó, y yo di un paso atrás.

—En realidad ya me iba —dije.

Papá me miró con preocupación.

—Val, el doctor sugirió que tu madre pasara unos días en un instituto psiquiátrico.

—¡No voy a ir ahí! —exclamó mamá, aun antes de que yo pudiera procesar el dato—. Ya me levanté. ¿No era eso lo que querías? ¡Aquí me tienes!

—¡Quiero que te sientas mejor! —replicó mi padre. Yo di un paso atrás.

–¿"Mejor"? ¿Como tú, que actúas como si no te importara? Yo no estoy loca, ¡estoy sufriendo! ¡Y parece que soy la única! –exclamó mi madre, mirándome con enojo. Había tomado a mal que quisiera salir. Me alejé un poco más.

–¡No eres la única! Eres una egoísta. ¿Qué esperas? ¿Que los demás también nos echemos a morir en una cama, como tú? ¡Queremos ayudarte! ¡Y, por Dios, queremos superar la muerte de Hillie! ¡Estuvimos velándola más de un año! ¡Todo el maldito año que pasó enferma!

–Es suficiente para mí –los interrumpí–. Me voy.

–Val –aunque papá me llamó, me volví y me alejé–. ¡Val!

Abrí la puerta y salí.

Oscuridad y luz. En eso se había transformado mi vida. En cuanto un destello de paz aparecía, todo se transformaba en tormenta de nuevo. Esa noche, al parecer, había un huracán.

6

¿Y si el rock sí es lo mío?

En el ómnibus respondí al llamado de papá. No quería que se quedara preocupado.

—Val, lo siento, ¿dónde estás? ¿Quieres que vaya por ti? Por favor, regresa a casa ahora mismo.

—Estoy bien, papá. Salí con mis amigas —mentí.

—¿Está ahí Glenn? —indagó él—. ¿La dejaron salir sola de noche?

—Claro que no, me invitó a algo de la iglesia.

—Val… Deja de mentir, ¿quieres? ¿Tú, en la iglesia? —me hizo reír.

—Está bien. Voy a un bar, ¿de acuerdo? —confesé.

—¿Es apto para menores? ¿Va Liz?

Deja de mentir, deja de mentir, deja de mentir…

—Sí.

Papá suspiró. Era imposible saber si me creía; intuí que no.

—De acuerdo —aceptó aun así—. Por favor, prométeme que tendrás cuidado.

Le hice la promesa y corté.

47

Contemplé la foto de Hilary que estaba en su carnet de deportista. *Voy a cumplir otro de tus deseos, Hillie*, pensé. *Tú solo tienes que ayudarme*. Me dolía el estómago de los nervios.

Bajé en la parada más cercana al bar y caminé tres calles hasta encontrarlo. Se trataba de una puerta negra en medio de una pared de ladrillo rojo a la vista. El nombre se distinguía en un cartel un poco viejo. Detrás de un marco vidriado, estaba el mismo folleto que alguien había pegado en la cartelera del colegio, mucho más grande. Eso era Amadeus.

Me acomodé la chaqueta que había prendido hasta el comienzo de mis pechos, inspiré profundo y crucé la calle en dirección a mi objetivo. El guardia de seguridad se hallaba sentado en una banqueta junto a la puerta.

—Buenas noches —lo saludé, procurando sonar natural.

Me miró de arriba abajo; el tipo era un armario con rostro de piedra.

—Hola. Necesito tu identificación —solicitó. Ahora venía lo difícil.

Busqué en el bolsillo, extraje la tarjeta de mi hermana y sonreí.

—Tengo esto —anuncié, mostrándosela.

Me la quitó de la mano y la miró de ambos lados. Se fijó en mi cara con los ojos entrecerrados. Yo trataba de parecer relajada, aunque me temblaran las rodillas.

—Te ves un poco diferente —señaló.

—Un poco —admití. Me preguntaba si habría premio por extraerle una sonrisa.

Él asintió.

—Bueno, entra —indicó, devolviéndome la credencial mientras movía la cabeza en dirección a la puerta.

Estuve a punto de gritar de la emoción, pero si lo hacía, me delataría, y necesitaba cumplir el deseo de Hillie. Sepulté mi alegría, guardé la credencial en el bolsillo del pantalón y me apresuré a ingresar al bar.

Atravesé un pasillo oscuro donde solo había una ventanilla y, del otro lado, una chica que jugaba con su teléfono. Por lo que alcancé a ver detrás de ella, era el guardarropa. Seguí adelante hasta desembocar en un salón amplio con algunas mesas de madera. Estaba repleto de gente. La fila de las mesas terminaba antes de un escenario. Delante de él se acumulaban decenas de personas de pie. El humo del cigarrillo y el olor a alcohol invadían el lugar. Nunca me había metido en un sitio como ese y no pensaba volver.

Tú y tus malditos deseos, le dije a Hillie en mi mente, al tiempo que un chico que iba abrazado a su novia me llevaba por delante. Ni hablar de una disculpa.

Me acomodé en un rincón. En ese momento no tenía dudas de que estaban tocando los Stones Tribute: sonaba *Satisfaction*, un clásico de los Rolling Stones, y el público estaba como loco. Saltaban, cantaban a los gritos, reían sin parar.

Otro chico me llevó por delante. Giré y nos miramos. De inmediato sus ojos bajaron a mis pechos. Mi reacción fue subir la cremallera de la chaqueta hasta ocultar mi piel por completo. ¡Qué pervertido! Con razón esos lugares no eran aptos para menores de edad.

Hubiera deseado llamar a papá para que fuera a buscarme. Pero era mi noche, y no podía salir corriendo ante el primer inconveniente. Un recital duraba al menos una hora y media; tenía que cumplir el tiempo adecuado e intentar disfrutar para poder decir que había cumplido el deseo de Hillie.

Me acerqué a la barra y pedí una cerveza. Para cuando casi vaciaba el vaso, el recital de los falsos Stones terminó y la gente aplaudía con fuerza. Apenas un minuto después, un presentador salió al escenario y anunció que seguían los Dark Shadow.

Cuatro chicos aparecieron en el escenario, cada uno con su instrumento. Uno llevaba un bajo; otro, palillos de batería, y otros dos, guitarras.

Mi atención se quedó prendada del que se posicionó delante del micrófono principal. Era rubio y de rostro perfilado. Llevaba puesta una camiseta de los Red Hot Chili Peppers y un pantalón ajustado. Usaba grandes anillos plateados y botas de cuero. Su pelo estaba tan húmedo de gel que ni siquiera se desacomodó cuando el chico se colgó la guitarra y lo rozó con los brazos.

—¡Buenas noches, Amadeus! —gritó con tono espectacular.

En ese momento, mientras la gente estallaba en un sonoro aplauso, empezó a tocar la guitarra. La canción se llamaba *Aeroplane*. Como no podía ser de otra manera, era de los Red Hot Chili Peppers.

Para el estribillo se sumaron las voces del otro guitarrista y del bajista como coro. Y entonces, la canción subió a otro nivel. El chico que estaba a la izquierda del cantante con la otra guitarra tenía una voz dulce y melodiosa que contrastaba con el tono áspero del líder de la banda. Tenía el pelo negro peinado con gel y vestía del mismo color que su compañero: un jean oscuro, una camiseta con un dibujo confuso y botas de combate. Llevaba puesto un anillo plateado en el dedo anular de la mano izquierda y una ancha muñequera negra en su mano derecha. Sus dedos se movían con habilidad por las cuerdas de la guitarra, y hasta alcancé a ver que tenía una púa.

La canción pasó a segundo plano; me maravillaba la capacidad que tenían esas personas para hacer música y para que la música me atrapara. Fue la primera vez que me pregunté: *¿y si el rock sí es lo mío?* Jamás se me hubiera ocurrido, quizás porque no había encontrado la canción adecuada o porque no había escuchado a la banda correcta.

Para la segunda canción, quería que el líder se callara y le dejara el lugar al guitarrista. Lo que más disfrutaba eran los momentos en los que el chico de pelo negro ponía toda la fuerza de su voz para entonar partes específicas de *Fortune Faded*.

Ni siquiera me di cuenta de que, para cuando la presentación de los Dark

Shadow terminó, se había cumplido una hora desde que yo estaba en un recital.

Me acerqué a la barra, decidida a quedarme otro rato para escuchar a los Rats, que, según explicaba el folleto, hacían covers de los más grandes del metal, y me senté en la única banqueta que por suerte hallé disponible. Mi teléfono vibró en el bolsillo y lo saqué para mirarlo. Había un mensaje de Liz.

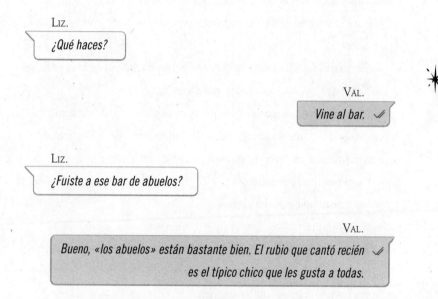

Liz.
¿Qué haces?

Val.
Vine al bar. ✓✓

Liz.
¿Fuiste a ese bar de abuelos?

Val.
Bueno, «los abuelos» están bastante bien. El rubio que cantó recién ✓✓ es el típico chico que les gusta a todas.

—Dos cervezas —ordenó alguien a mi lado.

Seguí pendiente del teléfono hasta que uno de los vasos se interpuso entre mis ojos y la respuesta de Liz. Levanté la cabeza en una fracción de segundo y me quedé congelada: el rubio que cantaba en los Dark Shadow me estaba ofreciendo una cerveza.

—¿Qué hace una chica tan linda atada a su teléfono en lugar de disfrutar de la noche? —preguntó.

Mis neuronas empezaron a correr en todas direcciones, chocándose entre sí al punto de dejarme sin habla. Primero: me estaba hablando el líder de una banda que todos allí adoraban. Segundo: me estaba ofreciendo una bebida. Tercero: acababa de decir que yo era linda. Debía necesitar lentes.

–Eh… –balbuceé.

–Vamos, ¡es mejor fría! –exclamó, y me puso la mano alrededor del vaso.

Cuando nuestros dedos se rozaron, sentí que un enjambre de alas se batía desde mis yemas hasta mi estómago. Teniéndolo cerca, el chico me parecía todavía más atractivo que en el escenario, y su voz vibraba como las cuerdas de su guitarra.

–¿Cómo te llamas? –preguntó, y luego bebió medio vaso de una sola vez.

–Valery –respondí–, pero todos me dicen Val.

–"Val" –repitió–. Me gusta. Es la primera vez que te veo por aquí.

Un trago me devolvió la capacidad de conversar.

–Es la primera vez que vengo aquí –admití.

–¿Y eso por qué? –preguntó.

–Creí que no me gustaba el rock.

–¿Y ahora?

–Creo que, gracias a tu banda, ahora no lo sé.

Rio con ganas y ordenó dos cervezas más.

–Para mí no, gracias –me apresuré a aclarar.

–No hay excusas. Una vez que aceptas un trago, aceptas dos –respondió él entusiasmado.

Seguimos hablando del bar, de su banda y de la noche mientras yo tomaba los dos tragos que me había regalado. Me contó que su banda se había formado cuando él y sus amigos, todos de dieciocho años, todavía iban a la escuela, que cada sábado ofrecían un show en Amadeus y, los viernes, en un sótano llamado The Cult, como la legendaria banda de los 80. Yo no tenía idea de música que no sonara en la radio de moda, así que se despachó contándome algunas anécdotas de las bandas que a él más le gustaban, entre ellas, como era obvio, los Red Hot Chili Peppers.

—Soy Brad —se presentó, un poco tarde, y me ofreció su mano para que se la estrechara.

—Val —respondí, entregándole la mía. Enseguida me di cuenta de que estaba un poco alegre por la bebida y me eché a reír—. Pero creo que ya me había presentado —agregué.

Brad estrechó mi mano, jaló de mí, y en un microsegundo me encontré contra su pecho. Casi al mismo tiempo, su boca cubrió la mía y mi mundo se convirtió en una nube de confusión. Sus labios eran suaves y carnosos, y devoraron los míos con la precisión de un experto. No pude resistir el deseo y respondí con una vibración en mi cuerpo. Lo sujeté de la nuca, le apreté la boca contra la mía y empezamos un peligroso juego.

Sus manos buscaron el borde de mi ropa y se metieron entre mi piel y la tela. Me acarició la espalda, la cintura y, de pronto, tenía su otra mano en mis pechos, por sobre la ropa.

—Oh, por Dios, estás tan buena —susurró contra mi cuello.

Nunca me había sentido tan bonita. Nunca alguien me había deseado de ese modo, y eso me llevó por un camino en el que no era capaz de reflexionar nada.

—Ven. Quiero mostrarte algo —dijo de pronto.

Me dio la mano y yo me dejé conducir por él mordiéndome el labio. Me creía adulta y atractiva, como nunca antes. ¿Así se sentía ser perfecta, como Hillie? Si a un chico que podía tener a todas a sus pies yo le gustaba, mis compañeros de la escuela, que me seguían llamando "gorda", eran unos idiotas.

Me condujo por un pasillo oscuro que las parejas usaban para besarse y tocarse, y abrió un pesado cortinado bordó. Del otro lado había humo con olor a marihuana y a cigarrillo. Aparecieron, además, los otros integrantes de su banda y algunos de los chicos de las anteriores. El baterista de los Dark Shadow estaba sentado en el suelo, con una chica sobre las piernas; se besaban y tocaban como si estuvieran a punto de tener sexo allí mismo.

Brad se sentó en un rincón y me invitó a acomodarme a su lado. Yo era bastante ingenua, así que no me di cuenta de lo que él iba a hacer ni siquiera cuando tomó un pequeño espejo y algo que parecía un sorbete, y extrajo una bolsita de su chaqueta. Volcó un poco de polvo blanco sobre el espejo y aspiró. Estaba inhalando cocaína.

La música sonaba muy fuerte, embotaba mis oídos. Me quedé boquiabierta, mirándolo drogarse, y de pronto lo bella y deseada que me sentía se transformó en una sombra de miedo.

Miré alrededor: casi todos sus amigos se estaban toqueteando con chicas que, estaba segura, también habían bebido y aspirado cocaína. Solo una se miraba las uñas, un poco despeinada y distraída, en un rincón, y el guitarrista de la voz dulce bebía con los ojos entrecerrados. Supuse que ya no se drogaba porque había llegado a su límite.

—Toma —me dijo Brad, ofreciéndome el espejito, y volvió a tocarme un pecho.

—No, gracias —dije. Él rio.

—Anda, no te hagas rogar. Te gusta tanto como que te toque —murmuró, buscando mi cuello.

¿"Te gusta tanto como que te toque"? La frase giró en mi cabeza un segundo.

—Déjame —pedí. Él no me hizo caso—. Déjame, ¡no quiero! —grité, a la defensiva.

Por quitármelo de encima, mi mano chocó con el espejo. La cocaína voló por el aire y se desparramó en las piernas de Brad y en las mías.

—¡¿Qué haces?! —exclamó enojado, y me empujó—. ¿Quién crees que eres? —arrojó el espejito a un costado y extrajo su teléfono mientras yo no cabía en mi asombro—. Ahora verás. Voy a advertirles a todos que eres una puta histérica. Pobre del que se enrolle contigo.

Mi corazón empezó a latir desenfrenado. Me temblaban las manos, no terminaba de entender qué estaba pasando.

—¡¿Qué te pasa?! —proferí, intentando arrebatarle el teléfono.

Él se puso de pie. Yo lo tomé del antebrazo, con la intención de ver a quién iba a decirle todas esas cosas. ¿Acaso me conocía de la escuela y yo no me había dado cuenta? ¿Por qué me amenazaba?

Se soltó de forma tan brusca que casi me golpea.

—¡Ey, Brad! —lo llamó alguien. Los dos miramos al mismo tiempo: era su amigo, el guitarrista de la voz dulce que, en ese momento, sonaba como un cantante de heavy metal—. Ven a ver esto.

Puso una mano sobre el hombro de Brad y empezó a conducirlo hacia la cortina. Yo seguía en el suelo, temblando, sin entender del todo qué había pasado. El chico de pelo negro que se llevaba a Brad me miró por sobre el hombro y terminó de salir enseguida. Yo me quedé un rato en shock. Cuando conseguí, al menos, desacelerar mi respiración, recogí los fragmentos de mi dignidad que se habían dispersado por el suelo, me puse de pie con las rodillas todavía temblorosas y fui al pasillo.

Caminé llevándome algunas parejas por delante y alcancé la calle con el corazón en la boca. No podía respirar. Me sentía angustiada y más sola que nunca, humillada hasta los huesos. ¿Cómo podía alguien hacerte sentir la más hermosa y, al instante siguiente, la peor?

Empecé a caminar con intención de alejarme de ese bar lo antes posible. Antes de que llegara a la esquina, me pareció que alguien me llamaba con un "¡Ey!".

Giré y lo vi: el guitarrista de pelo negro iba tras de mí. Se acercó con pasos largos, y en menos de un segundo, lo tuve cara a cara.

–¿Estás bien? –me preguntó.

–¿Y a ti qué te importa? –protesté entre lágrimas.

–No pregunto sobre lo que no me interesa –respondió, tajante, aunque se mantenía en calma. Todo lo contrario a mí.

–Pues yo no te intereso, imbécil, así que no preguntes –bramé–. Aun así, para tu información, no, nada está bien. Mi madre está deprimida en casa, mi padre se la pasa en el trabajo. Vine a un bar de mala muerte, dejé que un chico me tocara los senos y mi hermana murió hace dos semanas. Así que no. Nada está bien. Idiota.

Se quedó un instante callado.

–Lamento lo de tu hermana –dijo al fin con voz calmada.

Reí como una histérica.

–¡Mentiroso! Por supuesto que no lo lamentas. Nadie más que mi madre, mi padre y yo lo lamentamos, así que no mientas. Imbécil. ¿Por qué no vuelves con tus amigos? Nadie que valga la pena se juntaría con ese inútil de Brad "Maldito Shadow", así que déjame en paz. Ve a tomar y a consumir cocaína con tus amigos. Adicto.

Feliz de haberle dicho todo lo que querría haberle dicho a Brad "Maldito Shadow", giré sobre los talones y me alejé del bar.

"Lamento lo de tu hermana". ¡Ja!

¿Y si el rock sí era lo mío?

Sin duda lo era, porque la había rockeado poniendo en su lugar a ese idiota al que de pronto decidí llamar *Dark Shadow*.

Dark Shadow

Dark Shadow o, mejor dicho, su guitarrista de voz dulce y pelo negro, se convirtió en una sombra oscura para mi conciencia.

Como era tarde, volví a casa en taxi, cada vez más enojada. La humillación había dado lugar a la furia. Debí haberle partido la cara a Brad "Maldito Shadow", en lugar de tan solo gritarle insultos a Dark Shadow, su amigo guitarrista.

Papá se dio cuenta de que había llegado y golpeó a la puerta de mi habitación justo cuando terminaba de ponerme el pijama.

–Adelante –dije.

Entró al tiempo que yo me metía en la cama. Cuando terminé de acomodar el cubrecama sobre mis piernas, se sentó en la orilla y me miró con expresión compasiva.

–¿Estás bien? –preguntó–. Parece que hubieras llorado. ¿Quieres contarme qué pasó?

–Tuve una pelea tonta con Liz, nada importante –mentí. Jamás habría preocupado a mi padre con lo que había ocurrido esa noche teniendo en cuenta lo que estábamos pasando en casa.

—Esta semana el doctor Hauser internará a mamá. No hay vuelta atrás. Solo será por un tiempo, para prevenir que la depresión dañe su cuerpo. ¿Estás bien con eso?

—Solo quiero que vuelva a ser la de antes —contesté—. Si la internación la ayudará, está bien —papá asintió y me tomó la mano.

—Gracias por ser tan comprensiva, cariño. Sabes que puedes contarme cualquier cosa, ¿verdad? Todo lo que te pase.

—Sí, pápá, gracias.

—Bien. Te dejaré dormir.

—De acuerdo, gracias.

Me besó en la frente, se levantó y salió del dormitorio tras apagar la luz.

Puse la cabeza sobre la almohada pensando en mamá. Quería que se sintiera mejor lo antes posible.

Recordé a Hilary. Cumplir con sus deseos no estaba resultando tan fácil como esperaba; debí haber empezado por la pizza.

Luego, para mi sorpresa, pensé en Dark Shadow. Repasé nuestra discusión a la salida del bar y me di cuenta de que, a decir verdad, la única que había discutido había sido yo. Él se había limitado a escuchar o a responder con voz calmada cualquier insulto o reclamo. Había hecho bien en apartarme de él, era una rata igual que su amigo rubio. Sin embargo, había algo que no me convencía de todo lo que yo había hecho.

Pasé un buen rato preguntándome por qué me sentía mal de haberlo insultado, si se lo merecía. Era amigo de un bastardo, y solo la gente con ideas parecidas formaba una banda de música. Casi no había hablado, así que nada lo rescataba, más que su silencio y dos o tres palabras. Con el correr de los minutos comprendí que el secreto no radicaba en lo que él había dicho o callado, ni en cómo había actuado, sino en su mirada. Concretamente, en lo que expresaban sus ojos cuando lo había llamado *adicto*.

Con esfuerzo logré conciliar el sueño, pero el amanecer no sirvió de nada: todavía me acordaba de Dark Shadow y sus ojos heridos. Eran celestes… No, grises. No lo tenía muy claro, porque me había dedicado a insultarlo, pero recordaba que eran preciosos.

–¿Cómo te fue en el bar? –me preguntó Liz antes de que llegara la profesora de Matemáticas. Me encogí de hombros. Ella rio–. ¿Qué pasa? ¿No era lo que esperabas?

–Me pasó algo horrible.

Le conté lo que había sucedido con Brad y su amigo el guitarrista. Glenn llegó en medio del relato y tuve que empezar de nuevo para ponerla al tanto.

–No es tu culpa –concluyó Liz, muy segura–. Si el guitarrista no quiere que lo prejuzguen, que se junte con gente decente.

Así era ella: concreta y exigente, por eso les caía mal a muchos. Sin embargo, esa misma personalidad hacía que sus palabras tuvieran mucho peso, y consiguió acallar mi remordimiento, al menos por un rato.

La escuela hizo que olvidara al guitarrista por unas horas. Las bromas de Liz y Glenn respecto del bar me produjeron más de una sonrisa. Incluso encontramos una canción vieja que se llamaba *Rock Me Amadeus* y empezamos a jugar cambiándole la letra: "Amadeus, Amadeus, no me tientes, Amadeus".

Todo eso me ayudó a restarle importancia a lo que había pasado, pero en cuanto regresé a la cama por la noche, otra vez Dark Shadow me perseguía como un fantasma. Repasaba los insultos y me sentía cada vez más desalmada. Lo había llamado *imbécil, idiota, mentiroso… adicto*.

Me tapé la cabeza con la almohada y enterré mi rostro en el colchón hasta que me quedé sin aire y tuve que salir a respirar con la boca abierta. Me volví hacia arriba y empecé a hablar mentalmente con Hilary. Hasta que falleció, creí que tenía mucha experiencia con los chicos. Al parecer, ni siquiera se había acostado con uno, pero seguía siendo mi hermana mayor y seguro sabía, aunque sea, algo más que yo.

Me sentí un poco decepcionada cuando no encontré consuelo. Había actuado mal, y lo sabía, pero no quería reconocerlo.

El día siguiente fue horrible. El más horrible, después de la muerte de Hillie.

El doctor Hauser llegó con dos enfermeros y entraron a la habitación de mamá, seguidos de mi padre. Aunque cerraron la puerta, escuché los gritos de ella hasta que calló de golpe. Cuando salieron, me di cuenta de que la habían sedado.

Se la llevaron semidormida y aseguraron que mejoraría en unas semanas, con suerte, unos días. Claro que la depresión era un proceso largo, pero al menos superaría la crisis en la que se había hundido desde el funeral de Hillie.

Cenar a solas con papá se había hecho una costumbre.

—¿Quieres ir a ver a mamá mañana? —me preguntó mientras terminábamos las hamburguesas que yo había preparado—. El doctor nos autorizó a verla todos los días. Es más, dice que eso sería lo mejor para ella.

—Iré todos los días —dije.

Después de la cena, fui a mi habitación y taché el recital de la lista de Hilary. Me preguntaba cuál podía ser el paso siguiente. Aunque merecía un respiro y la pizza era lo más sencillo, decidí que iría por el piercing.

Lo de mamá, la escuela y los planes para cumplir el siguiente deseo me entretuvieron bastante, pero cada vez que me iba a dormir y al despertar, solo pensaba en Dark Shadow. Me preguntaba por qué no había respondido a mis insultos, si su amigo Brad, sin que yo le hubiera hecho nada, me había humillado. Me habría gustado saber de qué color eran en realidad sus ojos, cuál era su nombre...

Pensé en volver a hablar de él con Liz y Glenn. Como buenas amigas, intentarían levantarme el ánimo y empezarían a bromear con que me gustaba *"un rockerito"* y todas esas tonterías que servían para pasar el rato. Pero eso no resolvería mi problema, no acallaría la culpa. Me sentía mal por haberlo insultado y temía haberlo herido.

Contárselo a papá era impensado. Pero estaba mi abuela. Rose seguro me daría un buen consejo, así que planifiqué ir a su casa el sábado.

Visitar a mamá en el hospital fue casi tan horrible como ver a los enfermeros llevársela de casa. Sin embargo, aunque pareciera increíble, unas horas con la medicación adecuada y buenos profesionales habían mejorado su aspecto y su carácter. Esperaba que volviera a casa pronto, que fuera otra vez ella misma.

—¡Val! —exclamó Rose ni bien me vio entrar a su negocio.

Tal como había hecho la vez anterior, cerró las cortinas, apagó el cartel luminoso y cambió el anuncio que decía "Abierto" por el lado que decía "Cerrado".

—¿Me vas a contar cómo adivinaste cosas sobre mí el otro día? —aproveché a preguntar junto a la mesita donde descansaban las cartas y las runas.

Mi abuela sonrió con picardía.

—Está bien, te contaré el secreto en caso de que algún día quieras dedicarte al oficio.

—No, gracias —murmuré entre risas. Ella se lo tomó a gracia.

—Lo único que tienes que hacer es observar. Primero, la mirada del visitante; los ojos indican cómo se siente una persona. Por otro lado, aunque no lo creas, los problemas de la gente se repiten, y al final te das cuenta de que casi todas las personas siguen un patrón. Mirando al cliente puedes intuir cuál es ese patrón, y una vez que aciertas con una cosa, las otras son fáciles de deducir.

Entrecerré los ojos pensando en mis propias deducciones.

—Está bien: la mochila y mi apariencia te indicaron que venía de la escuela —admití—. Pero eso de que soy mala en los deportes…

—Ese día tenías una marca en el dorso de la mano. Apuesto a que habían estado practicando gimnasia artística y te tocó colgarte de las anillas. Solo una persona que no sabe hacer bien el ejercicio termina con esas marcas.

Mi boca se abrió como si fuera a comer una enorme hamburguesa. Todo era cierto.

—¿Y lo de mi hermana?

—Muchas chicas de tu edad sienten rivalidad con sus hermanas, como los varones con sus hermanos. Es extraño que una chica y un varón sean rivales entre sí. Fue arriesgado, pero de alguna manera acerté, ¿verdad? Si hubieras sido una chica interesada en una mentalista, con eso te habría transformado en mi cliente.

Hice una mueca.

—No te ofendas, pero me parece que estafas a la gente.

—¡No! Bueno, a algunos les vendo algún producto que no es más que agua con hierbas aromáticas, pero a veces las personas necesitan hablar con alguien, y lo mío es mucho más económico que un plan de salud.

—¡Rose! Sin el psiquiatra, mi mamá se habría ido con Hillie.

—¡No estoy diciendo que sustituyo a un psiquiatra, Valery! Solo digo que a veces las personas necesitan creer en algo para resolver sus problemas. Por eso van a la iglesia o buscan un mentalista. No me refiero a la salud, sino a asuntos de la vida. Les digo que mi producto puede acabar con su problema y, lo creas o no, la mayoría de las veces el problema se termina. ¿Sabes por qué? Porque las personas creyeron que sería así —puso una mano sobre mi hombro y dijo otra de sus frases inteligentes—: No importa en qué deposites tu fe: lo que creas que debe pasar pasará. ¿Tomamos el té?

No pude más que asentir con la cabeza.

Fuimos a la casa y la abuela se internó en la cocina. Dejé la mochila en una silla del comedor y me planté junto a ella, frente a la mesada.

—¿Por qué dijiste eso de tu mamá? —preguntó mientras llenaba dos tazas con agua.

—A mamá le está costando superar la muerte de Hillie. Pasará la semana en un hospital psiquiátrico —no sé si eran sus habilidades o qué, pero cuando estaba con ella, me surgían unas ganas irrefrenables de confesarme.

Me miró, preocupada.

—Ojalá eso la ayude —dijo.

—¿Tú qué crees? —pregunté. Su perspicacia se había hecho importante para mí.

—Yo creo que mejorará —aseguró, y metió las tazas en el microondas.

—El sábado fui a un bar —volé a la parte de la conversación que me había llevado allí en primer lugar. Seguí hablando mientras jugaba distraídamente con el borde de la mesada—, conocí al cantante de una banda de covers y nos besamos —la abuela me miró con los ojos muy abiertos—. Luego me llevó a un lugar privado del bar y… bueno, él y sus amigos empezaron a… a hacer cosas que yo no quiero.

—¿Se estaban drogando? —preguntó sin censura.

—Sí, estaban aspirando cocaína.

—¡Val! —exclamó. La miré al instante, a punto de arrepentirme de haber tenido la intención de contarle lo que me preocupaba.

—¿Vas a juzgarme?

—No —bajó la cabeza y luego volvió a mirarme—: Tú no aspiraste, ¿verdad? Sé sincera conmigo: ¿tú no…?

—No. Le dije que no quería, y eso me costó su rechazo. La cuestión es que justo cuando la discusión se ponía difícil, vino su amigo, otro chico de la banda, y se lo llevó. Cuando salí, me siguió y me preguntó si estaba bien. Y yo lo insulté.

—¿Al que te rechazó o al amigo?

—Al amigo.

—¿Por qué te preocupa eso? Te ves preocupada.

—Porque no puedo dejar de pensar en él. ¿Y si en realidad se llevó a su amigo cuando estábamos discutiendo por mí? No sé por qué me siento culpable si se merecía todo lo que le dije.

—¿Él te había hecho algo?

—No directamente, ¡pero él y el otro eran amigos! Se supone que somos amigos de personas que se parecen a nosotros.

—Cuéntame: ¿quiénes son tus amigas?

Creí que su pregunta había salido de la nada y que lo que de verdad me interesaba se quedaría sin respuesta.

—Se llaman Liz y Glenn —respondí, un poco perdida.

—¿Y por qué son amigas? —siguió indagando ella.

—No sé… Supongo que nos llevamos bien porque el resto nos ignora. A mí me juegan bromas por mi cuerpo, Liz les cae mal a muchos por su forma de ser y Glenn no es el tipo de chica que la mayoría quisiera tener cerca; les parece aburrida.

–Me preocupa eso de las bromas acerca de tu cuerpo. Hablaremos de ello en otro momento. Ahora dime: si tuvieras que describir con dos palabras a cada una de tus amigas, ¿cuáles serían?

Me dejó pensando.

–Mmm… Diría que Liz es estudiosa y perfeccionista, y Glenn, ingenua y religiosa. Con "ingenua" quiero decir que no tiene maldad y que es muy soñadora.

–Ajá. "Religiosa". Y tú, ¿vas a la iglesia? ¿Eres muy… "religiosa"?

Si antes me había dejado pensando, ahora estaba muda.

–N… no –balbuceé.

–Apuesto a que tampoco eres tan perfeccionista ni soñadora. Entonces puede que ese chico tampoco sea igual a su amigo. Nos reunimos con personas afines a nosotros, no idénticas. No subestimes tu intuición: si crees que el chico en realidad te salvó de su amigo, confía en tu percepción.

Me quedé mirando sus manos mientras servía galletas en un plato. Eran las mismas de la vez anterior.

–¿Siempre horneas las mismas galletas? –pregunté, pellizcando una.

–Sí. ¿Quieres que te prepare alguna otra cosa?

La oferta me entusiasmó.

–Me gustan los muffins de chocolate.

–¡Habrá muffins la próxima semana, entonces! –exclamó ella.

–Abuela… Quería pedirte algo más –dije. Ni siquiera me di cuenta de que por primera vez acababa de llamarla *abuela*, pero ella sí. Lo supe por cómo me miró.

–¿Sí? –respondió.

–¿Conoces a alguien que pueda hacerme un piercing sin autorización de mis padres?

La sorprendí al punto de que dio un respingo.

–¡Val! No me pidas eso, por favor. Sí, conozco a alguien, pero no puedo ser tu cómplice a espaldas de tus padres.

–¡Ah, vamos! Papá está enojado contigo de todas maneras, ¿qué le hace una razón nueva? Además, jamás se enterará de que me ayudaste. Tampoco denunciaré al que me lo haga, no te preocupes; lealtad ante todo –ella rio, negando con la cabeza. Viendo una grieta en su determinación, intenté darle más razones para que me ayudara–. Piensa: si no me acompañas tú, lo haré de todas maneras. Le pediré a Liz que me lo haga en el baño del colegio, así que si me llevaras con un profesional, en realidad estarías evitándome una infección.

Suspiró, y supe que había ganado.

–De acuerdo.

8

Ay

Tanto el negocio al que me llevó la abuela como su dueño se llamaban Xiang. Con ese nombre y por los rasgos del chico, no cabía duda de que era chino. Las paredes estaban revestidas de dibujos asiáticos y había olor a tinta: Xiang era tatuador, además de piercer. No pasaba los veinticinco años, era atractivo y, por supuesto, estaba lleno de tatuajes.

—Esta es mi nieta Valery —le explicó la abuela—. Quiere hacerse un piercing, y yo lo autorizo.

—¿Qué estilo de piercing quieres? —me preguntó Xiang.

—Nada muy difícil, solo una argollita en la nariz —describí.

—¿De qué lado?

No lo había pensado.

—Del lado izquierdo —solté, solo porque sí.

Me pidió que me sentara en un sillón parecido al que usan los odontólogos y me sugirió que me relajara. Hasta ese momento no había sentido miedo, pero en cuanto comenzó a limpiar la zona y a estirar la piel de mi nariz para estudiar la posición en la que haría el agujerito, me puse nerviosa.

Lo vi manipular los instrumentos y me mordí la lengua para no preguntar *¿dolerá?*, como si fuera una niña.

En cuanto la aguja traspasó la piel, se me escapó un quejido. El dolor duró un segundo y enseguida solo sentí el calor de la sangre. Después de higienizarme, Xiang me ofreció un espejo: me había colocado una delicada argollita del lado izquierdo de la nariz.

Me vi rara. Era tonto, pero me sentía más grande. Me quedaba bien.

—Gracias —dije, sonriendo.

Asintió con la cabeza y se arrastró con su silla de rueditas hasta un soporte metálico que colgaba de la pared. Arrancó un papel y me entregó un frasquito.

—No debes tocar el piercing. Sigue este instructivo, debes desinfectarlo con este líquido varias veces por día y, ante cualquier inconveniente, no dudes en ir al médico. ¿Está todo claro?

—Todo claro —dije.

—Gracias, Xiang —le dijo la abuela, tocándole el hombro—. ¿Cuánto te debo?

—¡Oh, no! —exclamé yo—. Fue mi idea, yo pago —no quería que la abuela pagara en mi lugar.

Ella me detuvo rodeándome el brazo con una mano.

—Otras abuelas regalan a sus nietas brazaletes y aretes delicados. Deja que yo te regale esto. Somos un poco raras, ¿no? —rio y entregó el dinero a Xiang antes de que pudiera hacerlo yo.

Cuando salimos del negocio, fuimos de compras, tal como la vez anterior.

—Por favor, la próxima no me pidas un tatuaje —rogó la abuela. Yo me cubría la nariz por el olor a pescado de la tienda y una ligera molestia en donde tenía el piercing.

—No. No me hace falta un tatuaje por ahora —aseguré, un poco gangosa.

—Tampoco le digas a tu padre que…

—Ni siquiera sabe que vengo a visitarte. ¿Ahora podemos salir de la pescadería?

La abuela volvió a reír.

—Sí, salgamos.

Saludó a la dependienta gritándole algo en chino y al fin respiramos aire fresco. Bueno, lo más fresco que podía estar en el barrio chino, donde todo, absolutamente todo, olía a algo comestible.

Otra vez nos despedimos en la puerta de su tienda.

—Val —me dijo la abuela—, ¿crees que tu padre me perdone algún día?

Inspiré profundo y, esta vez, yo apoyé una mano consoladora sobre la de ella.

—Si nunca te perdonara, sería un idiota —respondí.

Cuando llegué a casa, papá no estaba. Mamá seguía en el hospital, así que abrí el chat que tenía con él y le envié un mensaje para avisarle que iría al mismo bar del sábado anterior. El mensaje llegó, pero como él no respondía, subí a mi habitación y me vestí. Tampoco había respondido para cuando salí.

En el autobús, no podía apartar mis ojos del reloj. Me humedecí los labios; estaba aún más nerviosa que cuando me iba a hacer el piercing. Levanté la cabeza y me di cuenta de que estaba cerca de la parada. Descendí en las proximidades del bar.

Caminé despacio, con las manos en los bolsillos de la chaqueta, preguntándome qué le diría a Dark Shadow cuando lo viera. Tenía que ser breve:

su amigo Brad andaría dando vueltas, y no quería cruzármelo. Después de la agresión con la que había terminado nuestro primer y único encuentro, le tenía un poco de temor y resentimiento.

En la puerta me reencontré con el mismo guardia del sábado anterior. Estuve a punto de mostrar la credencial de mi hermana cuando me hizo un gesto con la mano para que avanzara. Al parecer, ya me reconocía. Asentí con la cabeza como agradecimiento y entré.

En el guardarropa estaba la misma chica jugando con su teléfono. Todo parecía igual, sin embargo, ya desde la puerta supe que algo en mí era distinto. Cuando reconocí la canción que estaba sonando en ese momento, se me anudó la garganta: alguien estaba cantando *Dust in the Wind* con una voz preciosa.

Aceleré los pasos hasta quedar delante de la barra. Desde el fondo, apenas alcanzaba a ver a quien tocaba por un espacio angosto que se había formado entre varias cabezas. Dark Shadow estaba sobre el escenario, sentado en una banqueta, solo con su guitarra. Entonaba con su voz melodiosa: *All we are is dust in the wind.* "Todo lo que somos es polvo en el viento". Me quedé helada, mi cuerpo parecía de porcelana. ¿Por qué esa canción? ¿Por qué él?

Agradeció cuando terminó y acomodó la guitarra sobre sus piernas para continuar con el repertorio aún entre aplausos. A la canción de Kansas le siguió *The Sounds of Silence*, de Simon & Garfunkel. *Los sonidos del silencio.* Igual de triste que la canción anterior. Ay.

Me guardé las ganas de acercarme hasta que terminó de cantar y se despidió. Enseguida salió un presentador a anunciar que, a continuación, tocarían los Young Emancipation.

No quería ir del otro lado de la cortina, donde Brad debía estar aspirando con sus amigos, ni quería ver a Dark Shadow haciendo lo mismo. Lo esperé en el pasillo, entre las parejas que se besaban y se tocaban, como toda una solitaria.

Maldije cuando vi que Dark Shadow salía de detrás de la cortina y se escabullía con una chica por el lado contrario al que estaba yo. Me abrí paso entre la multitud al ritmo de una canción de Godsmack y justo cuando alcanzaba su espalda, tropecé con el pie de alguien. Caí hacia delante y no me quedó más opción que colgarme de su chaqueta. Él giró de inmediato y de pronto sus manos estaban sujetando las mías, impidiendo que cayera al suelo e hiciera el ridículo de mi vida. Nos miramos y, entonces, lo solté de pronto, como si acabara de tocar brasas calientes.

—¿Por qué estabas cantando esa canción? —pregunté. Fue lo primero que se me ocurrió. *Así que sus ojos eran grises*, pensé con admiración.

Dark Shadow frunció el ceño; debía creer que estaba loca.

—¿Qué canción? —contestó. ¡Por supuesto! Había interpretado varias.

—La de Kansas —aclaré.

—Ah. *Dust in the Wind.*

—*Dust in the Wind* —repetí.

—¿Porque me gusta? —replicó, abriendo una mano, como si fuera obvio.

Tragué con fuerza, estaba agitada. Me sentía una idiota.

—¿Tienes un segundo? —pregunté. Era imposible hablar allí donde estábamos, tan cerca de un parlante.

Se volvió hacia la chica que lo acompañaba, le dijo algo al oído y puso una mano en mi espalda. Mi cuerpo se volvió vulnerable por un momento. No sé por qué esa mano me ablandaba.

Lo seguí hasta una puerta lateral. Él digitó un código en un panel numérico y abrió. En unos segundos estábamos afuera, en el fresco de la noche, rodeados de ruido a música enlatada.

—¿Hoy no tocas con tu grupo? —pregunté.

—No. Hoy toqué solo. Si estás buscando a Brad…

—¿Qué? —fruncí el ceño—. No. No me interesa Brad. Quiero decir… yo…

No sabía qué inventar. No me había molestado en preparar un discurso, y algo en la energía de Dark Shadow me había dejado indefensa.

—Entonces ¿qué quieres? —siguió preguntando. Hablaba con ese tono sereno, ¡y yo estaba tan nerviosa!

—¡Quiero que me dejes en paz! —bramé. Me di cuenta de que estaba desorientado y a punto de echarse a reír, así que me apresuré a explicar—: Quiero que salgas de mi cabeza. No quiero pensar en ti cada vez que me voy a dormir y ni bien abro los ojos al despertar. Quiero que dejes de torturarme con la forma en que me miraste cuando te llamé "adicto". No quiero sentir que fui injusta o que te herí de alguna manera. Todo eso quiero.

—Ya puedes vivir tranquila: no me heriste de ninguna manera. Jamás me sentiría herido por una completa desconocida. ¿Conforme? ¿Ahora dejarás de pensar en mí?

¿Solo eso? ¿Tan simple era?

Me enderecé —acababa de darme cuenta de que estaba encorvada como una anciana— y suspiré.

—Sí. Al fin dejaré de pensar en ti.

—Qué bien —dijo él.

—Sí. Qué bien.

Nos quedamos callados, mirándonos a los ojos. ¡Dios! Los de él eran preciosos. También su rostro y su boca.

—¿Te gusta *Dust in the Wind*? —continuó.

—¿Qué?

—Si te gusta…

—Sí. Sí —dije. En realidad había escuchado la pregunta, no sé por qué seguía actuando como una tonta.

—A mí también.

Otra vez nos quedamos callados.

—Bueno… —balbuceé—, tu chica debe estar esperándote, ya puedes regresar.

—No es mi chica. Es solo una chica, y te apuesto a que ya no está esperándome. ¿Tú sí estabas esperándome?

—Sí. ¡No! —me retracté—. ¿Cómo crees?

Bajó la cabeza. Estoy segura de que en su interior había estallado en risas, pero cuando me miró, seguía serio. Solo su mirada era sagaz.

—Es tarde. ¿Me permites acompañarte a tu casa?

Me quedé congelada, con los ojos muy abiertos y la respiración suspendida. Dark Shadow me estaba ofreciendo acompañarme a casa, y lo peor era que me hubiera gustado decirle que sí.

—Voy a la parada del autobús —aclaré.

—Bueno, a la parada del autobús, entonces —propuso él.

—La calle es pública, puedes venir —contesté.

Dio un paso adelante, y yo me quedé mirándolo en lugar de retroceder.

—Soy Luke. Luke Wilston —se presentó. Su mirada me quemaba, su voz me embriagaba, su estatura me hacía sentir diminuta.

—Valery Clark —dije, intentando no sentirme intimidada por su tamaño—. Pero mis amigos me dicen *Val*.

—Mucho gusto, Val. ¿Para qué lado vamos?

Señalé a la derecha.

Luke Wilston.

Luke "Dark Shadow" Wilston era el chico más interesante que me había cruzado nunca y me hacía sentir cosas muy raras.

Ay.

9

Ensayo y error

Empezamos a caminar en dirección a una calle tranquila, todo un hallazgo en Nueva York. A esa hora de la noche y en esa zona, la gente dormía. Teniendo en cuenta el tipo de personas con las que Luke se juntaba, debí sentirme insegura a su lado. Paradójicamente, su presencia me hacía bien. Era como si con él, el mundo pareciera menos peligroso.

—Veo que has hecho un pequeño cambio —comentó, señalándose la nariz. Sonreí y toqué mi piercing.

—Sí. Me lo hice hoy.

—Se nota: está un poco irritado. Debes cuidarlo para prevenir una infección.

—Sí, estoy siguiendo las recomendaciones del piercer. ¿Tú tienes piercings o tatuajes? —pregunté.

—No. Todavía no encontré la frase o el dibujo que quiera que me acompañe para siempre —explicó.

—Yo tampoco.

Caminábamos despacio. Me di cuenta de que, en mi caso, retrasaba los pasos para tener tiempo de decirle lo que en realidad había ido a decir.

—¿Escuchas rock? —siguió preguntando él.

—La verdad que no, pero desde que vi en vivo una banda llamada Dark Shadow creo que es un estilo en el que me gustaría incursionar un poco.

Luke rio bajando la cabeza. En esa posición, su nariz se veía todavía más linda, y la sonrisa otorgaba un matiz suave a su perfil un poco duro.

—¿Y qué música escuchas? —indagó.

—Lo que esté de moda —dije. Reí ante su mirada incrédula—. Lo sé, no me asesines. Prometo mejorar. ¿Por qué estabas tocando solo?

—Nos cubrimos entre los integrantes de la banda cuando alguno no puede asistir. Esta noche ninguno estaba pasando un buen momento. La cuestión es no perder el lugar, que siempre tengamos algo para presentar.

—¿Viven de esto?

—No. La paga no es buena, pero para mí es una forma de liberación.

Asentí con la cabeza; comprendía la idea y me habría encantado tener algo con qué liberarme, como él.

—¿Y a qué te dedicas? —indagué—. ¿Haces algo, además de tocar en la banda?

—Sí, claro. Trabajo en un taller mecánico. ¿Y tú? ¿Trabajas o vas a la universidad?

Me había metido en un problema. No quería mentir.

—Bueno, en realidad…

—Entras al bar con una identificación falsa —completó Luke. Lo miré con los ojos muy abiertos.

—¿Cómo lo sabes?

—Por tu aspecto, supongo que tienes todavía unos… mmm… ¿diecisiete años?

—Dieciséis.

—¡Guau! —exclamó—. Yo ya tengo dieciocho. Ni siquiera me toques, podrías meterme en problemas —dijo. Me hizo reír.

–No te preocupes, no tengo la menor intención de tocarte, "señor arrogancia" –respondí. Un rincón de mi cabeza gritaba: ¡*mientes, mientes, mientes!*

–No tenías ni por casualidad la apariencia de una falsificadora –soltó, estudiándome con los ojos entrecerrados.

–En realidad hice algo peor: usurpé la identidad de mi hermana muerta.

–¡¿Qué?! –exclamó él. No sabía si reír u horrorizarse.

–¡Te aseguro que tengo una buena razón! –me defendí.

–¿Eran parecidas?

–Podría decirse que sí. Solo que ella era rubia y más delgada.

–¿Más delgada que tú? Entonces estaba a punto de desaparecer –su mirada cambió de golpe–. Mierda. Lo siento.

–Desapareció, sí –asentí, y luego me eché a reír ante la expresión turbada de él–. Ay, no te preocupes. Es la primera vez que bromeo con esto. Gracias por hacer que deje de parecer tan dramático.

Callamos un momento; acabábamos de llegar a la parada. Me quedé de pie frente a él, con la cabeza gacha y las manos en los bolsillos de la chaqueta. Me miraba la punta de las botas, consciente de que, si venía el autobús, al final no habría dicho lo que quería.

–Luke, verás… –comencé–. Respecto de lo del otro día… Lo siento. Lo siento de verdad.

Él negó con la cabeza.

–No hay problema.

Lo miré.

–No quise insultarte. Es que tenía un mal día, y tu amigo lo empeoró.

–Lo sé. Además, te entiendo. De verdad. Mi válvula de escape es la música. La tuya, insultar a desconocidos.

–¡No! –exclamé, riendo–. Por favor, no pienses eso. Te aseguro que yo no soy así.

—No hay problema, en serio —continuó—. Estaré aquí cuando necesites descargarte. ¿Cómo está tu mamá? Me dijiste que…

—Sí, ya sé; te conté mi vida en cinco segundos —lo interrumpí—. La internaron por un tiempo.

Se quedó en silencio, parecía sorprendido.

—Le hará bien —concluyó.

—¿Tienes experiencia en el tema?

—No, pero conozco personas que deberían buscar ayuda en una internación.

—¿Tu amigo Brad, por ejemplo?

—No.

Otra vez callamos. Yo me mecía sobre los pies; tenía un poco de frío. Iba a decir algo más para romper el silencio, pero en ese momento la expresión de Luke cambió y se aproximó a la orilla de la acera. Miré por sobre el hombro: venía el autobús. Cuando él se aseguró de que el chofer nos había visto, volvió a mirarme de frente.

—Ahora que ya te disculpaste y sabes que no heriste mis sentimientos, ¿en verdad dejarás de pensar en mí? —preguntó. No hice a tiempo a responder—. Hagamos una cosa: si para el sábado que viene todavía estoy en tu mente, ven al bar otra vez.

¡Sí!, gritó mi corazón en ese instante. Pero mi razón me susurró que no debía meterme con él.

—¿Estará Brad aquí? —indagué.

—Probablemente. Y eso, ¿qué?

—Tú… ¿haces lo mismo que él?

Si lo hace, no lo soportaré. No quiero verlo así. No puede ser así.

—¿Consumir drogas? No. No soy un adicto.

Parecía sincero, pero no terminaba de confiar en él.

—Si tú tampoco consumes, ¿por qué Brad se obsesionó conmigo y no contigo?

—Soy su amigo y confía en mí. En cambio a ti no te conocía y tuvo miedo de lo que pudieras hacer o decir.

Tenía sentido. Pero aun así no me convenía meterme con él.

—No me esperes, ya no pensaré en ti —aseguré.

—Qué mal. Porque yo no dejaré de pensar en ti.

Mi respiración se agitó y se me aceleró el corazón. ¿Había oído bien? La voz del chofer nos interrumpió.

—¿Señorita? —indagó.

—Disculpe —murmuré, y subí corriendo al autobús.

Pasé la tarjeta por el lector y me volví hacia donde la puerta se estaba cerrando. Del otro lado, Luke todavía estaba de pie, con las manos en los bolsillos del pantalón. Nos miramos a los ojos hasta que el vehículo avanzó.

Cuando me senté, se me aflojaron las piernas.

"Qué mal. Porque yo no dejaré de pensar en ti".

La frase resonó en mi cabeza una y otra vez hasta que el recuerdo de los ojos de Luke mientras la pronunciaba revoloteó en mi estómago. Oculté el rostro entre los brazos, que estaban apoyados en el respaldo de adelante, y suspiré. De pronto me di cuenta de que ni siquiera habíamos intercambiado nuestros números de teléfono. Si quería volver a verlo, tenía que regresar al bar sí o sí. ¿Y si era un engaño? ¿Y si era igual a Brad, solo que más hábil, y quería divertirse conmigo? Ni siquiera había intentado besarme y le había confesado que era menor de edad. Quizás sabía a qué se estaba exponiendo y por eso avanzaba despacio. ¡Dios! Nunca me había sentido tan confundida en cuestión de chicos.

Ensayo y error. Así podía resumirse nuestra conversación: un grano de confianza, diez de confusión. Me basaba en una hipótesis y estaba probando suerte con lo desconocido, con lo que jamás me habría atrevido siquiera a mirar.

Me coloqué los auriculares y puse música en el móvil. Escuché una y otra vez *I'm a Ruin*, de Marina and the Diamonds, un poco identificada con la canción. En ese momento, mi vida y yo éramos una ruina, y temía meterme con alguien todavía más destructivo que mi realidad y yo. ¿Podía confiar en Luke? ¿De verdad no era igual a sus amigos? No quería terminar en un espiral sin salida, como era el mundo del rock, las drogas y el alcohol.

Supuse que el único modo de descubrirlo sería continuar con el procedimiento de ensayo y error. Al menos seguía pensando en él y, si eso sucedía, tenía que volver al bar. Esa era la condición.

10

Consecuencias

–¡Val!

La voz de papá casi me provocó un infarto. Salté del susto y encendí la luz del comedor; estaba esperándome en penumbras. Se puso de pie y se acercó.

–¿Qué pasó? ¿Por qué no respondiste mis mensajes? –preguntó.

–No recibí ningún mensaje –expliqué.

Él extrajo su teléfono del bolsillo y buscó la aplicación del chat. Los mensajes nunca habían abandonado el móvil.

–Oh… –susurró y me miró. Su ceño se frunció; supe que acababa de descubrir mi piercing–. ¿Qué…? –murmuró.

–No me mates –supliqué. Su rostro lo decía todo: no iba a regañarme, solo estaba más preocupado que antes.

–Val…

–Te aseguro que esto no tiene nada que ver con lo que pasó con Hillie –me apresuré a aclarar, antes de que él extrajera deducciones erróneas–. No estoy elaborando el duelo de ninguna manera extraña. –*¿O sí?*, pensé. Por supuesto, no podía dar lugar a dudas, así que ni siquiera aludí a que cabía la posibilidad.

A pesar de lo espinoso del tema, papá sonrió.

—¿De dónde salió eso? —preguntó.

—Fue una frase que utilizó el psiquiatra de mamá.

Puso una mano en mi hombro y me miró a los ojos con expresión compasiva.

—Desde que Hillie se fue, estás actuando raro. Ese bar al que vas, el piercing…

—Estoy bien —aseguré—. ¿Cómo estás tú?

Suspiró y bajó la cabeza.

—Cuando no estoy en el trabajo, solo pienso en Hillie y en tu mamá. Y en ti, por supuesto. Me preocupas.

—No te preocupes.

Me miró con la cabeza ladeada.

—Quiero que sepas que puedes contar conmigo.

—Ya me lo dijiste. Gracias, papá. ¿Se sabe cuándo regresará mamá?

—Parece que la semana que viene.

—Genial. Voy a la cama.

—¿Cenaste?

Dije que sí y subí las escaleras. No había cenado, pero tampoco tenía hambre.

Mi especie de buen humor desapareció en cuanto pasé por la puerta del dormitorio de Hilary. No. Nadie había superado su partida todavía, pero algunos hacíamos de cuenta que éramos fuertes y que la estábamos llevando bien.

Me acordé de cuando nos quedábamos solas porque mamá y papá salían. Me acordé de las risas en el sofá mientras mirábamos alguna película, de que ella preparaba la cena. En esos momentos olvidaba que yo me sentía inferior y éramos buenas amigas. Su risa era alegre y contagiosa, y sus ojos, muy expresivos. Recordé nuestras vacaciones en Disney y lo ilusionadas que estábamos con ver a nuestros personajes favoritos. Por aquel entonces yo tenía once años, y ella me ayudaba con las tareas del colegio.

Mi mente no se cansaba de recordar, y el puño que apretaba mi corazón se volvía cada vez más opresivo. Cuando los recuerdos resurgían, la tristeza me amenazaba, y no quería admitirla en mi realidad. Sacudí la cabeza y seguí hasta mi dormitorio, intentando pensar en algo más.

Esa noche armé una lista de reproducción con las canciones que había tocado la banda de Luke el sábado anterior y algunas más que me sugirió la aplicación. A su vez aparecieron temas de otros grupos y así seguí incursionando en el rock.

Para el lunes, era tal mi fascinación, que en un rato libre en el colegio seguí descubriendo música. Estaba sentada en el pupitre con los auriculares puestos cuando Liz se asomó por sobre mi hombro y me quitó uno. Tenía por costumbre hacer eso, supongo que era parte de su obsesión por tener el control de todo.

–¿Qué estás escuchando? –preguntó. Después de un momento, exclamó–: ¡¿Qué es eso?! Glenn, me parece que ese bar de abuelos la está convirtiendo en otra persona. Primero el piercing, ahora esta música…

Glenn me arrebató el otro auricular y las dos se quedaron escuchando un momento. La fiesta les duró hasta que apagué la música.

–Para su información, no es un bar de abuelos, y los chicos que van ahí son bastante lindos –argumenté.

Las dos se miraron y después se volvieron hacia mí.

–¿Viste de nuevo al guitarrista? –indagó Liz, con expresión inteligente.

–Mmm… algo así –murmuré.

–¡Lo sabía!

—Cuéntame más —rogó Glenn—. Ya sabes que me encantan las historias de amor.

Me hizo reír.

—¡¿Qué historia de amor?! —exclamé—. Solo fui a pedirle disculpas por haberlo insultado la noche en que lo conocí.

—¿Hiciste eso? —indagó Liz, indignada. Glenn suspiró.

—Es un hermoso comienzo para una historia de amor —defendió.

—¡Olvídalo! No estamos en uno de esos dramas coreanos que miras —le dije. Liz rio.

Volví a colocarme los auriculares hasta que la profesora llegó.

No solo había vuelto a ver a Luke, sino que, además, pensé en él toda la semana. Recordaba su mirada, su perfume, su frase de despedida. Y mi imaginación hacía de las suyas mientras escuchaba la música que le gustaba.

El sábado, mamá regresó a casa y, aunque resultaba evidente que todavía estaba triste, se parecía más a la que era antes de que Hilary enfermara. Quiso preparar el almuerzo y me pidió que viéramos una película juntas esa noche. Después de tantos días sin ella en casa, preferí quedarme y ayudar a retomar las riendas de nuestra familia en lugar de ir al bar.

Fue la primera vez que hablamos con honestidad en mucho tiempo. Después de que cumplí catorce, me había alejado de ella, y ella se había acercado a Hilary. Por eso podría decirse que esa noche descubrí una persona distinta. Vi a mi madre con los ojos de una chica más madura y comprensiva.

—Val… Quiero pedirte disculpas —me dijo mientras pasaban los créditos de la película. Estábamos a oscuras, sentadas en el sofá, una junto a la otra—. Estos días fueron muy duros y yo no supe llevarlo bien.

—Todo el último año fue duro —agregué. El sufrimiento no había comenzado con la muerte de Hillie, sino con la enfermedad.

Ella bajó la mirada.

–Sí, es cierto. Sé que quizás no te presté la atención que merecías y me siento culpable por eso.

Le tomé la mano y ella me miró, sorprendida. Al parecer también me estaba viendo con ojos nuevos.

–Hiciste lo que pudiste –respondí.

–Pero puedo hacerlo mejor. Haré lo imposible para que seas feliz –siguió mamá, con lágrimas en los ojos.

–Lo soy. Quiero decir, a pesar de la tristeza por Hillie.

–Entiendo –intervino ella–. ¿Por qué te has hecho eso en la nariz? Un piercing es una agresión a tu cuerpo; no quiero que te hagas daño.

–Mamá: es solo una moda, no busques ninguna cuestión psicológica escondida en esto, ¿sí?

–¿Quién te lo hizo? –preguntó con los ojos entrecerrados. Mamá era así: a veces parecía que no escuchaba–. Tengo entendido que se necesita una autorización.

–Me lo hizo una amiga en el baño del colegio –mentí.

–No creo que haya sido Glenn –bromeó. Me hizo reír.

–Con suerte la dejen salir a cenar el fin de semana que viene. Les dije que quería comer la pizza más grande del mundo.

La mirada de mamá evidenció sorpresa.

–¿«La pizza más grande del mundo»? –repitió–. ¿Y a qué viene eso?

Sonreí.

–Es solo un capricho –llevaba muy bien el asunto de la lista, y no quería revelarlo aún.

–¿Hacemos más palomitas y miramos otra película? –ofreció.

A pesar de que acepté, mientras mirábamos la segunda película, yo solo pensaba en Luke. Me preguntaba si ya habría tocado con su banda, qué canciones habrían interpretado, si de verdad estaría pensando en mí…

Por milagro, Glenn consiguió permiso para salir a cenar el sábado siguiente; el viernes no podía. Aunque yo les había propuesto a ella y a Liz ir a la pizzería el viernes para poder ir al bar el sábado, no me quedó más que aceptar si quería cumplir ese deseo de Hilary con mis dos amigas.

Papá nos llevó hasta Manhattan y nosotras tomamos el metro hasta una pizzería que tenía fama de hacer las pizzas más grandes de la ciudad. No sé si sería la más grande del mundo, como había deseado Hilary, pero comimos hasta no poder más y reímos sin parar.

En un momento, apoyé mi vaso de Coca Cola sobre la mesa y dije:

—No creo que sean capaces de adivinar por qué les he propuesto esta salida hoy.

—¿Quieres celebrar que estás saliendo con el guitarrista? –preguntó Glenn, fiel a su espíritu romántico. Liz, en cambio, me miraba con los ojos entrecerrados.

—Después de que Hillie murió, encontré una lista de deseos que había escrito cuando estaba enferma. Me propuse cumplirlos –expliqué, y les mostré la copia que había hecho yo. Las dos se inclinaron sobre la lista con los ojos muy abiertos–. El número seis lo taché desde un comienzo, no voy a acostarme con un chico por un deseo ajeno.

—Es increíble, Val –dijo Liz.

—Increíble y emocionante –acotó Glenn.

—Gracias por acompañarme a cumplir uno de los deseos –respondí, y alcé mi vaso para tomar otro trago.

Cuando regresé a casa, taché el ítem número siete de la lista.

Poco a poco, la vida se encaminaba de nuevo. Había pasado el primer mes de la muerte de Hilary, y aunque su ausencia seguía siendo dura, confiaba en que el tiempo sanaría nuestras heridas.

La vida se compone de causas y efectos, todo tiene su consecuencia. Por el piercing, mis padres sospechaban que no estaba llevando bien lo de Hilary. Haber conocido a Luke ¿tendría algún efecto también?

Hay distintos grados de consecuencias. Las de una muerte son espanto-sas. Sabes que por siempre te faltará una parte de tu vida: el saludo diario, las conversaciones, las pequeñas anécdotas compartidas. Cuando alguien cercano se va, tu manera de ver el mundo cambia de forma radical.

Desde que Hilary se había ido, me sentía distinta. Quería convencerme y convencer a todos de que estaba llevando bien el duelo, pero dentro de mí temía que no fuera cierto. Me resultaba imposible ordenar las dos personas que convivían en mí: Val, la que quería honrar la vida, y Valery, la que sentía un inmenso agujero en su pecho y no tenía idea de cómo iba a llenarlo.

11

Veneno

A partir de que miramos las películas, mamá comenzó a ocuparse de mí como nunca antes. Si no me iba a buscar al colegio, era solo porque le había suplicado que no lo hiciera y porque papá la había convencido de que me dejara continuar con mi vida. Mi rutina implicaba volver sola de la escuela, y no quería cambiarla. Era el único modo que tenía para seguir viendo a la abuela y para tener algo de privacidad.

Me sentía observada. Mamá me preguntaba todos los días qué habíamos hecho en clase, por qué cerraba la puerta de mi habitación, qué haría el fin de semana. ¿Así era con Hilary? No lo había notado. Siempre me dio la impresión de que le prestaba más atención a ella que a mí, pero no creí que llegara a ese extremo.

El sábado, se opuso a que fuera al bar.

—Ha estado yendo a ese bar durante algunos sábados, Cailyn —explicó mi padre con paciencia—. No creo que tenga nada de malo.

—¿Cómo sabes que allí no corre peligro? —replicó ella—. ¿Te aseguraste de que fuera un sitio apropiado para una chica? Tiene dieciséis años, Dean, no puedes confiar a ciegas en su criterio.

Abrí la boca y fui incapaz de cerrarla por un rato. ¡Mamá no confiaba en mí! ¿Qué le había hecho yo?

—Si no podemos confiar en nuestra hija, ¿entonces, en quién? —respondió papá.

—Lo que quiero decir es que no podemos confiar en los demás. No estoy de acuerdo con que vaya a un bar que no conocemos —arremetió ella, y me miró—. Si nos dejas llevarte esta vez, quizás puedas ir sola la próxima.

—No —respondí de inmediato.

—Entonces no habrá bar esta noche —sentenció.

Apreté los puños. Ya me había vestido y maquillado; ¡y ahora mamá no me dejaba salir! Me sentía frustrada y habría escapado con tal de salirme con la mía. Le habría gritado que mientras ella no había estado en casa, yo había sido libre, y que su presencia significaba una cuerda atada a mi cuello. Pero no podía ser tan dura, no cuando se estaba recuperando de la muerte de mi hermana.

Me mordí la lengua, subí las escaleras y me encerré en mi habitación. Me arrojé sobre la cama así como estaba y extraje el teléfono. Parecía mentira que, en pleno siglo XXI, el bar fuera el único modo que tenía para volver a hablar con Luke. Había buscado su nombre en las redes sociales y no aparecía nadie que pudiera ser él. Su banda tenía algunas direcciones, pero yo jamás enviaría un mensaje que pudiera leer cualquier otro integrante del grupo, incluido Brad.

Envié un mensaje al chat que tenía con mis amigas.

VAL.

Estoy furiosa. Mi madre no me dejó ir al bar.

LIZ.

Adicta.

Val.

Jajaja. ✓

Guardé el teléfono debajo de la almohada y me abracé a ella, intentando soportar la injusta decisión de mamá. Por suerte, Liz había estado ahí para contenerme, y me había hecho reír con una sola palabra.

Papá golpeó a la puerta y entró cuando le di permiso. Se sentó en la orilla de la cama y me acarició el pelo.

—No te preocupes, la convenceré para que te deje ir el sábado que viene. Le diré que yo te llevaré, pero te dejaré a unas calles de distancia. ¿Qué opinas?

Volví a sentirme en paz.

—Gracias —dije con alivio.

Él asintió y se retiró.

Tal como había prometido, papá se ocupó de convencer a mamá durante la semana, y el sábado se ofreció a llevarme hasta el bar guiñándome el ojo. En el auto me dio un sermón. Prefería eso a quedarme otra vez en casa. Hacía tres semanas que no veía a Luke, y temía que creyera que no había pensado en él.

—Entiendo que no quieras que te deje frente al bar. También tuve tu edad y me hubiera dado vergüenza que mis amigos vieran que mis padres me estaban controlando. Pero, por favor, Val, no traiciones mi confianza. Tu madre me mataría si se enterara de que, en realidad, te dejé a unas calles. Sabes que la noche es peligrosa y que a veces en algunos bares la gente no es amigable. Creo que eres inteligente y sabrás elegir a dónde vas.

—Sí, papá —respondí, esforzándome para conservar la calma. Entendía su miedo, pero si seguía escuchando, me iba a sentir todavía más culpable. Porque sí: les estaba mintiendo. En ese bar pasaban cosas y no era apto para menores. Conseguiría el teléfono de Luke y no volvería más. No quería mentirles a mis padres.

Papá me dejó a dos calles y me rogó que tomara un taxi para volver. Le prometí que lo haría y me alejé.

Esa noche, Amadeus explotaba de gente. *Explotaba* literalmente. Había fila para entrar y, una vez que logré acceder, tuve que quedarme en un rincón para que no me aplastara la multitud que se movía al ritmo de una canción de Iron Maiden.

No había rastro de los grupos que tocaban siempre, y no se me había ocurrido leer el anuncio de la entrada. Si no encontraba a Luke esa noche, temía que jamás pudiera volver a verlo. Ir al bar engañando a mis padres ya no era una opción. Si de verdad me pasaba algo, perdería su confianza para siempre, y no quería arriesgarme.

Me acerqué a la barra y aproveché que el barman estaba entregando una cerveza a un cliente para preguntarle por los Dark Shadow.

—No tengo idea —respondió sin siquiera mirarme.

Suspiré y me volví hacia el escenario. Me crucé de brazos y esperé un rato. Después de la banda que hacía covers de Iron Maiden, vinieron otros que no conocía, hasta que al fin anunciaron a los Dark Shadow.

En cuanto Luke apareció en el escenario, ni siquiera me importó que la figura central fuera el asqueroso de Brad. Esa noche comenzaron con *My Friends*, y la gente los aplaudió más que nunca. Mientras tocaban me di cuenta de que Luke era todavía más atractivo de lo que recordaba: era alto y atlético, usaba esa muñequera ancha y el anillo, y su ropa lo hacía todavía más interesante. Se vestía como un rockero, pero conservaba cierta prolijidad.

Cuando el show terminó, mientras Luke dejaba a un lado la guitarra, una chica salió de detrás del escenario y lo abrazó. Lo besó, y él le estrechó la cintura para apretarla contra sus piernas.

Lo que sentí al ver esa escena fue parecido a un golpe en el estómago. En ese momento me pareció que todo lo que había pasado cuando me había acompañado a la parada del autobús había sido una mentira, una estrategia para usarme y dejarme, como seguro haría con esa chica. No debía engañarme: Luke no era para mí. Se pasaba los fines de semana en la noche, entre drogas y cerveza, y sin duda se acostaba con cuanta chica se le cruzara por el camino. No había modo de que un chico así estuviera interesado en mí de buena manera.

Me sentí traicionada por mis propias ilusiones, y eso me llevó a la barra. A pesar de que había otras personas esperando su turno, ordené una cerveza.

—¡Oye! —exclamó una chica—. ¿En casa no te enseñaron a respetar tu turno?

Ni siquiera la miré. Recibí mi botella, arrojé un billete sobre el mostrador y me alejé. No podía evitar a la gente, y moría por un sitio un poco más tranquilo, así que recurrí al pasillo de las parejas.

El destino me jugó una mala pasada y, entre tantos seres humanos, arrasé con la espalda de un chico. Él dejó de besar a la chica y giró la cabeza: era Luke.

—¡Ey! —exclamó. Hasta parecía entusiasmado de verme mientras todavía tenía una mano en la mejilla de otra.

—Ey —dije sin ánimo, y bebí un trago de cerveza.

De pronto su compañera, que todavía estaba contra la pared, miró por sobre el hombro de él y gritó con expresión horrorizada. Casi al mismo tiempo, alguien me empujó con fuerza desde atrás y fui a dar contra Luke. Él me atrapó con los brazos en una fracción de segundo. La chica que lo besaba salió corriendo. Pronto me di cuenta de que alrededor había otros que también escapaban, no sabía de qué. Miré hacia atrás y entendí: una silla volaba por el aire y se había formado un círculo alrededor de dos sujetos grandotes que peleaban.

Luke me tomó de la mano y empezó a caminar en dirección a la puerta lateral por la que habíamos salido la otra vez.

—Tenemos que apresurarnos —explicó, sin dejar de moverse—. En cualquier momento caerá la policía y no quieres que descubran que entraste usurpando la identidad de otra persona, ¿no?

¡Claro que no! Si papá se enteraba de que me había metido en semejante problema, me mataría. No debía seguir a Luke, pero no me quedó otro remedio que confiar en él, al menos esta vez.

Afuera, se oían sirenas.

—Por aquí —señaló una calle que no llevaba a la parada del autobús, pero aun así fui.

En ese momento se me ocurrió que, en realidad, él también tenía que huir. Me había dicho que no era un adicto, pero ¿y si había mentido? Si llevaba drogas y la policía lo descubría, acabaría en la cárcel. Si me descubrían con él, pensarían que yo era una adicta también. De cualquier manera, estaba en un aprieto y me convenía correr.

Me soltó recién en una avenida: las sirenas ya no se oían y la cantidad de gente nos permitía pasar desapercibidos. Luke viró y se metió en un cine. Terminamos en el hall, donde solo había un empleado detrás del mostrador.

—¿Estás bien? —me preguntó, poniendo sus manos sobre mis hombros.

—Sí… —balbuceé. Me confundía su actitud.

—Creí que no volvería a verte.

Oh, por Dios. No permitas que una frase te confunda: no es un chico confiable. No es un chico para ti, ni siquiera debería ser tu amigo.

—Yo tampoco a ti.

¡Maldición! Mi inconsciente me traicionaba a descaro.

—¿Por qué no regresaste hasta esta noche? ¿Habías dejado de pensar en mí?

—Estabas muy bien acompañado, así que es evidente que tú jamás pensaste en mí —repliqué, como toda una novia celosa.

Bajó la cabeza y sonrió. Lucía apenado. No entendía por qué.

—Si te contara por qué, de haber venido cualquier otro sábado, me habrías encontrado de la misma manera, no me creerías.

¡Vaya! Encima tenía la desfachatez de decirme que los sábados anteriores también se había entretenido con otras chicas.

—Haz el intento —repliqué. Él volvió a mirarme apretando los labios.

—Apostaba a que no vendrías.

Esbocé una sonrisa y arqueé las cejas.

—¡No me digas!

—Este es justamente el motivo por el que creí que no volverías: no confías en mí. No me malinterpretes, no te culpo. De hecho, ni siquiera yo confío en mí. Por eso no entiendo qué manía tengo contigo y por qué volviste.

—Por supuesto que es inentendible: una chica que todavía va al colegio, que no sabe nada de música y que, encima, no está tan buena. ¿Qué tiene para que tú, un exitoso guitarrista que se acuesta con cuanta chica desea, todavía esté hablando con ella?

Se quedó mirándome en silencio.

—Quizás soy un adicto después de todo —concluyó—. Creo que me hice adicto a tus palabras. Cada vez que hablas, lastimas, y me gusta tu veneno.

—¿Qué es eso? ¿Una canción? —le dije con sorpresa. De alguna manera, había olvidado la desconfianza y estábamos peleando en broma.

—Podría ser —respondió.

Me humedecí los labios. No pude tragarme una sonrisa.

–No podré volver al bar –dije con voz calmada–. Sería mejor que me dieras tu número de teléfono. Si todavía piensas en mí y me dejas pensar en ti, claro. Si todavía quieres mi veneno.

–Lo quiero. Dame tu móvil.

Extendió la mano. Yo metí la mía en el bolsillo y extraje el teléfono. Se lo entregué, obediente, y él anotó su número. Cuando me lo devolvió, vi que se había guardado a sí mismo como *El chico con el que me enojé en el bar*.

–Tengo que irme –dije, guardando el móvil.

Intenté volverme, pero me quedé en el lugar cuando su mano cálida tomó la mía. Lo miré. Me ardían el cuerpo y el alma. No sabía qué era eso, pero se sentía como un incendio en mi bajo vientre.

–Me gustaría que la próxima vez pudiéramos conversar sin prisa –explicó–. Quiero que me cuentes por qué no confías en mí y que me hagas muchas preguntas.

–¿Tú también harás preguntas?

–Por supuesto. Quiero saber de ti y por qué estás tan herida.

–¿"Tan herida"? –repetí, casi ofendida.

–Solo una persona herida reacciona como tú la noche en que nos conocimos.

–Okay, "Chico con el que me enojé en el bar" –respondí–. Te enviaré un mensaje para que nos veamos de día en un lugar público. Sin prisa.

–Sin prisa –repitió, y me soltó–. ¿Te acompaño a la parada?

–Tomaré un taxi, gracias.

Como despedida, tan solo sonrió.

12

Adivina adivinador

No caería en el juego de las demás chicas, que medían cuándo enviar mensajes a un chico. No me importaba si Luke pensaba que estaba interesada en él o que, por el contrario, no me importaba. Le escribiría cuando tuviera ganas. Y tuve ganas cuando estaba en el taxi que me llevaba a casa.

VAL.

> Estoy probando un nuevo contacto que se llama "El chico con el que me enojé en el bar". ✓✓

Su última conexión era de hacía un minuto. Apareció en línea enseguida.

EL CHICO CON EL QUE ME ENOJÉ EN EL BAR.

> ¡Ja! Me gusta que me hayas escrito. ¿Qué harás mañana?

Mi corazón comenzó a latir más rápido. Me deslicé hacia el borde del asiento y me mordí el labio.

VAL.

Depende. ✓

EL CHICO CON EL QUE ME ENOJÉ EN EL BAR.

¿De qué depende?

VAL.

De la oferta. Elegiré la más interesante. ✓

EL CHICO CON EL QUE ME ENOJÉ EN EL BAR.

Ehm... ¿Una sesión de preguntas y respuestas en el Central Park?

VAL.

¡Hecho! ✓

EL CHICO CON EL QUE ME ENOJÉ EN EL BAR.

Te espero frente al Museo de Historia Natural a las tres de la tarde.

Solo por curiosidad: ¿cuál era la otra opción?

No podía responder: "Quedarme en casa pensando en mi hermana" o "Soportar un interrogatorio de mamá por mi salida de hoy", así que eché mano de una evasiva:

VAL.

Nada que una salida al aire libre no pueda opacar. Nos vemos mañana. ✓

Acababa de acordar un encuentro con Dark Shadow en un ambiente muy diferente al del bar. Esperaba que resultara tan interesante como en mi imaginación.

96

Se me hizo tarde; moverse en la ciudad a veces era difícil, aunque fuera domingo. Algunos metros cambiaban de recorrido y, desde mi casa, había que salir con tiempo. Hasta que pude convencer a mamá de que me dejara encontrarme con un chico que había conocido en el bar, se me pasó la hora de irme. Y ni siquiera lo habría conseguido sin la ayuda de papá.

Desde que salí del metro y a medida que me acercaba al sitio de encuentro, mi estómago se iba anudando. Estaba nerviosa y entusiasmada de volver a ver a Luke y de que esta vez estuviéramos en otra parte.

Cuando doblé la esquina, vi que me estaba esperando junto al monumento de la entrada del museo. Vestía un pantalón negro, una chaqueta de cuero y calzado deportivo. De día y con la luz del sol, me pareció todavía más atractivo de lo que era en la oscuridad de la noche y con luces artificiales.

Por suerte estaba entretenido con su teléfono y no me vio mientras me acercaba. Hubiera muerto de vergüenza si tenía que caminar hacia él con su mirada clavada en mí. Cuando me aproximaba a mis amigas, podía hacer alguna monería para reírnos, pero con él era distinto. Me habría sentido una idiota si hacía eso.

—Hola —lo saludé una vez que me hallé frente a él. Levantó la cabeza enseguida, sonrió y guardó el teléfono. El color gris azulado de sus ojos era todavía más hermoso con la luz natural—. Perdón por llegar tarde —continué.

—No hay problema. Me diste tiempo de pasar por aquí —me mostró una bolsa llena de M&M'S. No me había dado cuenta de que los tenía. Era una loca de esos confites, así que intenté hacerme con el tesoro, pero él lo alejó.

—No tan rápido —protestó—. Son para hacer un poco más divertido el juego de las preguntas y respuestas.

–¿Cómo es eso? –indagué yo. Si su intención era matarme de curiosidad, lo estaba logrando.

–Busquemos un lugar que te guste en el parque y te cuento en el camino –propuso, y empezó a caminar hacia el cruce peatonal–. Vamos a adivinar cosas del otro. El que acierta tiene como premio un confite. ¿Te gusta la idea?

–¡Me encanta! –exclamé.

A decir verdad, nunca había conocido a nadie de esa manera. Los únicos chicos de los que había sido algo más que una amiga eran del colegio, de modo que sabía todo de ellos desde siempre. En cambio, en el caso de Luke, no había nadie que pudiera darme referencias. El juego se ponía de lo más interesante: solo dependía de mi intuición.

Nos sentamos en el césped de una zona tranquila del parque, uno frente al otro, con las piernas cruzadas. A unos metros había un sendero por el que, de vez en cuando, pasaban personas corriendo o paseando a sus perros. Nos habíamos alejado de las zonas repletas de niños.

–¿Viajaste bien? –preguntó.

–Digamos que sí, pero me costó salir de casa. Desde que mamá regresó…

–¿Regresó? –intervino él–. Me alegro por eso.

–Sí, yo también, pero sigue comportándose de manera muy extraña. Ya no se la pasa en la cama o en el dormitorio de mi hermana, pero ahora tiene una obsesión conmigo. Me vigila todo el tiempo.

–Perder un hijo debe ser muy duro.

–Sí, no quiero imaginar cuánto. Ya se siente horrible haber perdido una hermana –hice una pausa–. ¿Y tú con quién vives?

–Empecemos el juego. Si adivinas, comes el primer confite.

Me acomodé en el suelo; la ilusión de acertar me entusiasmaba. Puse en práctica lo que me había enseñado mi abuela y arriesgué:

–Creo que eres un niño rico al que sus padres no prestan el más mínimo de atención. Entonces buscas consuelo en la música, como dijiste, y aceptación en los aplausos de la multitud.

Me sorprendí de mí misma, ¡era la historia perfecta! La expresión de Luke la destrozó.

–Mmm… Incorrecto –murmuró–. Creo que esta bolsa se irá conmigo a casa así como llegó.

No podía entenderlo, de verdad creía cada palabra de mi historia.

–¿Y cuál es la verdad? –indagué, más interesada aún en el asunto.

–Vivo con mi madre y con mi hermano mayor.

–Ah. ¿Y tu padre?

–Tú dime.

–Murió.

–No.

–Los dejó.

–Casi.

–Entonces no sé. Tienes una vida poco común.

–Bien. Ya llegará tu momento de saber. Pasemos a otra cosa. Es mi turno: vives con tu padre y con tu madre, y solo tenías una hermana.

Lo miré con la cabeza ladeada y los ojos entrecerrados.

–¡Eso es muy fácil de deducir! –me quejé.

Luke se encogió de hombros y empezó a abrir la bolsita.

–Lo siento –dijo, metiendo la mano en los confites.

–Bueno, entonces yo "adivinaré" que tocas la guitarra desde hace mucho y que te gustan los Red Hot Chili Peppers –solté, y metí la mano también.

Luke rio, bajando la cabeza. Extrajo un confite y se lo llevó a la boca. Yo lo imité.

–No te gusta ir al colegio –siguió exponiendo él.

–Eres un tramposo, Luke "Dark Shadow" Wilston —repliqué mientras él comía otro confite, esbozando una sonrisa arrogante–. Tú no quisiste ir a la universidad, por eso tu madre te obligó a trabajar en el taller mecánico. "Si no estudias, trae el pan a la mesa". Algo así te habrá dicho, y no te quedó otra que buscar el sustento.

Iba a meter la mano, pero él cerró la bolsa y negó con la cabeza.

–No fue así como se dieron las cosas –expresó. Al parecer, era pésima elaborando deducciones; jamás podría heredar el negocio de la abuela. Esta vez no hizo falta que le preguntara nada, él solo explicó–: No pude ir a la universidad. A decir verdad, obtuve una beca cuando terminé la preparatoria, pero, si me iba, nadie cuidaría mi casa.

–¿"Cuidaría"? –repetí, confundida.

–Tengo que estar ahí –concluyó.

Entendí que no quería tomar ese camino de la conversación, así que di un giro.

–Tu asignatura favorita era Música o Arte –arriesgué.

–No –respondió, riendo de mi mala suerte con las adivinanzas–. La música es mi liberación, ya te lo dije, pero era excelente en Ciencias –señaló hacia atrás por sobre su hombro con el pulgar, en dirección al museo–. Conozco ese museo de memoria. Hice un trabajo de investigación para ganar la beca y obtuve el primer premio.

–¿Qué investigaste?

–Procesos de conservación de fósiles. Quería estudiar Arqueología.

Se me escapó el aire con un ruido delator. Sí, estaba anonadada.

–No tenías ni por casualidad la pinta de un nerd –dije, emulando la frase que él había usado cuando le había contado que usurpaba la identidad de mi hermana para entrar al bar.

–No diría que soy un nerd, sino un aventurero –respondió–. Algún día recorreré África entera. Me parece fascinante –resultaba evidente: sus ojos brillaban solo con mencionar ese deseo–. Ahora me toca adivinar a mí: tú sueñas con viajar a Europa o algún lugar así.

–¿Así cómo? –reí. Me gustaba enterarme de qué veía él en mí.

Se encogió de hombros.

–Un lugar fino, con clase. Francia, Suiza, Inglaterra… –explicó. Yo volví a reír.

–No. La verdad es que nunca lo pensé. No sé si me gustaría recorrer el mundo o qué.

–Es imposible que jamás hayas deseado viajar a alguna parte. ¿Qué quieres estudiar?

–No sé –respondí–. Nada me gusta. Nada me motiva. No lo sé.

Suspiró. Me miraba de una forma que no supe interpretar.

–¿Qué te gusta hacer? ¿Dibujas, escribes, tocas algún instrumento?

–Te dije que no sabía nada de música, así que no estoy ni cerca de tocar un instrumento. Soy pésima en los deportes, y aunque intento aprobar todas las asignaturas, tampoco me fascina ninguna. Me encantaría poder hablar como tú hablas de Ciencias, África y Arqueología, pero no hay nada que me haga sentir así.

–No hay nada que te apasione.

–No.

–Eso es triste.

Me encogí de hombros.

–No sé. Quizás sea mejor, ya que la mayoría de las veces nada de lo que deseamos se cumple. ¿Se cumplió tu deseo de ir a la universidad, ser arqueólogo y recorrer África? ¿Crees que lo cumplirás en algún momento?

–No. No creo que pueda cumplirlo alguna vez, pero si perdiera esos deseos, lo perdería todo.

–Por eso quizás sea mejor no tenerlos.

—No creo que sea mejor: te pierdes el sentimiento de apasionarte y soñar con algo.

Hice una mueca con la boca.

—Deberíamos dejar este tema de lado; no creo que lleguemos a un acuerdo —propuse. Él asintió—. No usas redes sociales —seguí arriesgando yo. Él rio.

—Veo que estuviste *stalkeándome*.

Abrí la boca como si fuera a tragarme la bolsa entera de confites.

—¡No! —exclamé.

—Ya es tarde para demostrar lo contrario —bromeó él—. Además, perdiste. Sí uso algunas redes sociales, pero no con mi nombre real. Me encontrarás como Luke Skywalker. Pero al menos uso mi foto tocando la guitarra con Dark Shadow para que el que quiero que me encuentre sepa que soy yo y pueda agregarme sin problemas.

Reí sin parar unos segundos.

—Así que te gusta *Star Wars* —supuse. Estaba desesperada por esquivar la derrota con humillación; tenía que ganar un confite.

—Un poco —me hizo reír de nuevo. Si aprovechaba para usar el apellido de un personaje que se llamaba como él en esa saga, quería decir que le gustaba bastante.

Seguimos jugando con información menos comprometedora: cuál era nuestra comida favorita, a qué edad nos habíamos dado el primer beso, si preferíamos la playa o la montaña. Así me enteré de que amaba la comida italiana tanto como odiaba la japonesa, que le había dado un beso a una compañera del colegio a los once años por un juego y que no le gustaban la playa, ni la montaña, ni la ciudad, sino la selva y el desierto. Extraño, en verdad.

Descubrí aspectos muy interesantes de él, pero también de mí. Me di cuenta de que nunca me había detenido a pensar en mis verdaderas preferencias, sino que solo intentaba adaptarme a las de los demás. Los deportes que practicábamos en el colegio, las asignaturas preestablecidas, las obligaciones que debía cumplir solo por ser una chica. Incluso en mi grupo de amigas había una líder, y era Liz.

Si había sido capaz de cumplir varios deseos de mi hermana, quizás era hora de que hiciera mi propia lista. Mis gustos y no los de otro. Mis sueños y no los ajenos. Era hora de empezar a ser yo.

Cuando el sol comenzó a caer, Luke me acompañó a la estación del metro. Esperó hasta que la pantalla anunciara que faltaban tres minutos para que llegara mi tren, y entonces puso la bolsa de M&M'S entre mis dedos.

—Para que veas que soy bueno, puedes llevarlos tú, aunque no hayas adivinado casi nada —dijo—. Pero será con una condición —sus manos, que envolvían las mías, me impedían pensar con claridad, así que solo asentí con la cabeza—: Cada vez que comas uno, tienes que pensar en mí.

No necesitaba esa condición para recordarlo. Presentía que, a partir de esa tarde, todo lo que rondaría por mi mente sería él.

—¿Y tú cómo pensarás en mí? —indagué.

—Repasaré cada una de las cosas que nos contamos hoy. Una y otra vez hasta que vuelva a verte.

Mi corazón daba tumbos. No quería que viniera el tren.

—Ojalá cumplas —repliqué—. Me sentiría muy tonta si me diera cuenta de que soy la única que piensa en ti.

—Lo que viste en el bar no volverá a suceder —aseguró.

—¿Por qué?

—Porque ahora sé que volverás, y quiero algo contigo, no con alguien más.

El ruido de las vías me entristeció. En ese momento me habría abrazado a Luke y habría dejado ir el tren. Apreté los dedos en torno a la bolsa de confites y procuré enterrar los sentimientos que bullían en mí. No quería que Luke me gustara de esa manera única e increíble. Quería que fuera un chico más, quizás el tercero que superara la fase de amigo, pero nada extraordinario. Era imposible dominar el impulso y, tarde o temprano, temía sucumbir a él.

Para empeorarlo todo, como el ruido era cada vez más fuerte, se inclinó un poco y siguió diciéndome, muy cerca de la cara:

—Tienes que saber que hoy conociste mis luces. Ojalá no te asustes el día que conozcas mis sombras.

—¿Hay más sombras que las de ese bar donde te entierras cada sábado? —pregunté. Los dos sabíamos de qué hablábamos: las drogas, el alcohol, las relaciones vacías con las chicas…

Él se irguió, me soltó las manos y dio un paso atrás. Las puertas de los vagones ya se habían abierto.

—Avísame cuando llegues a casa —pidió, y siguió caminando hacia atrás hasta que pude moverme y subí al vagón.

Después de que la puerta se cerró, seguí mirando a Luke desde el tren. La velocidad lo convirtió pronto en un punto en mi memoria.

Me respaldé contra un poste y cerré los ojos.

Adivina adivinador: ¿cuáles eran las sombras de Luke?

13

El chico con el que me enojé en el bar

Después de que nos vimos en el parque, busqué a Luke en las redes sociales. En efecto, allí estaba, tocando la guitarra en el escenario de un bar. Lo agregué y me aceptó a la mañana siguiente.

Comenzó a escribirme a diario por chat. Su mensaje llegaba de noche, cuando yo ya estaba en la cama, y nos quedábamos conversando al menos una hora. Me contaba de su día en el taller mecánico, yo le explicaba cosas de la escuela, y, por supuesto, nos hacíamos preguntas. Me interesaba saber acerca de los ensayos con su banda y las anécdotas de su trabajo. Me contó que un día un cliente le había llevado el auto porque su esposa se había enojado con él y había llenado los depósitos de los líquidos con pis. Reímos largo y tendido sobre el asunto.

El jueves, sin embargo, el mensaje acostumbrado no llegó. Tampoco había tenido actividad en sus redes sociales. Temí que se hubiera cansado de ser el que llevaba la iniciativa siempre, así que le escribí yo. Si bien el chat marcaba que el mensaje le había llegado, hasta que me dormí, al menos, no indicaba que lo hubiera leído.

Me despertó la vibración del teléfono a las dos de la madrugada. Era Luke.

> *Lo siento, Val, tuve un problema y no pude responder.*

Al instante llegó otro mensaje.

> *Maldición, pensé que desconectabas el teléfono de Internet mientras dormías. Ahora temo haberte despertado. Lo siento. Hasta mañana.*

Lo único que resonaba en mi mente era "tuve un problema".

VAL.
> *¿Estás bien?* ✓

EL CHICO CON EL QUE ME ENOJÉ EN EL BAR.
> *Sí, todo está bien. Mañana hablamos. Gracias.*

Aunque me quedé intranquila, no insistí. Me había habituado a su modo de escribir y esta vez sonaba raro, expeditivo.

A la mañana, mientras desayunaba, releí los mensajes y espié su última conexión, como toda una stalker: las cuatro de la madrugada. Es decir que había seguido conversando con alguien hasta muy tarde, a pesar de que al día siguiente tenía que trabajar en el taller desde las ocho.

Para empeorarlo todo, mamá despertó con otro de sus sermones.

—Deberías dejar que te lleve al colegio —fue lo primero que escuché de lo que ella había dicho; por mirar el móvil no le había prestado atención—. ¿Por qué te empeñas en ir en autobús? Tengo automóvil y no me gusta que andes sola por la calle todo el tiempo.

–No hace falta, mamá, gracias –si permitía que me llevara una vez, querría hacerlo siempre, y luego ir a buscarme, así que no. No quería que me quitara los escasos momentos de privacidad que aún tenía disponibles.

Siguió intentando convencerme mientras yo volvía a concentrarme en el teléfono. Le habría gritado: "¡Déjame en paz!", pero debía callar, y tanto silencio me estaba matando. Temía explotar un día por acumulación de ira. Quizás Luke tenía razón y necesitaba descargarme. Quería golpear algo. No en sentido metafórico, sino real. Necesitaba una actividad que me permitiera liberarme del enojo, el dolor y la incertidumbre.

El viernes aproveché que fui a visitar a la abuela para ir a una escuela de boxeo que encontré buscando por Internet. Abandoné el barrio chino, crucé el puente de Manhattan y me adentré en el barrio DUMBO, en el distrito de Brooklyn, a medio camino de casa.

El profesor me preguntó si practicaba deportes, aunque no estuvieran relacionados con el boxeo, cuántas veces por semana quería entrenar y para qué, es decir, si me interesaba competir o solo era recreativo. Respondí que me interesaba solo el boxeo recreativo y que mis días de entrenamiento dependían del precio. Mi mensualidad dejaba bastante que desear desde que Hilary había enfermado pero, de ser necesario, buscaría algún trabajo los fines de semana para pagar las actividades que quería. Acordamos que iría dos veces por semana.

Esa misma tarde le envié un mensaje a un chico de la escuela que se ofrecía como profesor de batería. Como daba clases para ahorrar un poco, me salía barato, y acordé con él que pasaría por su casa otras dos veces por semana. Con eso se terminaba mi sueldo de hija. Había ocupado el lunes y el miércoles con clases de boxeo, el martes y el jueves con batería, y los viernes con la visita a mi abuela.

El sábado al mediodía informé a papá y a mamá de mis decisiones, excepto lo de la abuela. Él se alegró de que me hubiera decidido por hacer algo de actividad física. Ella se opuso.

—No quiero que ese profesor te ponga a pelear con ninguna chica —dictaminó—. ¿Sabías que todos los boxeadores terminan con el tabique nasal roto? ¿Sabes los problemas que puede ocasionar eso? ¡Habiendo tantos deportes, Valery! ¿Por qué no elegiste ser porrista como tu hermana?

—¡Porque yo no soy Hilary! —exclamé, dejando caer el cuchillo sobre el plato de cerámica. Los dos me miraron con los ojos muy abiertos. Los de mamá se humedecieron—. Lo siento —murmuré, cabizbaja—. No me interesa ser porrista, me parece una actividad sin pasión.

—¿Tu hermana te parecía poco apasionada? —discutió mamá con tono de reproche, hasta se había llevado una mano al pecho.

—No me apasiona ser porrista. Quiero dar golpes.

—¿"Dar golpes"? —rio con incredulidad—. ¿Qué eres, una pandillera? Me parece que ese bar al que vas y ese chico con el que saliste el otro día te están transformando en una rebelde.

—¡Cailyn! —intervino papá, tan sorprendido como yo.

—Ni siquiera lo conoces —murmuré con los dientes apretados.

—Tráelo a casa, entonces —solicitó ella.

—No lo invitaré a esta casa para que tú lo mires como si fuera un ser inferior.

Mamá apretó los puños sobre la mesa, no estaba acostumbrada a que le respondiera de esa manera. Me miraba callada, con los ojos muy abiertos y húmedos. Aunque seguía yendo al psiquiatra, no sé hasta qué punto la estaba ayudando. Ya no se notaba que estuviera triste, aunque lo estaba, pero todavía no era mi madre. Era una mujer desconfiada y caprichosa que se había obsesionado conmigo.

—No hace falta que discutamos —volvió a intervenir papá con calma—.

Los intereses de Val siempre fueron muy distintos de los de Hillie. Es más, llegué a creer que no tenía intereses en absoluto. Así que, si le gusta el boxeo y tocar la batería, me parece bien que tome clases –me miró–. Incluso podría darte un poco más de tu mensualidad para que vuelva a ser como antes.

–Últimamente solo te pones de su parte –lo amonestó mamá–. Será difícil que tome en serio mis advertencias si tú te comportas como su amigo antes que como su padre.

–Soy su padre, Cailyn, pero tenemos que ser un poco comprensivos. No es justo que Val haga lo que nosotros queremos o lo que le interesaba a Hillie, si a ella no le gusta.

–No entiendo por qué a los hombres no les importan sus hijos –se quejó ella–. Les da lo mismo que vuelvan con la nariz rota o que salgan con un chico que ni siquiera conocen –me miró–. ¿Tiene familia? ¿Con quién vive? ¿Qué estudia? Has mencionado que toca la guitarra en el bar, pero no me has hablado de su carrera, de sus padres, de sus estudios…

Bajé la mirada y contemplé el almuerzo enfriándose en mi plato. No quería hablarle de Luke a alguien que no comprendería por qué me gustaba, por qué me sentía unida a él.

–¿Puedo retirarme? –pregunté.

–Haz lo que quieras –respondió mamá–. De todos modos, parece que harás lo que se te ocurra ignorando que tienes padres.

Me levanté y hui a mi habitación.

Sí, necesitaba golpear algo con urgencia.

Como no tenía clases todavía, recurrí al consuelo que podía brindarme Luke.

Val.

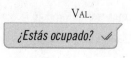

El chico con el que me enojé en el bar.

> *Estoy en el taller. Me voy en un rato.*

Val.

> *¿Puedo ir a verte?*

La respuesta tardó un rato. Finalmente, llegó una dirección en Brownsville, un barrio con serios problemas criminales.

Dudé acerca de ir. Si me dejaba llevar por las estadísticas, debía decir que mejor nos veíamos al día siguiente. Si daba crédito a mis deseos, confiaba en que el ambiente delictivo no fuera tan grave como se decía y dejaba de prejuzgar para vivir la experiencia.

Mientras me preparaba para salir solo con mi teléfono, el pase de autobús y un poco de dinero, me pregunté por qué Luke había tardado en responder. Quizás no quería que fuese a su lugar de trabajo o a su barrio, y yo lo había puesto en un aprieto. Volví a escribirle antes de abandonar mi habitación:

> *No te molesta que vaya, ¿no? Dime la verdad, prometo no ofenderme. Si me pidieras venir a mi casa ahora mismo, dudaría en decirte que sí.*

La respuesta tardó en llegar otra vez.

> *¡Deja de analizar! Desde aquí veo el humo que sale de tu cabeza. Ven y búscame entre los autos. Te espero.*

Aunque no terminó de convencerme, su buen humor me dejó un poco más tranquila. Bajé las escaleras y le dije a papá que iba a ver a un amigo. Por suerte no había rastros de mamá; supuse que estaría durmiendo.

—Ten cuidado —respondió él, atento a su computadora. Seguro se había llevado trabajo a casa.

Tomé el metro, hice combinación con otro y después de cuarenta minutos en total bajé en Brownsville.

Nunca había estado en ese barrio, y nada tenía que ver con el mío. En mi zona de Brooklyn, las casas eran de ladrillo a la vista, tenían bellas verjas labradas de color negro y escaleras.

En Brownsville, las escaleras conducían a estaciones de tren en altura y la mayoría de las construcciones eran edificios de apartamentos, como bloques de colores opacos. Algunas aceras estaban descuidadas, había alambrados que rodeaban terrenos y muchas paredes estaban cubiertas de grafitis. Unos cuantos eran de una belleza artística incomparable, y me entretuve mirándolos mientras caminaba. Aunque el barrio y su gente no tenían el aspecto de los que solía visitar, solo sentí temor cuando pasé por una esquina y un grupo de chicos me gritó algo. Aceleré el paso sin mirar y doblé la esquina. Por suerte, ya estaba cerca de la dirección que me había dado Luke, y eso me dejaba más tranquila.

El taller estaba ubicado a mitad de la calle. Ocupaba dos galpones; la persiana baja de uno estaba escrita con aerosol, y la otra, levantada. Me metí sin ver demasiado; mis ojos no se acostumbraban a la diferencia de luz, y busqué a Luke. Di en cambio con un hombre canoso que estaba encorvado sobre el motor de un coche viejo.

—Disculpe. Estoy buscando a Luke —dije.

—Me avisó que vendrías. Está ahí —señaló un auto rojo.

Sonreí como agradecimiento y caminé hasta el otro coche. En efecto, reconocí el calzado deportivo de Luke saliendo de debajo del vehículo.

Me senté en el suelo, le sujeté los tobillos y él se deslizó hacia mí, riendo. Se quitó los auriculares y se sentó.

—¡Ey! —me saludó con tono alegre.

No pude devolverle nada: ni la sonrisa ni el saludo.

–¿Qué te pasó? –pregunté, alzando una mano en dirección a su mejilla.

Tenía un hematoma en la comisura de los labios; estaba segura de que era producto de un golpe.

Dejó de sonreír y su mirada cambió. Suspiró mientras yo le acariciaba la cara sin pensar en lo que estaba haciendo.

–No quiero mentir, así que no preguntes –suplicó.

–Miénteme –pedí con tono amargo.

La pausa que siguió me preocupó.

–Me peleé con un tipo anoche en el bar –respondió.

Dejé caer la mano sobre mi pierna.

–Bueno, al menos puedo descartar eso como posible causa –dije.

–¿Por qué necesitabas verme? ¿Pasó algo?

–El jueves me dejaste preocupada y ayer no hablamos. Quería contarte algunas cosas personalmente.

Extrajo el móvil del bolsillo y miró la hora.

–Puedo pedirle a mi jefe salir en treinta minutos; me debe unas horas extras de la semana pasada –indicó, señalando al hombre canoso que me había recibido.

–¿Qué puedo hacer mientras tanto? –pregunté con una sonrisa pícara.

–¿Quieres aprender un poco de mecánica? –había entendido mi intención a la perfección. Asentí–. Bueno, pero no quiero que estés debajo de un auto, así que vamos a hacer otra cosa que el dueño pidió. El lunes termino lo demás.

Me explicó dónde estaban las bujías, cómo extraerlas, cómo cambiarlas, y hasta me dejó extraer y reponer una. Aprendí que todas tenían un número específico y que no puede variar, entre otros detalles más. No es que pudiera llegar a casa y reparar el automóvil de mis padres, pero había entendido lo básico y me sentía contenta con eso.

Mientras él terminaba el trabajo, me apoyé en el borde del capó y me miré las uñas.

—Me inscribí para tomar clases de boxeo y de batería.

—¿En serio? —me miró sorprendido—. Val... prométeme que no vas a pelear con nadie. No quisiera que te lastimaran de alguna manera.

—Necesito golpear algo, pero no será otra persona, lo prometo. Mi madre me dijo casi lo mismo que tú. De eso quería hablar; está insoportable.

—¿Insoportable cómo?

—Me hace todo tipo de preguntas y quiere mandar sobre lo que tengo que hacer. Es como si yo fuera ahora mi hermana Hillie.

—¿Sigue yendo al psiquiatra? —asentí—. Entonces, tarde o temprano, encontrará el equilibrio.

—Eso espero.

Al final se nos pasó una hora.

Salimos del taller y seguimos hablando de mi madre. Le conté cómo era la relación con mi hermana, cómo me sentía cuando ella vivía, cómo había afrontado su muerte. Lo único que seguía manteniendo en secreto era la lista, aunque a decir verdad, la había dejado un poco abandonada. Todavía tenía que ir a ver un partido de la NBA y besar a alguien en Times Square en Año Nuevo, entre otras cosas.

Mientras Luke me acompañaba a la estación, me di cuenta de que, sin planearlo, había comenzado mi propia lista:

1. Practicar boxeo.
2. Aprender a tocar la batería.
3. Encontrar algo que me apasione.
4. Besar a Luke.

De solo pensar en el punto cuatro, mis mejillas se sonrojaron como el anuncio publicitario que ocupaba la escalera que llevaba a la estación.

—¿Esta noche tocas en el bar? —pregunté.

—Sí.

—¿Y qué harás mañana?

—¿Ir al museo con la chica más linda que conozco?

El tono de mis mejillas pasó de rosado a bordó.

—No me dijiste que habías conocido a otra chica —respondí, fingiéndome molesta—. Si estás jugando a dos puntas…

—Yo creo que sí —admitió—. Una de las chicas es simpática y llena de luz. La otra es oscura y solo destila veneno. A las dos les cuesta encontrar algo que les guste, están indecisas acerca de su futuro y sienten que su presente apesta.

—¿Estás seguro de que a las dos les cuesta encontrar algo que les guste? —¡vaya! Acababa de ser tan directa como él.

Luke sonrió.

—Qué bueno que algo las apasione a las dos —respondió.

El tren arruinó nuestra conversación.

—Te veo mañana —dije, mirándolo a los ojos.

—Hasta mañana —respondió.

Sonreí mientras daba algunos pasos atrás hasta subir al vagón. Lo saludé con la mano y me resigné al vacío en cuanto la puerta se cerró.

14

Luke, el aventurero

—No vas a salir con ese chico otra vez —decretó mamá.

—¡¿Por qué?! —exclamé yo. Ya estaba lista para tomar el metro hasta el museo; habíamos arreglado el horario por mensaje y se me estaba haciendo tarde–. Ni siquiera lo conoces. ¡Te estoy diciendo que vamos al museo! No hay salida más inofensiva y nerd que esa.

—Te viste con él ayer. ¿Será cosa de todos los días?

—Sería imposible verlo todos los días: trabaja.

—¿De qué trabaja?

—¡Papá! —exclamé, buscando su ayuda.

—Hagamos una cosa —intervino él al fin–. Deja que hoy te llevemos nosotros hasta la puerta del museo y nos lo presentas.

—¡¿Qué?! —estaba indignada–. No puedo hacerle eso: llegar con mis padres de sorpresa sería una traición.

—Sería demostrarle que eres una chica con valores a la que sus padres cuidan bien —argumentó mamá–. Lo hará tomarte en serio.

Me contuve para no gritar.

115

—¡Eso no es cierto! Solo pareceré una idiota a la que sus padres persiguen como si todavía tuviera doce años —discutí yo.

—Dejas que te llevemos o no hay salida —determinó ella—. Punto.

Moría por gritarles que entonces no habría salida, pero no podía darles el gusto de dejar de ver a Luke por los temores y prejuicios de ellos. Está bien: lo había conocido en un bar, era guitarrista y no iba a la universidad. No tenía padre, vivía en un barrio peligroso y por eso mismo intuía que su situación económica no debía ser buena. Sin embargo, eso no significaba que fuera una mala persona. Quizás sí tenían que conocerlo, así dejaban de enloquecerme con sus especulaciones.

—Está bien. Pero déjenme preguntarle si tiene algún problema con eso.

—Si tiene algún problema, ya evidencia sus intenciones —acotó mamá.

La miré intentando tragarme el resentimiento y le escribí a Luke:

> *Mis padres se pusieron pesados e insisten en llevarme hasta el museo. Quieren conocerte. ¿Está bien o suspendemos la salida?*

La respuesta llegó casi de inmediato.

> *¡Val! Debiste avisarme antes. Me puse un vaquero roto en las rodillas.*

Tragué con fuerza. No me decía si suspendíamos o no la salida, tan solo una justa recriminación.

Empecé a escribir "Entonces mejor lo dejamos para…" cuando él envió un mensaje de voz.

Temblé de solo proyectarme escuchándolo. ¿Y si decía algo inapropiado? ¿Era capaz? Si lo hacía, quizás, como decía mamá, dejara en evidencia sus verdaderas intenciones.

Intenté ignorar que mi intimidad estaba a punto de irse por un barranco y presioné el ícono de reproducción:

> ▶ *Jajaja, es broma. No hay problema. Qué bueno que te salvarás de ese maldito metro. A ver si hoy llegas a horario. ¡Nos vemos!*

Uf, nada grave. ¡Me había salvado!

Papá y mamá me miraban con expresión desconcertada. Supongo que esperaban un chico que hablara como un idiota o un bruto.

–Podría haber ahorrado la expresión malsonante –concluyó mamá.

–A ti nada te viene bien, ¿verdad? –repliqué yo.

Papá se puso de pie y buscó la llave del auto.

–Ya dijo que no tiene problema de conocernos, así que vamos.

Mientras íbamos en el auto, me sentía ultrajada. Llegaría a ver a un chico de dieciocho años acompañada de mis padres, como si fuera una niña de ocho.

Poco antes de llegar al museo, le envié un mensaje de texto a mi padre:

> *Quiero hablar con el psiquiatra de mamá. ¿Puedes arreglar una cita?* ✓

Esperaría su respuesta, seguro lo leería más tarde.

Luke me esperaba de nuevo junto al monumento. Y sí: de verdad se había puesto unos vaqueros negros rotos en las rodillas. Además, llevaba una camiseta con el logo de un grupo de rock alternativo, una chaqueta de cuero y botas.

Bajé después de mamá y papá; quería que me tragara una alcantarilla. Luke parecía relajado. Se acercó a ellos y extendió una mano.

–Hola, soy Luke –se presentó.

Mi padre fue el primero en saludarlo. Por lo menos fue amistoso.

—Qué bueno que al fin podamos conocerte, Luke —dijo, como si hiciera una eternidad que les debiera el encuentro.

Por suerte, mamá también se mostró amable y no evidenció nada de su prejuicio.

—Lo sentimos, Luke; no estamos acostumbrados a no conocer a los amigos de nuestras hijas. Le pedimos a Val que te invitara a casa, pero no pudo —contó. Agradecí internamente por el eufemismo, hubiera sido horrible que dijera "no quiso"—. ¿Por qué no vienen después del museo?

—¡Mamá! —protesté. Sabía lo que buscaba: quería pasar tiempo con Luke para hacerle preguntas.

—Si Val quiere, puedo acompañarla —respondió él. Se notaba que era un aventurero: ¡animarse a aceptar la invitación de los padres de una chica que todavía ni siquiera había besado, como si fuera a pedir su mano!

Mamá me miró con ojos de asesina.

—Quieres, Val, ¿cierto? —preguntó. Me encogí de hombros.

—Como sea —dije—. ¿Podemos entrar al museo?

—Sí, por supuesto —respondió mi padre.

—Nos vemos, Luke. Fue un placer conocerte —acotó mi madre.

—Igualmente —dijo él, y los miró hasta que subieron al coche. Yo estaba nerviosa y avergonzada.

—Lo siento —dije, cabizbaja—. No sé qué les pasa, ellos no eran así.

—Les pasa que perdieron una hija, Val —terció Luke—. No te preocupes, ¿qué problema hay con que me hayan invitado a cenar? Ni siquiera sabía qué iba a comer esta noche; ahora… ¡problema resuelto!

Lo miré con ojos angustiados.

—Sabes por qué te invitaron. Quieren saber quién eres.

—Eso no está mal.

—Están persiguiéndome.

—Ojalá eso se termine, pero no está mal que quieran saber con quién te juntas. Y con quién te reunirás todavía más seguido —añadió, guiñándome el ojo—. ¿Entramos? Hace tiempo que no visito el museo y quiero ver si hay algo nuevo.

—Entremos —acepté, un poco más animada. Su pasión me contagiaba.

No me dejó pagar la entrada y me preguntó si podíamos ir primero a ver los dinosaurios. Fue imposible negarme.

El tiempo voló. Comprobé cuánto sabía Luke de fósiles: para cualquier cosa que le preguntaba, él tenía una respuesta. Me explicó cómo se realizaban las excavaciones, cómo se preservaban los huesos, cómo se completaban los faltantes para exponer el esqueleto completo. Había limpiado huesos en ese mismo museo durante su trabajo de investigación y conocía muchos detalles que los visitantes nunca descubriríamos. Lo más interesante era su pasión cuando hablaba de todo eso.

—El Tyrannosaurus rex, por ejemplo, es el más famoso, pero no fue el más fuerte o el más grande, como cree la gente —me explicó frente al esqueleto.

—¿Y por qué es el más famoso si no era tan extravagante? —pregunté.

—Porque a su modo lo era. Fue una especie de depredador imbatible de su tiempo. Estamos hablando de fines del período cretácico, no jurásico, como muchos creen por la película.

Y así, mientras hablaba relajado de todo lo que sabía, con naturalidad me tomó la mano. Él siguió describiendo detalles del período cretácico como si nada, pero en mi cuerpo estaba pasando de todo. Sus dedos se entrelazaron con los míos, y avanzamos juntos hasta otro dinosaurio.

—La extinción de los dinosaurios, ocasionada supuestamente por el meteorito, terminó con la era mesozoica.

—¿Por qué dices "supuestamente"? —pregunté, procurando concentrarme en la conversación y no en las cosquillas en mi estómago. No podía dejar de mirarlo, consciente de que su mano seguía tomando la mía.

—Porque no está comprobado, es una teoría. Se encontró iridio esparcido por el planeta. El iridio es un material raro en la Tierra, pero presente en los meteoritos. A su vez, en México se encontró un cráter que podría tener 65 millones de años de antigüedad, lo cual coincide con la extinción de los dinosaurios. La muerte masiva bien podría haberse producido por la lluvia radiactiva ocasionada por el impacto.

Era tan interesante escucharlo y tan agradable pasear de su mano por el museo, que se nos pasó la hora de cierre.

Salimos a las seis y fuimos a tomar el metro. Para pasar por el molinete tuvimos que soltarnos, pero ni bien nos sentamos en el tren, Luke pasó un brazo por detrás de mis hombros, casi como si estuviera abrazándome.

—Lamento si te aburrí —dijo de la nada. ¿Que si me había aburrido? Ese chico no sabía lo que era salir con alguien que solo hablaba de fútbol americano, como me había pasado una vez.

—No me aburrí en lo más mínimo, todo lo que me contaste me pareció muy interesante —respondí—. Hacía mucho que no iba al Museo de Historia Natural. Creo que la última vez estaba en el tercer curso —y *el guía no se parecía en nada a ti*, pensé. De la nada recordé a dónde íbamos y pensé que me desmayaría—. ¿Estás seguro de que quieres ir a mi casa? Entiendo que hayas aceptado la invitación para no quedar mal con mis padres, pero no tienes que cumplir.

—¿Tú quieres que vaya? —indagó él. Me quedé callada. No era que no quisiera que fuera a casa; no quería que mi madre convirtiera la cena en un interrogatorio—. Si quieres que vaya, iré. Si no, me excusaré. Tú decides.

Respiré profundo.

—Solo quiero que volvamos a vernos sin importar lo que haga o diga mi madre.

—Desde la noche en que nos conocimos me pusiste al tanto de que tu madre está pasando un tiempo difícil. Aunque me insultara, como hiciste tú en ese momento, comprendería que no está en su mejor etapa. ¿Puedes relajarte un poco? Eres una testigo y estás más nerviosa que el acusado que, en este caso, soy yo. Deja que los jueces hagan su trabajo.

—¿Y si el juicio es negativo?

Su silencio me abrumó.

—Si el juicio es negativo, quizás tengan razón.

Cuando llegamos a casa, la cena ya estaba lista. Por supuesto, no aparecimos de la mano, ni siquiera demasiado cerca el uno del otro. Todavía no nos habíamos besado, y ni Luke ni yo queríamos que mis padres fueran más rápido en sus suposiciones que nosotros en los hechos.

Usamos la mesa del comedor. Papá se sentó en la punta, mamá a su derecha y Luke frente a ella, en el lugar que solía ocupar Hilary.

—Cuéntanos: ¿a qué universidad asistirás? —le preguntó mamá mientras le servía verduras. Aunque sonreía con amabilidad, yo sabía que había comenzado el interrogatorio.

—No iré a la universidad —admitió Luke, con la misma calma de siempre—. Trabajo en un taller mecánico.

—Ah… —murmuró mamá—. ¿No te gusta estudiar?

—Prefiero trabajar.

Me sorprendió que no le contara de su beca o que soñaba con ser arqueólogo.

—Nos contó Val que te gusta la música —intervino papá.

—Sí, es mi pasatiempo.

—¿Te duele eso que tienes en la cara? ¿Qué te pasó? —interrogó mamá, señalándole la comisura del labio, donde Luke todavía tenía el hematoma. Él suspiró.

—Las cosas en mi barrio a veces se ponen difíciles —respondió. Nada de advertirles que eso era mentira, como había hecho conmigo. Al parecer era bastante reservado, pero como a mí sí me contaba cosas, no me había dado cuenta.

—¿Y a qué se dedican tus padres? —continuó mamá.

—Mi padre no está. Mi madre es ama de casa y mi hermano… bueno, él hace un poco de una cosa, otro poco de otra.

—¿En qué zona viven? —preguntó ella, frunciendo el ceño.

—Vivimos en Brownsville.

—¿Son inmigrantes? —Brownsville era un barrio de inmigrantes.

—No. ¿Y ustedes a qué se dedican? —consultó Luke.

—Soy gerente de una sucursal en una compañía de seguros —explicó papá.

—Yo soy decoradora de interiores —le dijo mamá.

Luke miró alrededor con una sonrisa.

—Ahora entiendo —murmuró.

—¿Qué entiendes? —preguntó ella, estudiando cada reacción de Luke.

—Por qué su casa me parece de buen gusto.

Mamá sonrió, complacida. Pero no era fácil de convencer, así que arremetió:

—Sabes que Val irá a la universidad, ¿verdad? —sabía qué pretendía: quería marcarle los límites de nuestra relación. Una relación que aún no estaba segura de que existiera, pero ella necesitaba poner los puntos de todas maneras.

—Sí. Sería bueno que decidiera qué la apasiona y, así, qué quiere estudiar —respondió Luke.

—¿Tú le recomendaste que probara con el boxeo y la batería?

—No —rio él—. Pero me prometió que jamás permitiría que alguien la golpeara y que no golpeará a nadie.

–¿Hola? Estoy aquí –intervine, haciendo gestos con las manos.

–Esta carne está deliciosa –comentó papá; estaba ayudándome.

–Come –le pidió mamá a Luke, poniendo una mano cerca de su plato. Ahora sí me di cuenta de que se había convencido un poco. Al menos dejaría de armar un escándalo cada vez que quisiera encontrarme con él.

Después de la cena cortamos un pastel de manzana que había horneado mamá y Luke se despidió. Dijo que tenía que trabajar temprano al otro día para entregar el auto a un cliente a eso de las diez y nos deseó un buen descanso. Mis padres lo despidieron como a cualquier conocido, lo cual era un gran alivio.

–Gracias por ser tan comprensivo y perdona el interrogatorio –susurré en la puerta. La oscuridad de la acera me protegía de la vergüenza.

–Sabíamos que iba a ser así –respondió Luke, todavía más compasivo–. Te escribo cuando llegue a casa –prometió y, con la misma naturalidad con que había tomado mi mano en el museo, se acercó a mi mejilla y la besó.

Su perfume me llenó de cosquillas; la rusticidad de su piel afeitada me provocó un estremecimiento placentero. Con ninguno de los chicos con los que me había besado, ni tampoco con los que habíamos llegado a tocarnos un poco, sentí algo parecido a lo que acababa de provocarme Luke solo con un beso en la mejilla.

Lo miré alejarse por la calle; iba con las manos en los bolsillos del pantalón. Seguí en la puerta hasta que desapareció y luego regresé al comedor en una especie de trance. Mamá estaba limpiando la mesa y papá tenía el mantel en la mano, como si estuviera a punto de llevarlo al lavadero.

–Estamos contentos de que al fin hayas accedido a que conozcamos a Luke –dijo mamá–. Parece un buen chico y no sería justo que te impidiéramos seguir viéndolo. Pero debemos asegurarnos de que entiendes que las cosas no pueden ponerse serias con él. No hace falta que te explique los motivos, ¿verdad, Valery?

Todas las sensaciones increíbles que acababa de provocarme Luke se escabulleron por el hueco que acababa de causarme mamá con esas palabras. ¿"Las cosas no pueden ponerse serias con él", había dicho? Todavía no sabía qué éramos, pero que existiera una limitación desde el comienzo me hacía doler el pecho.

—Por favor, explícame —solicité, aun sabiendo que sus palabras continuarían lastimándome.

—¡Val! ¡Lo sabes! —exclamó—. Vive en un barrio peligroso, no estudia, tiene un trabajo para el que no recibió preparación intelectual y no queda claro qué sucedió con su padre ni de qué viven él, su hermano y su madre. Eso de que hace una cosa y otra es muy sospechoso. Parece un buen chico, pero no es el chico para ti.

—Eso debo juzgarlo yo, no tú —objeté.

Mamá suspiró y bajó la cabeza, como si la paciencia se le hubiera agotado. Miré a papá en busca de auxilio. Esta vez todo salió al revés de como esperaba.

—Lo siento, Val, no puedo apoyarte en esto —dijo—. Lo que tu madre dice es cierto: queremos que tengas una buena vida, o al menos el estilo de vida que tuviste con nosotros, y me quedan dudas de que ese chico pueda darte lo que una chica como tú merece.

—¿Lo que una chica como yo merece? —repetí, indignada—. ¿Qué creen que soy? ¿Por qué merecería más que él?

—No es que merezcas más que él —aclaró mamá—. Luke también merece todo lo que tus padres te dimos, pero no tuvo la misma suerte. Entonces, ¿cómo siquiera consideraría necesario ofrecérselo a otro?

—¿Y qué se supone que tendría que ofrecerme? ¿Una casa parecida a esta, viajes, un automóvil de último modelo?

—Quizás ahora todo eso te parezca poca cosa porque lo tienes y porque eres muy joven –respondió papá–. Cuando crezcas un poco, te darás cuenta de que el dinero es necesario para la felicidad. Las necesidades económicas generan discusiones y destruyen el amor de una pareja, mucho más si tú estás acostumbrada a otro tipo de vida.

–No aguantarías un día en un barrio como ese, Valery, y tampoco somos una ONG para pagarle los estudios y una casa a ese chico solo por si perdura a tu lado –añadió mamá.

–¡¿Qué están diciendo?! –acabé exasperándome–. ¿Entonces significa que está condenado por haber nacido pobre?

–Podrás seguir viéndolo si me prometes que tendrás todo eso en cuenta, que te cuidarás de quedar embarazada como si fuera una cuestión de vida o muerte y que no permitirás que te ponga en peligro de ninguna manera –continuó mamá. Como siempre, no escuchaba–. ¿Lo tendrás en cuenta, Val?

–Sí –dije para conformarla. Giré sobre los talones y hui a mi dormitorio.

15

Liberación

—Me dijiste que nunca habías practicado boxeo antes, ¿no? —me preguntó el profesor frente a un espejo. Me había explicado cómo vendarme las manos y cómo colocar el puño para no lastimarme.

—Sí.

—Muy bien, empieza mostrándome cómo golpeas.

—No hay nada que golpear adelante —dije, mirándolo a través del espejo.

—Comenzaremos dando golpes en el aire.

No era lo que esperaba, pero entendí que era un paso necesario para el aprendizaje, y lo hice.

—Espera —dijo—. Tienes entusiasmo, pero necesitas técnica.

Me explicó cómo posicionarme, cómo lanzar el golpe, cómo colocar los hombros para que tuviera más fuerza. Media hora después, me permitió ir hasta la bolsa de box y, hacia el final, al punching ball. Golpearlo resultó bastante difícil. Sin embargo, con cada golpe pensaba en alguna cuestión de mi vida, y la descarga fue alucinante.

—¿Te gustó la clase? —me preguntó el profesor antes de despedirnos.

—Me ha encantado —respondí con honestidad.

—Me alegra, porque me parece que serás una excelente boxeadora.

—Nunca voy a pelear, en serio —le aclaré por las dudas.

—No importa. Quiero ser tu instructor; sin duda será un gusto verte progresar.

Le agradecí y emprendí el regreso a casa. No lo decía por compromiso, de verdad había sentido que el boxeo era lo mío. Jamás habría apostado a que sería buena en algún deporte.

Mientras estaba en el metro, recibí un mensaje.

PAPÁ.

> Arreglé tu cita con el psiquiatra de mamá para el miércoles a las cuatro de la tarde. No faltes.

VAL.

> Gracias. ✓

Cuando fui hacia atrás en el chat, apareció la conversación con Luke, y recordé las palabras de mis padres: "No queda claro qué sucedió con su padre", "No aguantarías un día en un barrio como ese", "No es el chico para ti". Las frases de mamá daban vueltas en mi cabeza, y no había golpes que pudieran alejarlas. Cada *no* representaba una prohibición y a la vez un desafío; sentía el deseo irrefrenable de incumplirlas, como cada golpe en el gimnasio había representado una liberación. Tenía que liberarme también de los mandatos y seguir adelante con Luke sin pensar en el destino. Quizás todo quedaba en un beso. Nada era para siempre, lo había aprendido con la muerte de Hilary.

Abrí el chat y le escribí, todavía un poco recelosa. Era difícil quitarme de encima las opiniones de mis padres.

VAL.

¿Cómo estás?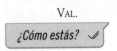

Luke apareció enseguida. Ahora que sabía que trabajaba con los auriculares puestos, entendí que cualquier mensaje le llegaba al instante.

EL CHICO CON EL QUE ME ENOJÉ EN EL BAR.

Extrañándote.

Esa única palabra sirvió para que mi rostro se iluminara con una sonrisa y mi vientre se llenara de cosquillas de nuevo. "Extrañándote…".

VAL.

Y yo a ti.

El martes comencé las clases de batería, y también me fue muy bien. Cuando me iba, recibí un mensaje de Liz en el chat grupal: se quejaba de que, excepto en el colegio, no les prestaba la más mínima atención. Me atreví a decirles la verdad:

VAL.

Creo que estoy saliendo con Luke.

LIZ.

¡Lo sabía! Ese bar de abuelos te tenía atrapada.

GLENN.

Te lo dije: ¡sabía que era amor! ¡Estoy tan contenta por ti, Val! Pero hay algo que me preocupa… ¿Es mucho mayor que tú?

> *No, no es tan mayor; tiene dieciocho y vamos muy bien. Si la relación* ✓
> *progresa, les contaré.*

El viernes fui a lo de la abuela y le conté todo. Desde mis encuentros con Luke hasta lo que me habían dicho mamá y papá.

—¿Cómo pudiste criar un hijo para que pensara así? —le reproché.

La abuela sonrió, negando con la cabeza.

—Entiendo la preocupación de mi hijo, pero fue demasiado duro al hablarte así del chico. ¿Por qué no lo traes aquí? Te prometo que no le haré un interrogatorio y hornearé galletas para él.

Entrecerré los ojos.

—Te conozco: quieres comprobar si papá y mamá tienen razón con tus habilidades de adivina. Eso no sucederá. No expondré a Luke nunca más.

—Solo era una oferta —se excusó ella con mirada astuta.

—Rechazada —sentencié, y seguimos comiendo galletas.

El miércoles, después de la clase de batería, fui al encuentro con el psiquiatra de mamá. Le expliqué que la notaba desconfiada y obsesionada conmigo, y manifesté que no quería que me persiguiera más. Esperaba que él me diera alguna explicación acerca de lo que le estaba pasando, pero solo se limitó a tomar apuntes y por último me dijo que tendría en cuenta todas mis sensaciones.

—No son sensaciones, es la verdad —aclaré—. Tengo miedo de que piense que soy Hilary, o algo así.

—Tendré en cuenta todo lo que me has contado para trabajarlo con tu madre. Gracias por venir.

Listo, me había despachado. De todos modos, liberarme me ayudó. Que mis padres hubieran conocido a Luke me benefició. Que la lista de Hilary hubiera pasado a segundo plano en mi vida me pareció lo mejor.

Por fin, a pesar de todo, me parecía que tenía un rumbo. Mi familia había encontrado algo de consuelo, mamá había tomado un trabajo de decoración para un amigo de papá y yo había mejorado en el colegio; Liz me ayudaba a estudiar. Glenn se había enterado de que estaba tomando clases de batería con un compañero de la escuela y empezó a hacer preguntas sobre él, armando historias de amor como hacía con Luke, a quien ella llamaba *el chico del bar*. Las clases me parecían un poco más entretenidas y aprobaba todos los exámenes. De algún modo, hasta podría decirse que era una etapa mucho mejor que la anterior.

En cuanto a mi relación con Luke, continuaba en un limbo, entre el deseo de algo más y la amistad. Habíamos recorrido buena parte de los museos de la ciudad, aunque fueran de arte y no entendiéramos mucho, e incluso él había regresado a casa dos veces. Nos divertíamos contándonos anécdotas cotidianas. Casi siempre hablaba de su trabajo, de su banda, del bar, pero no de su familia. Entonces, las palabras de mamá volvieron a pesar: "Vive en un barrio peligroso", "No queda claro qué sucedió con su padre ni de qué viven él, su hermano y su madre", "Eso de que hace una cosa y otra es muy sospechoso".

—Luke —le dije. Estábamos sentados en el cine, soportando las publicidades—, ¿me invitas a tu casa algún día?

Intentó disimular, pero pasábamos mucho tiempo juntos y lo conocía lo suficiente para notar que, detrás de su expresión serena, había cierto temor.

—Sí, claro —dijo—. Prometo invitarte algún día.

—Con "algún día" me refiero a pronto.

—Será lo antes posible.

—¿Pasa algo? ¿Hay alguna razón por la que no quieras que vaya? Si me la cuentas, lo entenderé. Lo juro.

—Ya empieza la película —dijo.

Comprendí que sí había una razón por la que no me invitaba a su casa, que no quería decírmela y que quizás mis padres tuvieran razón.

Creí que Luke incumpliría su palabra, pero esa misma semana recibí un mensaje en el que me invitaba a su casa.

> *El jueves la casa estará tranquila, ¿me pasas a buscar por el taller a las cinco y vamos?*

"El jueves la casa estará tranquila", ¿qué significaba eso? Quizás que su madre y su hermano no estaban, y que podíamos tener privacidad. Aunque nos dábamos la mano y ponía el brazo sobre el respaldo de mi asiento en el transporte público, todavía no me había besado y éramos como amigos con una indiscutible atracción para ser algo más. Percibía que ambos sentíamos lo mismo, pero ninguno de los dos avanzaba. Me faltaba descubrir el motivo.

> *Sí, claro* ✓

—respondí, antes de que pensara que yo estaba dudando. Le había pedido que me invitara, y no iba a echarme atrás.

El lado oscuro de Luke

Cuando llegué al taller, Luke ya se había preparado para irnos y estaba esperándome.

—Lo siento, se me hizo tarde de nuevo —me disculpé.

—Vamos a tener que resolver eso —replicó—. La próxima vez, quizás te pida que llegues diez minutos antes del horario real.

Me mordí el labio y negué con la cabeza; él reía. Recogió su mochila, se despidió de su jefe y nos fuimos.

Caminamos por la calle sin tomarnos de la mano, supuse que no quería delatar nada de su privacidad en su barrio. Después de todo, no éramos novios, tan solo amigos con algo de contacto físico. Era imposible catalogar nuestra relación.

Llegamos a un predio alambrado que albergaba tres edificios idénticos. Los bloques estaban llenos de pequeñas ventanas y se comunicaban uno con otro a través de pasadizos techados. Había varias viviendas en cada piso y solo se subía por escalera.

Tal como sospechaba, los pasillos evidenciaban el descuido de los propietarios. Luke vivía en el apartamento 4D. Cuando abrió la puerta, descubrí una pequeña sala pintada de celeste. Había un sofá viejo cubierto de cosas y una mesita en condiciones similares. Al fondo estaba la cocina con dos pequeñas ventanas y una mesa en la que no cabían más de cuatro personas. Había dos puertas a la derecha y otras dos a la izquierda. Éramos los únicos en casa.

Luke fue directo al refrigerador y extrajo dos latas de refresco. Tomó un paquete de galletas de una alacena y puso todo sobre una bandeja.

Mientras tanto, recorrí la sala con la mirada. Me acerqué a un mueble un poco viejo en el que había un portarretratos. Supuse que la mujer de mirada penetrante que estaba allí era su madre; por el tono de la foto, debía tener unos años. Era arriesgado juzgar solo por una imagen, pero me pareció una mujer de apariencia descuidada que había sufrido mucho y que a la vez se había hecho dura.

–¿Te muestro mi habitación? –preguntó.

Aunque Luke me estaba invitando a su habitación, me di cuenta de que no tenía segundas intenciones. Apostaba a que su único motivo para llevarme a su dormitorio era que, quizás, fuera la parte más aceptable de la casa. Asentí y lo seguí hasta la puerta de la derecha que estaba más cerca de la cocina.

La habitación de Luke era pequeña y, de no ser por unos pocos detalles, nada habría indicado que era de él. Solo entraban una cama, una mesa de noche y el placar empotrado en la pared. Su guitarra se hallaba apoyada en un rincón, junto a un pequeño amplificador, y en la pared que estaba a los pies de la cama había unos estantes con libros. Me acerqué allí mientras él preparaba nuestra merienda sobre el cobertor. Había algunas novelas de misterio y varios libros de arqueología. Tomé un ejemplar y lo abrí mientras me sentaba en la cama. Me quité la chaqueta al tiempo que lo hacía él y leí un fragmento en voz alta:

–"Para la matriz calcárea y el fósil fosfático se puede emplear ácido clorhídrico. En cambio, para una matriz silícea y fósil calcáreo o fosfatado…" –lo miré y dejé el libro a un costado–. ¿Está en chino?

Él rio.

–No.

Abrió una lata de refresco y me la ofreció. Le di las gracias con una sonrisa y bebí mientras tomaba una galletita.

–¿Hace mucho que vives aquí? –pregunté.

–Sí. ¿Y tú? ¿Siempre viviste en la misma casa?

–No. Nos mudamos cuando yo tenía diez años. Antes vivíamos en Nueva Jersey. Nací allí.

Seguimos conversando otro rato hasta que nos terminamos la bebida. Para entonces, habíamos hablado de mi infancia, de mis primeros años de colegio y los de él.

–Parece que no podré aprender nada de arqueología hoy; es muy difícil –protesté, señalando el libro.

–Pero puedo enseñarte algo de música. ¿Quieres aprender a tocar un fragmento de *Dust in the Wind*?

El entusiasmo me hizo sonreír y dije de inmediato que sí.

Conectó la guitarra al amplificador, realizó algunos ajustes y bajó el volumen a un nivel adecuado para el lugar donde estábamos. Después puso la guitarra entre mis manos y se sentó detrás de mí, dejándome entre sus piernas. Su pecho se apoyó en mi espalda y me rodeó con los brazos.

Una ola de calor se extendió por mi cuerpo y me distrajo por un instante de la clase. El aroma de Luke invadió mis sentidos, parecía que el perfume entraba por mis oídos en lugar de por mi nariz, y que todo se mezclaba. Cuando conseguí recuperarme del impacto inicial, llegué a entender que estaba hablando de cómo debía apoyar la guitarra cuando estaba sentada.

Tomó mis manos y las colocó en la posición correcta. Hizo lo mismo con mis dedos, mientras yo tragaba con fuerza. Lo que hacía se parecía a una caricia, más que a una demostración. Si mi profesor de batería se hubiera colocado en esa posición para explicarme algo, habría salido corriendo.

—Esta es la base —explicó, y empezó a mover mis dedos.

Miré nuestras manos unidas en función de arrancar notas a la guitarra: su anillo negro y plateado en el dedo anular de la mano izquierda, la muñequera ancha en la muñeca derecha… Me parecía terriblemente sexy y mi mente volaba a diez metros sobre el suelo.

El sonido que salía de la guitarra no se parecía ni por casualidad a la canción.

—¿Estás seguro de que esto es *Dust in the Wind*? —pregunté, girando la cara hacia él. Nuestros labios quedaron a un centímetro.

Luke rio.

—Confía en mí. Vamos con la segunda parte.

Me enseñó otro movimiento con los dedos sobre las cuerdas mientras yo me preguntaba si acaso era la única que estaba experimentando sensaciones intensas.

La respuesta llegó cuando menos lo esperaba.

—Lo siento, me gustas mucho y esta posición es demasiado arriesgada. ¿Quieres que me aleje? —susurró a mi oído. Aunque no nos estábamos mirando, sus ojos me quemaban.

En un principio no entendí de qué hablaba. Sí, era muy ingenua y tardé unos cuantos segundos en darme cuenta de que había algo rígido contra mi cadera. Le pasaba lo mismo que a mí, solo que yo sí podía disimularlo, en cambio él no.

—Está bien —dije. Ni sí ni no. Ni *soy una monja, no te atrevas a tocarme* ni *soy una chica fácil, hagámoslo ahora*. Por suerte se quedó.

–Ahora vamos a combinar los dos sonidos y verás que empieza a parecerse un poco a la canción –continuó.

Su voz había cambiado, la temperatura de su cuerpo había aumentado, sus dedos me presionaban con un poco más de fuerza. Me moría por besarlo.

Y de pronto, cuando creí que ya no resistiría más la tentación, un ruido nos puso en alerta. Fue como una puerta que chocaba contra algo y luego se cerraba con violencia.

El cuerpo de Luke se tensó. Me soltó y se deslizó hacia atrás hasta chocar contra la pared. Una voz de hombre, densa y brutal, resonó en la sala: "¡¿Dónde están?! ¿Dónde mierda las pusiste?". Había escuchado bien, estaba insultando y haciendo preguntas al aire.

–Se suponía que él no debía estar aquí –murmuró Luke, y se puso de pie–. No te muevas. Pase lo que pase, quédate en la habitación.

Abrió la puerta, salió y cerró tras de sí. Yo me quedé en la orilla de la cama, mirando la nada; imaginaba miles de situaciones, menos lo que escuché a continuación.

–¡Ah, ahí estabas! –gritó la voz desconocida. Me pareció oír que Luke respondía, pero no alcancé a entender sus palabras–. ¡Me importa una mierda! ¡Son mías y las quiero! ¿Dónde las pusiste? –otra vez, silencio. Y, de pronto, un ruido de vidrios rompiéndose.

Luke me había ordenado que me quedara allí, pero no podía tan solo obedecer. ¿Y si él estaba en peligro?

Abrí la puerta y lo que vi me dejó pasmada. Luke estaba de espaldas a mí, frente a un muchacho que debía tener un poco más de veinte años. Se hallaba despeinado y sudoroso; con los ojos irritados. Vestía un pantalón roto y una musculosa blanca.

–¡Dame mis jeringas, maldita sea! –le gritó a Luke con la voz entrecortada–. ¿Las tiraste? ¿Las tiraste, maldito bastardo?

–¡Sí, las he tirado! –replicó Luke entre dientes–. Te dije que no quería esa porquería en casa.

–¡Y yo te he dicho que no tocaras mis cosas! –respondió el otro, y barrió de un manotazo todo lo que estaba sobre la mesada.

De pronto me miró, y me tembló todo el cuerpo. Había odio y violencia en sus ojos. En ese momento creí que era capaz de matarme.

–Ah, ya entiendo –rio como un desquiciado. Tenía los dientes amarillos y manchas rojas cerca de la boca–. Estabas revolcándote con una cualquiera.

Luke miró por sobre el hombro y sus ojos se clavaron en los míos; yo debía estar pálida. Sin duda me puse mucho peor cuando el tipo avanzó hacia mí con intenciones confusas.

Luke lo detuvo poniendo una mano sobre su pecho y lo empujó.

–¡No te atrevas! –le gritó. El otro intentó golpearlo. Entonces, Luke lo tomó de la camiseta y lo llevó contra la mesada, donde lo comprimió con el peso de su cuerpo–. ¡Ni siquiera la mires! ¡No la mires, maldita sea! –repitió, y le dio vuelta la cara de una bofetada. Lo pateó en el estómago con la rodilla, y el otro se inclinó, preso del dolor.

Luke dio un paso atrás, agitado. Nunca lo había visto de esa manera, hablando como un pandillero, con la voz convertida en una roca. En menos de un segundo se volvió hacia mí, me tomó de la mano y literalmente me arrastró a la puerta. Salimos al pasillo, bajamos las escaleras y después siguió llevándome a gran velocidad por la calle.

–Luke. ¡Luke! –lo llamé. No me prestó atención. Muy pronto me di cuenta de que nos dirigíamos a la estación.

No volvimos a hablar hasta que llegamos al andén. Allí se detuvo frente a mí y me miró a los ojos. Los de él estaban húmedos; su rostro no era el de siempre, parecía un cuadro que representaba vergüenza y horror.

–¿Estás bien? –preguntó, apretándome los brazos a los costados del cuerpo.

–¿Qué fue eso? –respondí yo. Me soltó de golpe.

–La razón por la que seguía viéndote sin avanzar. Mis sombras, mi lado oscuro –respondió con la voz quebrada.

Sentí escalofríos. El sol había bajado y, con él, la temperatura. Además, me sentía descompuesta. Me crucé de brazos. Temía que ese fuera el final, que Luke me dejara antes de siquiera comenzar.

–No es tu lado oscuro –intenté articular. Me castañeteaban los dientes y mi cuerpo temblaba convulsivamente.

–¿Y cómo le llamas a eso? –prorrumpió él–. Esta es mi realidad, Val. Mi maldita realidad.

–Es dura, como todas las realidades, ¿y qué? ¿Por qué me trajiste a la estación?

–Para que vuelvas a casa. Tienes que tomar el tren. No volveremos a vernos.

Lo que temía se hizo realidad sin darme tiempo a entender. Me arrepentí de haberlo presionado para que me llevara a su casa, de haber creído en las advertencias de mis padres.

–¡¿Por qué?! –grité.

–Porque no sería justo para ti.

–Eso lo decido yo.

–Pues decide bien.

–¡Basta, Luke! ¡¿Qué estás diciendo?! –el frío y el dolor pudieron más, y me exasperé–. ¡Maldición! Dejé mi chaqueta en tu casa.

Me miró de una manera extraña, como si dudara. De pronto dejó de reflexionar y me abrazó con fuerza. Me apretó contra su pecho en un estrujón cálido, protegiéndome del frío y del dolor. Rodeé su cadera y me comprimí contra su camiseta; jamás lo dejaría ir.

–Quiero quedarme, ¿por qué me obligas a irme? –pregunté. Estaba llorando.

Sus manos ascendieron acariciándome la espalda y buscaron mis mejillas. Me apartó el pelo de la frente y levantó mi cabeza para que lo mirara. Sus ojos también estaban húmedos; su sufrimiento reflejaba el mío. Inclinó la cabeza y acercó su boca a mi rostro. Respiramos un instante el olor de nuestras lágrimas, y cuando menos lo esperaba, sus labios estaban sobre los míos.

El dolor de mi pecho se mezcló con las sensaciones placenteras. Volví a temblar, pero de manera distinta. Apoyé los dedos en su nuca mientras nos acariciábamos por dentro y por fuera, con el beso y con el consuelo implícito en el acto.

Nos besamos mucho tiempo, aunque parecieron segundos. Cuando los dos entendimos que también necesitábamos respirar, nos apartamos unos milímetros sin dejar de mirarnos. Mi tren se iba.

Nos sentamos en una banca de la estación, que había quedado desierta, tomados de la mano. Para mí ya no hacía frío y me sentía bastante repuesta.

—¿Es tu hermano? —pregunté.

—Sí.

—¿Qué le pasa?

—Es un adicto en una fase que ya debe ser irrecuperable. Tiene sus días, y hay muchos como estos. Cuando se pone violento, a veces golpea a mi madre. Si no estoy, temo que algún día la mate.

Entendí de pronto el reflejo de sus ojos cuando yo lo había llamado *adicto*, su miedo de avanzar en nuestro vínculo, por qué había rechazado la beca universitaria después de haber luchado por ella. Se dejó llevar por el deseo de otra realidad, pero acabó sucumbiendo a la que lo mantenía prisionero. No solo se enterraba en un trabajo que no era lo que en verdad anhelaba, sino que se negaba a la posibilidad de una relación duradera a causa de su familia.

Le apreté más la mano.

—¿Él te había golpeado ese día que te pedí ir al taller? ¿Sucede a menudo?

—Sí, había sido él. Dudé en aceptar que fueras porque no quería que vieras el magullón. Pero no te preocupes, por lo general le resulto un rival difícil. Ese día estaba débil, me sentía resfriado.

—¿Puedo hacerte una pregunta? —él asintió—. Tu hermano se droga, tus amigos se drogan... ¿cómo es que tú no? Es complicado ir contra la corriente.

—Esa es justamente la razón. Conozco a mi hermano desde que nací. Conozco a la mayoría de los chicos de la banda desde el kínder. Los conozco desde mucho antes de las drogas y he visto lo que las drogas han hecho de ellos, así que no quiero que me hagan lo mismo a mí. No voy a mentirte: las he probado. Solo marihuana y cocaína, nunca lo que consume mi hermano. Las drogas inyectables son el último paso antes de morir. Pero entendí a tiempo que no quería que me arruinaran, y no seguí.

La pena crecía dentro de mí junto con la admiración. Sentía que ya no había secretos entre Luke y yo, y que sus sombras eran aún más poderosas que su luz. La combinación de ambas había hecho que mis sentimientos crecieran a un nivel insospechado. En ese momento sentía que lo amaba.

Le acaricié el rostro y nos miramos en silencio; no hacían falta palabras. Le di un beso en la comisura de los labios, justo donde había llevado durante días la marca del golpe de su hermano, y seguí acariciándole el pelo.

—Te quiero más que nunca, Luke. Y quiero estar contigo sin importar nada. ¿Tú quieres estar conmigo? ¿Me aceptas en tu vida? ¿Me besarás cada vez que lo sientas, me abrazarás, me regalarás muchas sonrisas? ¿Seguirás enseñándome a tocar la guitarra y asuntos de arqueología? Quiero todo de ti, tu luz y tu oscuridad. Quiéreme así también.

—Sí —respondió. Solo una palabra, pero que coronó con el beso más dulce del mundo. Un beso que duró hasta que llegó otro tren.

Me dio la mano y me llevó hasta la puerta.

—Pídele a tu padre que vaya por ti a la estación. No pases frío —solicitó—. Y avísame cuando llegues a casa.

Sonreí entre lágrimas; siempre me cuidaba de ese modo. Asentí con la cabeza y lo saludé con la mano mientras las puertas se cerraban. Él puso las suyas en los bolsillos del pantalón y sonrió también. Sin embargo, yo sabía que estaba triste.

Cuando el tren se alejó, me dejé caer en un asiento como si me hubiera desmayado. Lo mejor y lo peor de nuestra relación había pasado en un espacio de una hora, y solo rogaba que lo que siguiera fuera bueno.

Luke merecía ser feliz.

17

Brillarás

Podría decirse que, a partir del beso en la estación, nos consideramos en una relación. *Novios*, quizás, aunque no necesitábamos etiquetas, solo la felicidad que experimentábamos cuando estábamos juntos.

Hacíamos las cosas simples que hacen todos: ir al cine, pasear por el parque, caminar sin rumbo. Yo no había vuelto a su casa y evitaba la mía: si bien se suponía que mamá y papá no se opondrían a que volviéramos a vernos, ahora que de verdad estábamos saliendo, temía que se dieran cuenta de que las cosas, quizás, sí iban un poco en serio. Si eso sucedía, volverían a molestarme, y no quería discutir antes de tiempo. Defendería mi postura de ser necesario cuando necesitáramos formalizar nuestro noviazgo.

El día de mi cumpleaños llegó casi sin que me diera cuenta y, por supuesto, él fue mi primer invitado. Era una celebración diferente, la primera sin mi hermana, y aunque había propuesto a mis padres que dejáramos pasar el día esta vez, mamá se opuso diciendo que ella festejaría que su hija menor estaba viva. Fue duro escucharla decir eso con lágrimas en los ojos, pero al parecer el tratamiento con el psiquiatra le estaba haciendo bien, y aunque el dormitorio de Hilary todavía era intocable, al menos mi madre podía hablar de su muerte y reconocía que todavía le quedaban motivos para seguir viviendo a pesar de la gran pérdida.

Ese día era sábado, y fui a ver a la abuela. Me regaló un perfume y le prometí que lo usaría esa tarde.

—Me hubiera gustado que estuvieras conmigo en mi fiesta —confesé, un poco triste—. Haré todo lo posible para que puedas estar el año que viene.

—No te preocupes, Valery —respondió ella—. Soy feliz con que vengas a visitarme.

—Pero quiero que puedas venir a casa. Quiero que papá te perdone.

—No sé si eso sea posible. Me porté mal con mi esposo, y entiendo que mi hijo esté enojado. Me alegra que él sea un hombre de familia, como era su padre. Es el mejor papá del mundo, ¿cierto?

Debí reconocer que lo era.

Regresé a casa a las cinco; la gente llegaba a partir de las seis. No había invitado a muchos, solo a Liz, Glenn y un par de compañeros del colegio con los que me llevaba bien. Pero papá y mamá habían aprovechado para incluir algunos matrimonios amigos, con lo cual la casa estaría llena.

Preparamos la mesa y cualquier cosa que pudiera servir como asiento. Para entonces eran las cinco y media, y mamá me sugirió que fuera a vestirme. Cuando entré a mi habitación, encontré dos cajas. Había una tarjeta: era el regalo de mis padres. En la más grande había un precioso vestido bordó cubierto con encaje negro. En la pequeña, un par de zapatos de tacón del mismo color del vestido. Era un estilo moderno y a la vez delicado. Era la ropa más hermosa que había tenido nunca y de mis colores favoritos.

Me puse todo con entusiasmo, me peiné con una media cola y me maquillé en combinación con las prendas. Por último, usé el perfume que me había regalado la abuela. Era delicioso. Justo cuando terminé, oí el timbre.

No pude salir de mi dormitorio enseguida, me quedé mirándome al espejo. Cumplía diecisiete años, la edad a la que Hilary se había enfermado, y eso me produjo un dolor en el pecho.

Otro recuerdo invadió mi mente: un cumpleaños de mi hermana. Yo tenía ocho años y le había escrito una carta. ¿Acaso estaría en alguna parte todavía? ¿La habría guardado? Extrañaba a Hilary, y cualquier cosa me hubiera servido para sentirla conmigo esa noche.

Tragué con fuerza y me acordé de la lista. Aunque todavía me quedaban algunos deseos para cumplir, la había relegado. Ese día, frente al espejo, me propuse terminarla. Si no acababa de cumplir sus sueños, temía nunca despedirme de ella de forma definitiva.

Me forcé a ocultar el dolor otra vez y salí. Ignoré la puerta de la habitación de Hilary camino a la escalera y, cuando llegué abajo, me encontré con un matrimonio amigo de mi familia. Me saludaron y me entregaron un regalo.

Papá apareció y dejó escapar una exclamación mientras me miraba. Creo que mis mejillas se pusieron del color del vestido. Mamá, que estaba colgando el abrigo de la señora en el guardarropa de la entrada, se volvió y también se quedó asombrada al verme.

—¡Estás preciosa! —exclamó—. Deja que te tome una fotografía.

—¡Ay, no, mamá, por favor! —rogué, todavía más bordó.

Ella no me prestó atención, extrajo su teléfono y me pidió que posara delante de la escalera. Forcé una sonrisa y el flash se disparó. Por suerte, el timbre volvió a sonar antes de que se le ocurriera tomarme otra foto con algún fondo distinto. Eran más amigos de ellos.

Una hora después, la casa rebalsaba de gente. Mamá había puesto música y ya había servido pizza. Liz y Glenn miraban una foto que había subido a Instagram un chico de otro curso y mi profesor de batería explicaba su experiencia con el profesor de Matemáticas a otras dos compañeras.

Yo estaba abstraída de cualquier conversación; solo pensaba en Luke. Él siempre era puntual, me extrañaba que aún no hubiera llegado. Sabía que, si bien hacíamos una celebración, no estaba ni un poco contenta a causa de la ausencia de Hilary, así que estaba segura de que él iría. Jamás me dejaría sola cuando más lo necesitaba, por eso yo temía que su hermano hubiera tenido otro ataque y que, esta vez, Luke no hubiera sido tan fuerte para defenderse.

Antes de que los nervios me carcomieran, le escribí un mensaje:

> Luke, ¿estás bien? Mi cumpleaños empezaba a las seis. ✓

La respuesta llegó de inmediato.

> Estoy en viaje. Lo siento, se me hizo tarde porque estaba terminando algo.

Suspiré y guardé el teléfono. Luke habría preferido no contestar una pregunta antes que mentirme, así que el motivo por el que se había atrasado tenía que ser cierto. Me apenaba que esa noche trabajara en el bar y nos viéramos poco tiempo.

El timbre sonó quince minutos después y fui a abrir. El recibidor estaba en penumbras, y retumbaban las voces que llegaban de la sala y del comedor.

Era Luke. Se había puesto botas, un vaquero roto, una camiseta negra con otro logo raro y una chaqueta de cuero. Nada distinto de lo que solía usar siempre, pero esa noche me pareció más lindo que nunca. Sus ojos brillaban, estaba contento.

—¡Ey! —me saludó con una sonrisa y puso las manos en mis mejillas. Se acercó a mi boca y me dio un beso.

La voz de Liz interrumpió nuestro pequeño momento de intimidad.

—¡Al fin! —exclamó. Me volví y vi que allí también estaba Glenn—. ¿Así que tú eres Luke? Val nos contó de ti.

—Me alegra no ser un secreto —bromeó él, pasando una mano por mi cintura.

—¡De verdad eres joven! —soltó Glenn, siempre tan transparente. Parecía sorprendida en serio. Luke rio, y yo me concentré en su sonrisa.

—¿Acaso me imaginabas viejo? —preguntó, frunciendo el ceño.

—Creíamos que el bar en el que tocas era para gente más grande —aclaró Glenn. Liz prefería estudiarlo con atención.

—Cuidado con el corazón de mi amiga —le advirtió—. Si la lastimas, tendré que trabajar muy duro para que se olvide de ti.

—Espero no darte trabajo —contestó Luke.

—¿Terminamos de entrar para que puedas tomar algo? —le pregunté; quería alejarlo de la situación. Él asintió.

Desde que pisamos la sala, no volvimos a abrazarnos, besarnos o darnos la mano. Al parecer, no era la única que no quería llamar la atención de mis padres, y fue bueno, porque lo saludaron como a cualquiera de mis invitados. Mamá le ofreció pizza varias veces y él bebió solo una lata de refresco.

Aunque las voces se superponían y sonaban muy fuerte, encontramos un momento para hablar sentados en la sala, entre mis compañeros del colegio.

—¿A qué hora se va la gente? —me preguntó al oído.

—Como mucho a las once, ¿por qué? ¿A qué hora vas tú al bar?

—Mientras llegue antes de las doce está bien. ¿Crees que tus padres te dejarían venir?

—¿Al bar? —él asintió—. No sé. Es mi cumpleaños, supongamos que sí. ¿Por qué?

—Quería que vinieras conmigo. Hoy será una noche tranquila, no habrá mucha gente, y quiero mostrarte algo.

A las diez y media se fueron los últimos invitados y mamá me pidió que la ayudara a ordenar un poco. Mientras tanto, papá se sentó en el sofá junto a Luke y empezó a hablarle de automóviles. Papá solía hacer tareas de la casa a la par de mamá, así que supuse que los dos eran cómplices de que él aprovechara ese rato para obtener información de Luke. Hubiera querido interrumpir, pero tal vez era mejor. Si de verdad nuestra relación iba en serio, como aparentaba, tendrían que aceptarlo.

A eso de las once, papá apareció con Luke en la cocina mientras nosotras acomodábamos platos en el lavavajillas.

—Luke me pidió permiso para que Val lo acompañe al bar esta noche. Le dije que sí. Está bien por ti, ¿verdad? —le preguntó a mamá. Miré a Luke; no podía creer lo que escuchaba.

Mamá suspiró.

—No lo tomes a mal, Luke, pero a mí me da un poco de mala espina ese bar. ¿Estás seguro de que es apto para Val?

—¡Mamá! —exclamé. Luke no sabía que yo les había mentido con que era un lugar apto para menores y temía que él dijera algo inconveniente. Además, si yo les mentía, eran mis padres y, tarde o temprano, me perdonarían. Pero si él les mentía y ellos lo descubrían, la relación estaría en la cuerda floja para siempre.

—Es un bar igual a muchos otros —explicó Luke con calma—. A veces suceden cosas que no son aptas para nadie, pero jamás permitiría que le pasara nada a Val.

Mi corazón se derritió. Mamá sonrió.

—Aprecio tu promesa. Sé que tienes buenas intenciones, pero hay cuestiones que exceden tu capacidad de cuidar de nuestra hija —respondió.

—Dejemos de dar vueltas, Cailyn —pidió papá—. Yo los llevo. ¿Les molesta eso?

—No, está bien —respondió Luke—. Tengo que tocar solo hoy y ya voy con un poco de retraso. Si tomamos por vías alternativas, llegaremos a tiempo.

—Entonces no se diga más. Vamos —determinó papá.

Subí a mi habitación para ponerme una chaqueta y cambiarme los zapatos por botas de caña larga. Cuando bajé, saludamos a mamá y fuimos al auto. Estuvimos en la esquina del bar al mismo tiempo que si hubiéramos tomado el metro.

Papá me impidió bajar enseguida. Miraba la gente que estaba en la puerta del lugar.

—Val, cuando te traje la otra vez y te dejé a unas calles, me juraste que era un bar apto para menores, pero ninguna de esas personas parece de tu edad —señaló. Tragué con fuerza y miré a Luke. Me sentía horrible.

—Deben estar adentro —no podía echarme atrás con la mentira.

—Ten cuidado —pidió él. Me di cuenta de que no me creía, pero aún así me permitió ir. Mamá jamás me hubiera dejado.

—Gracias —dije, y le di un breve abrazo antes de bajar. Luke lo saludó desde el asiento de atrás y nos alejamos en dirección al bar.

Entramos por la puerta de servicio y Luke me llevó a la barra del fondo. En efecto, era una noche bastante tranquila, así que hasta conseguimos una banqueta para que me sentara. Saludó al barman con un choque de manos y le ordenó una Coca-Cola para mí.

—¡Vaya! Papá te ha instruido bien. ¿Y si quería cerveza? —bromeé.

Luke puso las manos en la orilla de la banqueta y la giró de modo que yo quedara mirando el escenario, de frente a él.

—Cualquier cosa que pase, corres a la puerta de servicio, la abres y sales. El código es siete dos siete ocho. Me esperas en el cine, ¿te acuerdas? Yo iré por ti.

—Todo irá bien —aseguré—. Buena suerte.

Me dio un beso fugaz y se alejó rumbo al cortinado que separaba el ambiente de los espectadores y el de los artistas.

Antes de Luke, terminó de tocar el grupo que estaba en el escenario cuando llegamos y se presentó otro más. En cuanto él salió, mi corazón vibró: hacía tiempo que no lo veía brillar allí, donde su pasión por la música iluminaba la noche como alguna vez su amor por la arqueología había hecho brillar el museo.

Empezó tocando *Dust in the Wind*, sin duda para mí. Fue la clave que necesitaba para decidirme a continuar cumpliendo los deseos de la lista de mi hermana.

Aplaudí más que cualquier otro espectador cuando la canción terminó y me quedé, como todos, en espera de la siguiente. Luke hizo una pausa y explicó:

—Lo siento, lo que sigue no será un cover, sino una canción compuesta por mí. Queda claro que no es una producción de ningún grupo de renombre, pero en ella está mi corazón, así que, por favor, sean piadosos al juzgarla. Es un regalo para una persona especial que hoy cumple años. Es para la señorita Veneno, ella sabe quién es. La canción se llama *Brillarás*.

En ese punto, mi corazón estaba a punto de estallar. Me temblaban las manos. Si hubiera podido, me habría ocultado dentro de la banqueta; me sentía a la vez excitada, avergonzada y en la mira de todo el mundo, aunque nadie me estuviera viendo realmente, pero por sobre todo, me sentía querida. Alguien había escrito algo pensando en mí. Luke se había inspirado en nosotros, y no sabía cómo devolverle eso.

Los primeros acordes fueron dulces y profundos, como era su voz cuando cantaba. Era una canción de soft rock. Lo mejor llegó cuando empezó a entonar las palabras:

There was a time	Hubo un tiempo
I didn't know how to survive	En el que no sabía cómo sobrevivir
And one night	Y una noche
When I thought everything went wrong	Cuando creí que todo iba mal
Suddenly lights came on	De pronto las luces se encendieron
So there you are	Entonces allí estás
Dressed in luminous dark	Vestida en luminosa oscuridad
Calling me from the other side	Llamándome desde el otro lado
There you are	Allí estás
The only star in the middle of the night	La única estrella en medio de la noche
So you'll shine	Por eso brillarás
Even when your words are spines	Aun cuando tus palabras sean espinas
'Cause you're the only way	Porque eres el único camino
Out of the dark	Fuera de la oscuridad
The only hope	La única esperanza
In the valley of death	En el valle de la muerte
In my heart of stone	En mi corazón de piedra
There's a day	Hay un día
I'll never forget	Que nunca olvidaré
When you found me there	Cuando me encontraste allí
Screaming for you	Gritando por ti

Then you kissed my tears	Entonces besaste mis lágrimas
While I kissed your sorrow	Mientras yo besaba tu pena
And our hearts went boom	Y nuestros corazones estallaron
As everything else faded away	Mientras todo lo demás se desvanecía
So I fell in love with your pain	Entonces me enamoré de tu dolor
And you fell in love with mine	Y tú te enamoraste del mío
And though it's not a way to last	Y aunque esa no sea una forma de perdurar
I'll hold on tight	Me sujetaré fuerte

'Cause you're the only way	Porque tú eres el único camino
Out of the dark	Fuera de la oscuridad
The only hope	La única esperanza
In the valley of death	En el valle de la muerte
In my heart of stone	En mi corazón de piedra
So you'll shine	Por eso brillarás
Even when your words are spines	Aun cuando tus palabras sean espinas
'Cause you're the only way	Porque eres el único camino
Out of the dark	Fuera de la oscuridad
The only hope	La única esperanza
In the valley of death	En el valle de la muerte
In my heart of stone	En mi corazón de piedra

18

Revelaciones

Supuse que, a pesar de que habíamos decidido celebrar mi cumpleaños, sería un día lleno de claroscuros. Sabía que recordaría a Hilary varias veces y me preguntaría qué haría ahora que había alcanzado la edad en la que ella había enfermado. No tenía miedo de que me sucediera lo mismo, sino que más bien me preguntaba si, en caso de enfermar, sentiría que lo vivido hasta ahora habría valido la pena. Experimenté sentimientos encontrados a lo largo del día, pero la canción de Luke definitivamente inclinó la balanza hacia el lado positivo.

Cuando bajó del escenario y se acercó a la barra, lo abracé con fuerza. Si había alguien observando, ya no tendría dudas de que la señorita Veneno era yo.

—Gracias —le dije, y nos besamos.

—Pensé mucho en qué regalarte, y aunque los objetos materiales son lindos, me inspiraste para componer después de mucho tiempo y preferí priorizar eso.

—Hiciste bien. Es el mejor regalo que he recibido. Y aunque no sea tu

152

cumpleaños, también quiero regalarte algo: ¿me acompañas a un lugar uno de estos días?

—¡Cuánto misterio! —rio él—. ¿A qué lugar y qué día?

—No sé cuándo aún, pero sé lo que quiero. ¿Podrás estar disponible cualquier día a cualquier hora?

—Bueno. Pediré permiso en el trabajo o faltaré al bar de ser necesario. Cuenta conmigo. Todo sea por un regalo.

La broma me hizo reír.

—¿Desde cuándo te gusta el básquet? —interrogó mamá. Me observaba de brazos cruzados, apoyada en el marco de la puerta de mi habitación, mientras yo buscaba mi calzado deportivo de lona—. Creí que odiabas los deportes, excepto por esa ocurrencia del boxeo. ¿Todavía no te aburriste de ir a ese gimnasio?

Arrojé mi calzado junto a la cama y me senté en la orilla para colocármelo.

—No —respondí, ahorrativa. No le veía sentido a explicar que el boxeo y tocar la batería me servían para descargar la energía acumulada y el enojo.

—¿Después del partido, van a algún lado? —siguió preguntando mamá—. ¿A qué hora volverás? Ni se te ocurra acompañar a Luke a su casa, no te quiero de noche en ese barrio.

La miré con los dedos sobre el calzado.

—Quizás vayamos a algún restaurante de comida rápida después del partido, nada más. Seguro que Luke me acompañará a casa y no yo a la de él.

—Prefiero que se quede a dormir en la sala antes de que vayas a su barrio.

Reí.

—Tranquila, mamá: no será necesario —terminé de calzarme, recogí mi chaqueta de jean y me puse de pie. Me acerqué a ella y le di un beso en la mejilla—. Te quiero. Nos vemos.

Intenté irme, pero ella me retuvo y me abrazó. Luego me dio un beso en la frente.

—Ten cuidado —pidió.

—Sí —prometí, y salí del dormitorio.

Mamá bajó las escaleras detrás de mí. Papá y Luke estaban en el recibidor. Por suerte era viernes y eran las siete de la tarde, de modo que Luke no había tenido que faltar al taller y podría ir al bar si lo deseaba más tarde.

Ni bien lo vi, sentí que mi corazón latía más rápido; me sucedía cada vez que nos encontrábamos. Lo saludé con la mano y él movió la cabeza. Sonreía. En sus ojos noté que estaba tan contento como yo.

—¿Entonces tú también volverás tarde? —preguntó mamá a papá.

—Sí. Los dejaré en el estadio e iré al restaurante. Si pudiera me quedaría en casa mirando películas, pero tengo que ir a esa cena corporativa.

—Hace tiempo que la compañía te tiene secuestrado —le recriminó mamá.

Papá sonrió y le dio un beso en la mejilla antes de ir a la puerta. Salimos y mamá se quedó adentro. Cuando cerramos y él se adelantó para ir al auto, Luke me tomó la mano y me besó de manera fugaz. Papá no nos vio.

Mi cuerpo se estremeció de felicidad. Iba a cumplir otro deseo de mi hermana, y acompañada de un deseo mío. No podía pedir más.

Subí al asiento del acompañante y Luke se sentó atrás. Papá puso música en el estéreo y comenzó a hablar con Luke.

—¿Escuchas ese sonido? Lo oigo desde hace días, ¿es normal?

Agucé el oído y él bajó la música. Yo no distinguía nada. Al parecer, Luke sí lo percibía.

—¿Usó el maletero?

—S… sí —respondió papá, sorprendido.

—Apuesto a que desajustó la bandeja de la luneta trasera. No suena a nada mecánico.

—¡Gracias! Intentaré ajustarla, entonces.

—¿Qué guardaste ahí? —pregunté.

—Ah, algunas cajas del trabajo. Les hice el favor de trasladarlas a otra sucursal.

Papá nos dejó lo más cerca posible del estadio, nos despedimos y seguimos a pie. Nos pusimos en la fila, y allí, al fin pudimos abrazarnos cuanto queríamos.

—Jamás pensé que el regalo sería invitarme a ver un partido de la NBA —dijo Luke contra mi pelo. Mi mejilla seguía pegada a su pecho y mis brazos le rodeaban la cadera.

—Estoy llena de sorpresas —bromeé.

El Madison Square Garden era asombroso, así como el espectáculo del partido. De pronto entendía por qué tanta gente era fanática de los deportes. Además del juego en sí mismo, todo era un gran show. Lo había visto varias veces en televisión, pero jamás había prestado verdadera atención. En vivo, todo se magnificaba y era fácil volverse un fanático.

No entendía mucho de básquet, pero allí se me hizo sencillo y disfruté del juego y de los entretiempos. El público aparecía de a ratos en las enormes pantallas que estaban suspendidas en medio de la cancha. Cuando llegó el momento de la cámara del beso, bromeé diciendo que me ocultaría debajo del asiento si nos enfocaban; habría muerto de vergüenza si tenía que besar a Luke delante de todo el mundo. Él reía y se hacía el valiente, pero supongo que se habría puesto tan nervioso como yo. Por suerte, nos pasaron por alto.

Salí con un nivel de excitación que jamás pensé que alcanzaría. Caminaba hacia atrás, mirando de frente a Luke, hablando del partido. El chico de al lado me había regalado un globo del color del equipo del que era fanático y todavía lo tenía en la mano, suspendido sobre mi cabeza.

—¿Cuánto mediría ese jugador moreno? —pregunté. Luke rio.

—¡Todos eran altos y morenos! —se quejó.

—¡No todos eran morenos! —defendí yo—. Ese, el número siete.

—Ahm… ¿Cinco metros?

Los dos reímos. Entonces giré para caminar a su lado y lo tomé del brazo.

—¿Vamos a Shake Shack? —pregunté. Para mi gusto, allí servían las comidas rápidas más ricas.

—Nunca hay lugar ahí —respondió Luke—. Además, yo también te tengo una sorpresa. Ven, tomemos un taxi —propuso, y enseguida hizo señas a uno.

Bajamos en Times Square, que siempre era un mundo de gente, en especial los fines de semana. Para no molestar a todos con mi globo, lo solté.

—Adiós, New York Knicks —bromeé mientras lo veía alejarse rumbo al cielo.

Salimos del enjambre de personas y caminamos por la calle 43 hasta la puerta de un restaurante.

—No vamos a ir a las comidas rápidas. Quiero que pruebes verdadera comida italiana —dijo Luke, señalando la puerta del lugar.

Mis labios se abrieron en un inevitable gesto de sorpresa. Estuve a punto de abrazarlo, pero entonces me sentí una egoísta.

—Luke… —murmuré, mirando el restaurante—. No lo tomes a mal, pero parece algo costoso.

Él rio.

—¿Ya me vas a indicar en qué tengo que gastar mi dinero, como una esposa vieja? —se quejó. Me hizo reír—. ¡Vamos! —puso una mano en mi cintura y me impulsó adentro.

Había un grupo de cuatro personas que esperaban en la recepción. Luke solicitó una mesa para dos, y le dijeron que justo se había desocupado una.

El camarero nos condujo hacia el fondo del salón. Era un restaurante de luces bajas y mesas de madera. Las conversaciones llenaban el ambiente; había tanta gente que el ruido de las voces era muy potente. Supuse que así eran las cantinas en Italia.

Iba concentrada en un detalle decorativo de la pared cuando me pareció ver un perfil conocido. Me detuve de pronto, y Luke chocó contra mi espalda. Me abrazó por la cintura, intuía que algo sucedía.

–Val… ¿qué pasa? ¿Te sientes bien? –preguntó.

No podía hablar y creí por un instante que tampoco podría volver a respirar. Papá estaba sentado, sin jefes ni empleados. Se hallaba en una mesa para dos, alejada de la ventana. Frente a él había una chica. Una chica rubia bastante joven, con el pelo largo hasta la cintura, los labios pintados de rojo y un delicado vestido negro.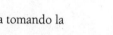

Intenté pensar que no tenía nada de malo que él le estuviera tomando la mano. Pero ¿a quién quería engañar? Cuando se levantó de la silla, se inclinó sobre la mesa y se besaron, mi mundo se hizo pedazos.

Empecé a temblar; quería arrojarles los platos de pasta por la cabeza.

–Val –murmuró Luke con los dientes apretados, y me levantó tomándome de la cintura. Sin duda acababa de ver lo mismo que yo.

El camarero se quedó a mitad de camino, viéndonos volver a la puerta. Luke no me soltó. Me llevó en el aire, comprimiéndome contra su abdomen, hasta la calle, y allí me liberó. Yo giré sobre los talones y quedamos frente a frente.

–M… ¡mi padre! –grité, con los ojos inyectados en lágrimas; el fuego de la furia invadía mis venas.

–Tranquila –me pidió Luke, y me apretó los brazos a los costados del cuerpo. Me sentía débil y mareada, y él lo notó. En una fracción de segundo, estaba abrazándome–. Tranquila, Val, no pasa nada. Vamos, respira.

–¡Dijo que iba a una cena de trabajo! –seguí gritando–. ¡Dice lo mismo desde hace más de un año! ¡Engañaba a mi madre incluso antes de que mi hermana muriera!

Mis propias palabras se clavaron como dagas en mi pecho.

Las revelaciones siempre son odiosas, y yo acababa de recibir una. El telón había caído y, de pronto, el héroe de mi infancia se transformaba en un villano. Ese era el verdadero rostro de mi padre.

La gente no pide perdón

Luke había planeado una cena romántica en una cantina italiana y, a cambio, terminamos sentados en Bryant Park. Era el único lugar cercano donde se nos ocurrió que podríamos huir de la multitud y conversar.

–Jamás lo hubiera imaginado de mi padre, siempre tan comprensivo y responsable –murmuré con la garganta cerrada–. ¡Y esa zorra que estaba con él…!

–Quizás ella no tiene la culpa –intervino Luke–. A veces ni siquiera saben que el tipo es casado.

Lo miré hecha una furia.

–¡Te aseguro que *esa* lo sabía! Aunque mi padre estaba muchas horas fuera de casa, jamás pasaba el fin de semana en otro lado. Cualquier mujer sospecharía si su pareja no se quedara a dormir con ella ningún sábado. Si no existieran esas zorras, los hombres casados no…

–¿No qué? –me interrumpió él–. ¿No engañarían a sus esposas? Se irían con una prostituta. Lo siento, Val: la culpa es de él.

Respiré profundo; tenía que dominar la ira o acabaría peleándome con Luke.

—Así que todos ustedes, solo por el hecho de ser hombres, engañan.

—No, todos no —dijo. Yo sonreí con ironía.

—Ahora que lo recuerdo, cuando fui a buscarte al bar, te encontré con otra chica.

—Por ese entonces no eras mi novia, ni siquiera eras mi amiga —respondió él con calma—. Puedes venir cuando quieras: me encontrarás sobre el escenario o con los chicos, jamás con otra chica mientras estemos juntos.

—¿Por qué? Ni siquiera te has acostado conmigo y, al parecer, el pene se desintegra si no lo ubican en algún lado cada fin de semana.

Luke ahogó la risa.

—Para evitar la desintegración completa, existen otros métodos que las chicas también utilizan.

Lo miré, molesta, pero sus ojos chispeantes me hicieron dar cuenta de lo mal que me estaba comportando y bajé la cabeza.

—Lo siento —dije—. Te estoy atacando cuando tú no tienes la culpa de nada.

—No te preocupes —respondió él con paciencia.

—No quiero seguir siendo la chica que te insultó en el bar. Cambiaré eso ahora mismo —dije, y extraje mi teléfono. Todavía tenía su número guardado bajo ese concepto, era hora de modificarlo.

—No, por favor, no hagas eso —suplicó él, apoyando una mano sobre la mía—. Me daría mucha tristeza aparecer en tu teléfono simplemente como *Luke*, así como aparezco en el teléfono de todo el mundo.

Si no me hubiera sentido tan mal, habría sonreído. Luke tendría que conformarse con que aceptara su propuesta. Guardé el teléfono y me quedé mirando el suelo.

—No entiendo cómo nunca te enojas. Puedo decirte cosas horribles y aun así tan solo escuchas y me respondes de buena manera. No te merezco —dije.

—Eso es porque sé que en realidad no sientes lo que estás diciendo —aclaró—. Si algún día me doy cuenta de que lo dices en serio, entonces me enojaré y pelearemos, como todos los novios. Dicen que las reconciliaciones son lo más lindo; no quiero irme de este mundo sin haber vivido una.

Aunque sonreí, estaba desilusionada. Apreciaba su intención de distenderme, sin embargo, no podía entender la actitud de mi padre. Luke tenía razón: mi padre era el principal responsable. Esa mujer no había asumido un compromiso con mi madre. Papá sí.

—Quiero ir a casa —decidí de pronto.

Luke puso un brazo sobre mis hombros y me abrazó contra su costado. Me dio un beso en la frente mientras me acariciaba.

—La vida es un camino difícil donde recoges algunas rosas y pisas caca muchas veces —dijo, y al fin, me arrancó la risa.

—Pues acabo de pisar la mierda de un dinosaurio —respondí.

—No todos cagaban tan grande.

—Oh, lo siento, olvidé que estaba hablando con un experto.

—¿En pisar caca o en dinosaurios?

—En las dos cosas, tal vez.

Rio y me besó en la frente.

—Al final no cenamos, ¿vamos a Shake Shack, como querías? —propuso. Alcé la cabeza y lo miré a los ojos.

—¿Me acompañas a casa?

—No quiero que te quedes sin la cena.

—Acompáñame a casa, por favor. Te prometo que, antes de ir a dormir, buscaré algo en el refrigerador.

Suspiró, inconforme con mi decisión, pero, por supuesto, aceptó.

El viaje fue silencioso y aburrido, solo pensaba en lo que había hecho mi padre. Me sentía engañada y frustrada, también un poco incrédula. No me cabía en la cabeza que papá fuera una persona tan distinta de lo que yo creía.

Me despedí de Luke en la puerta de casa. Solo la luz del porche estaba encendida, resultaba evidente que mamá dormía. Me abrazó y nos besamos, aunque yo estaba un poco ausente.

—No quiero que llores ni que pases la noche despierta —susurró contra mis labios.

—Eso no pasará, te lo prometo.

Estaba segura de que no me creía, pero aun así nos despedimos.

Una vez que estuve sola en casa, las imágenes de lo que había visto esa noche volvieron a invadir mi cabeza. Tal como le había prometido a Luke, fui al refrigerador y busqué algo para cenar. No tenía hambre, así que solo unté un poco de mantequilla de maní en una rodaja de pan para cumplir.

Comí, bebí un poco de agua y apagué la luz de la cocina. Acabé sentada en la sala a oscuras, triste y enojada. Pensaba en mi abuela. Papá la había juzgado y le negaba la palabra desde hacía años, acusándola de lo mismo que él hacía. No podía más de la impotencia: era un hipócrita.

Lo esperé en una especie de shock, mirando la nada mientras por mi mente pasaba todo tipo de recuerdos. Recordé que mamá había estado atendiendo a mi hermana enferma mientras él se revolcaba con esa rubia y sentí rabia. Me habría gustado saber la verdad antes para echársela en cara. Por lo general, mamá parecía mi enemiga, y él, mi cómplice. Les había asignado los roles equivocados.

Cuando escuché que papá estacionaba el auto en la puerta, mi sangre hirvió. Todo se agravó en cuanto puso un pie en la sala. Su reacción cuando me vio sentada en el sofá a oscuras fue tan natural que hasta me causó remordimiento. ¡A mí, que era la víctima!

—¡Val! —exclamó—. ¿Qué haces ahí? ¿Estás bien? ¿Te peleaste con Luke?

—¿Eso te gustaría? —lo ataqué. Él frunció el ceño.

—¿Qué pasa? —preguntó, confundido, y dio un paso hacia mí.

Me levanté antes de que pudiera tocarme con las manos que venían de tocar a su amante y me dirigí al comedor. Él me siguió. Encendí la luz y cerré la puerta de vidrios repartidos.

Aparté una silla y me senté. Papá se quedó de pie del otro lado de la mesa; me miraba fijamente.

—Val, me estás preocupando —dijo.

—¿Quién era esa chica con la que estabas en el restaurante italiano?

La mirada de mi padre se volvió entre culpable y distante. Era la mirada del que había sido descubierto y quería negarlo todo.

—¿De qué hablas?

—De la chica rubia de vestido negro y labios rojos.

Rio.

—Te debes haber confundido de persona.

Ahora la que reía era yo.

—Claro, porque no reconocería a mi padre.

—Val, no era yo.

—Sí, eras tú —elevé la voz—. ¡Eres todavía más patético negándolo que engañando a mamá!

—¡Shhh! —chistó él, desesperado, haciendo gestos con las manos—. ¡Calla, por favor! ¿Quieres que tu madre despierte y escuche esta locura?

—¡La locura es que hayas llevado a esa chica a cenar, le hayas tomado la mano y la hayas besado! ¿A eso le llamas *compromiso de trabajo*? —se quedó callado. Y el que calla, otorga—. ¿Hace cuánto que sales con ella? Según mis cálculos, todo empezó a los seis meses de que Hillie enfermó. ¿Estoy en lo cierto? Quizás fue un poco antes.

—Basta, Val, te lo ordeno.

–¿Por qué me ordenas que calle? ¿No te gusta escuchar que ya sé quién eres?

–¡¿Quién soy?! –ahora el que elevaba la voz era él–. Soy tu padre, el que te ayuda para que mamá no se obsesione con sobreprotegerte por miedo a perder a la única hija que nos queda. Soy el que sale a trabajar todos los días para que no te falte nada, el que acepta que salgas con ese chico de un contexto peligroso y el que te escucha cuando tienes un problema. ¡¿Quién soy, Val?! ¡Dímelo!

–¡Un hipócrita! –grité, poniéndome de pie con las manos sobre la mesa–. Hace años te peleaste con la abuela porque engañó al abuelo, ¡y resulta que tú haces lo mismo!

–¿Cómo sabes eso?

–¡Porque voy a visitarla una vez por semana! Y seguiré yendo, y tú no te atreverás a decirme nada, porque eres mucho peor que ella. La abuela por lo menos se fue con la persona que de verdad quería. ¡Ella tuvo el coraje de decirle la verdad al abuelo!

–¡Tu abuela mató a mi padre!

–Eso no es cierto, solo le dijo que ya no lo quería. Esas cosas pasan, lo entiendo. ¡Pero no acepto el engaño! No acepto que tomes a mamá como a una tonta.

–No es eso. Es que tu hermana enfermó. Tu madre empezó a dedicarse a Hillie, y yo… Me sentía triste y solo, necesitaba compañía. No quería sufrir delante de tu madre, eso le habría hecho peor.

Cada palabra me enojaba más.

–¡Escúchate, por Dios! Es la excusa más egoísta que podrías haber puesto. ¡Mamá estaba cuidando a tu hija enferma mientras tú te revolcabas con otra! ¿Mamá no necesitaba comprensión y ayuda? ¿No necesitaba de alguien?

–¡Lo sé! Lo sé… No estoy buscando excusas, pero ¿cómo iba a decirle?

¿Qué clase de esposo y padre habría sido si le contaba la verdad en esas circunstancias? Luego Hillie murió, y tu madre entró en depresión. Incluso ahora no se lo diría. ¡Eso la mataría! –acabábamos de llegar a un punto sin retorno: tenía razón. Apreté los dientes y me tragué todo lo que todavía tenía para decirle–. Tendrás que guardar el secreto, Val –continuó.

–Entonces no dejarás de ver a esa chica –interpreté yo.

–No.

–Muy bien –dije–. Tampoco dejaré de ver a la abuela. Ojalá puedas dormir con tu conciencia.

Lo esquivé, abrí la puerta y subí la escalera. En el pasillo me crucé con mamá.

–¡Val! –exclamó–. ¿Qué son esos gritos? ¿Qué pasa? –se acercó y me apretó los brazos a los costados del cuerpo–. ¿Ese chico te hizo algo? ¿Te lastimó?

Me solté bruscamente y di un paso atrás para alejarme. Odiaba que desconfiara todo el tiempo de Luke. ¡Tenía al enemigo durmiendo en su cama y se atrevía a hablar mal de mi novio!

–Pregúntale a papá –sugerí con tono cortante, y me encerré en mi habitación.

Me puse el pijama y me metí en la cama; estaba llorando y me sentía descompuesta. No veía la hora de que amaneciera para ir a ver a la abuela.

Unos minutos después, recibí un mensaje en el teléfono:

> *Val, te amo.*

Me puse a temblar. Releí la frase y el nombre del emisor: *El chico con el que me enojé en el bar*. Enseguida llegó otro mensaje:

> *Quisiera estar allí, contigo, para secar tus lágrimas. Pero estoy aquí, intentando que mi hermano se vaya y deje de pedir dinero a mi madre. Ella*

> *gana algo a veces ayudando a una amiga que trabaja para una empresa de limpieza, creo que eso no te lo había contado, y Francis siempre se lo quita. Pero mi madre lo defiende. ¡Lo defiende, Val! Es increíble, pero las personas a veces amparan a quienes les hacen daño y jamás piden disculpas. La gente no pide perdón. No esperes que tu padre lo haga. Protégete. Yo te protegeré. Te amo.*

Tragué con fuerza, mis lágrimas se evaporaron.

VAL.

> *Te amo. Protégete también, yo te abrazaré cuando nos veamos. Y gracias por entenderme hoy.*

EL CHICO CON EL QUE ME ENOJÉ EN EL BAR.

> *Siempre lo haré. Y tú serás la que me abrace. Necesito que lo hagas.*

El sábado a las diez de la mañana intenté abrir la puerta de la tienda de la abuela, pero estaba cerrada. Jamás me había pasado eso. Golpeé y, después de unos minutos en los que sentí verdadera desesperación, ella abrió.

En cuanto la vi, me lancé a abrazarla.

—¡Val! —exclamó. Sonaba preocupada—. ¿Pasó algo con Luke? ¿Te peleaste con él? ¿Eh?

La miré. Yo estaba llorando.

—Necesito que hablemos.

Me hizo pasar. Entonces descubrí que estaba con un cliente.

166

—Lo siento, Alfred. Ella es mi nieta Val y tiene una emergencia. ¿Podemos dejar la sesión para otro momento? Será gratuita.

—Sí, claro —respondió el hombre, recogiendo su chaqueta del respaldo de la silla—. Adiós.

—Adiós —lo saludó la abuela, y él se retiró.

Cerró el negocio y fuimos a su casa. Me sirvió té con tarta de manzana.

—¿Te gusta lo que te preparé? En realidad es de ayer, pero no viniste.

—Sí, lo siento. Tienes que tener un móvil.

—Tengo un teléfono fijo.

—Olvídalo: jamás te llamaré ahí. Quiero que tengas uno que puedas llevar contigo.

Callamos un momento.

—Deja de dar vueltas y cuéntame: ¿qué pasa? —indagó.

—Es papá.

—¿Qué pasa con mi hijo? —se la notaba asustada.

—Es la peor persona del mundo.

—¡Val! ¿Por qué dices eso?

—Papá está engañando a mamá. ¡La engaña con una chica desde antes de que Hillie muriera! Te juzga a ti, pero él está haciendo lo mismo. Si eso no es ser hipócrita, dime qué es.

La abuela se quedó pasmada, en silencio y con la boca entreabierta.

—¿Cómo lo sabes? ¿Es un rumor o lo sabes con certeza?

—Lo vi con mis propios ojos.

—¿Tan solo lo viste en el auto con esa chica que dices, o estaban…?

—Se estaban besando tomados de la mano —intervine, tragándome el dolor—. Confía en mí, yo tampoco podía creerlo. Anoche casi vomité del horror.

Otra vez calló.

—Dios, Val, lo siento tanto —murmuró finalmente—. No debiste ver eso.

—Tal vez yo termine haciendo lo mismo: tú, él… ¿Se hereda? ¿Está en la sangre, o algo?

—Claro que no, linda. Tú harás la diferencia.

Me encogí de hombros.

—Supongo que todas las cosas suceden por algo. Anoche lo enfrenté, y primero lo negó. Luego digamos que terminó admitiéndolo, pero la gente no pide disculpas. Tu hijo es un soberbio y un hipócrita.

La abuela suspiró.

—Val, entiendo que estés enojada y sé que no te gustará lo que voy a decirte, pero quizás tu padre no sea ninguna de esas cosas —la miré, un poco molesta. "Las personas a veces amparan a quienes les hacen daño", me había dicho Luke. Y eso era justamente lo que estaba haciendo la abuela—. Llega una edad en la que descubrimos que nuestros padres no son lo que pensábamos. Eso es normal. Quizás a ti te sucedió demasiado temprano, pero todos lo pasamos, es la ley de la vida. En un momento descubrimos que nuestros padres no son héroes, sino seres humanos llenos de defectos y tendientes a cometer errores, como nosotros. Dejan de ser perfectos ante nuestros ojos, y eso duele. Tu padre te ama, y todo lo que alguna vez dijo o hizo por ti fue verdadero; no fue un acto hipócrita, te lo aseguro. No hagas lo que él hizo: cuando te sientas preparada, perdónalo.

—¿Y mamá? —repliqué, indignada—. ¿Qué papel juega ella en todo esto? ¿Voy a convertirme en la cómplice de mi padre solo para perdonarlo?

—¡Claro que no! Me contaste que tu madre estaba todavía en tratamiento psiquiátrico. Tu padre debería esperar a que ella esté fuerte para contárselo.

—Él dijo algo parecido: que no se lo había confesado porque no era el momento.

—¿Y crees que es mentira?

—Es lo único cierto.

—Entonces espera. Ojalá mi hijo haya aprendido algo de mí y haga lo que tiene que hacer: ser honesto de una buena vez.

—Sí... Yo también lo deseo.

De verdad lo deseaba, o la única esperanza de que mi padre siguiera siendo una de mis personas favoritas terminaría de desvanecerse.

20

El número seis

Los días de semana, mi familia nunca se reunía para el almuerzo. Yo estaba en el colegio. Papá trabajaba –o eso suponía–, y solo mamá se quedaba en casa, excepto que tomara algún empleo temporario. Aunque no tenía nada fijo por el momento, ya había hecho dos decoraciones de oficinas. Por algo se empezaba.

Las cenas y los fines de semana, como estábamos los tres juntos, comenzaron a resultarme insoportables. Papá actuaba como si nada hubiera pasado, reforzando mi idea de que era un mentiroso experto y un hipócrita. Mamá, por su parte, empezó a parecerme la mujer más ingenua del mundo. Debía estar haciéndose la tonta, no había manera de que no se diera cuenta de que él la engañaba.

Comencé un trabajo de investigación que, más bien, era un acto de masoquismo. Aproveché un momento en el que papá se estaba bañando para revisar su teléfono. Lo había visto ingresar la contraseña muchas veces: eran las fechas de nacimiento de Hilary y la mía unidas con una letra *a*.

Encontré mensajes de su novia. Se llamaba Alex Rilley y, por lo que hablaban, supuse que tenía una perfumería. "¿Qué guardaste ahí?", le había preguntado yo cuando Luke le dijo que el ruido que hacía el coche parecía provenir de la bandeja de la luneta trasera. Él respondió que había llevado algunas cajas del trabajo, que les había hecho el favor de trasladarlas a otra sucursal. ¡Ja! Las cajas no eran de su trabajo, seguro eran de la tienda de Alex.

Ya casi terminaba el ciclo escolar, y este año mis padres habían decidido que no habría viaje de vacaciones. Tampoco habíamos hecho uno el año anterior, por la enfermedad de Hillie. Suponía que ahora él, aunque ponía como excusa que necesitábamos recuperar nuestra economía, no quería alejarse de su amante.

Hice averiguaciones y encontré las redes sociales de Alex y dónde quedaba su perfumería. Un viernes que iba a lo de la abuela pasé por el negocio y la vi enfundada en un precioso vestido rojo, con tacones y el pelo largo, lacio y rubio, suelto. Era preciosa y joven, ¿qué hacía con mi padre? ¿Por qué seguía adelante en una relación que podía arruinar una familia?

Sentí rabia y deseé golpear algo. Faltaba mucho para la clase de boxeo o batería, así que decidí entrar a la tienda y desquitarme. Supe que me reconoció: ni bien me planté delante de la caja registradora, sus ojos se abrieron de forma desmesurada y apretó los labios. Así que papá le había mostrado una foto mía. ¡Como si yo le importara!

—Buenas tardes —dije, y me puse a tocar unas muestras de perfumes que estaban en el mostrador, fingiendo que estaba distraída—. Quiero ver labiales.

Ella demoró un instante en responder. Lo suficiente para que la mirara de forma inquisitiva.

—Claro. Cualquiera de las empleadas puede ayudarte —respondió.

Empezó a alzar la mano y abrió la boca para llamar a una de las chicas que estaban en el salón.

–Quiero que me ayudes tú –me apresuré a pedir.

–Ah… es que… –dudó–. Bueno –determinó al fin, y salió de su refugio de fórmica. Supongo que quería evitar problemas. Imaginaría que la pondría en evidencia delante de sus empleadas o que haría algún escándalo.

Me llevó a unas estanterías y me preguntó qué tono buscaba y de qué marca.

–Color café. Cualquier marca –respondí. No lograba ocultar mi odio.

Ella sabía que no me interesaba comprar nada, y yo, que ella me había reconocido, pero aun así fingimos que yo era una clienta, y ella, mi asesora. Mientras me explicaba la textura de diversas marcas y señalaba colores, la estudié en detalle: el color de sus ojos, su perfume, sus gestos.

–Ese me gusta –solté en cuanto ya no soporté más estar a su lado–. Le pediré a mi padre que te lo compre para mí. Gracias.

Me volví y ella se quedó con el lápiz destapado entre las manos, observándome. Estaba segura de que la había hecho temblar de miedo al mencionar a mi padre. ¿Quién quería quedar mal delante de sus empleadas?

Salí fingiendo que estaba segura y orgullosa de lo que había hecho. Cuando doblé la esquina, apoyé las manos en una pared y me incliné, creyendo que vomitaría.

Esa noche, papá le pidió a mamá que fuera al supermercado a comprar una marca de helado en particular. Ella se quejó; no entendía el motivo de semejante ocurrencia o por qué no lo había traído él de regreso a casa del trabajo. Yo sí.

En cuanto mamá puso un pie en la calle, intenté ir a mi habitación. Papá me lo impidió.

–¿Por qué fuiste a molestar a Alex? –preguntó. Reí con sorna.

–¿Le molestó que fuera a comprarme un labial? ¿Le molesta tu hija? Entonces no será una buena segunda esposa, porque para su información, seré tu hija por siempre. ¿O qué? ¿Cuando dejes a mamá te convertirás en esos padres que abandonan también a sus hijos?

—¡Calla de una vez! —gritó él. Fue la primera vez que le noté deseos de silenciarme a la fuerza—. No quiero que vuelvas a la tienda de Alex.

—¡¿Por qué?! —le grité yo. Luchaba para retener las lágrimas.

—Porque este es un asunto de adultos y no tienes por qué entrometerte.

—Solo fui a comprar un labial.

—Tienes cientos de tiendas y farmacias en la ciudad. No vuelvas a molestar a Alex y no me des respuestas evasivas.

—¡Mira quién habla!, el que evade a todo el mundo, empezando por su esposa.

Se acercó. Aunque sentí un poco de miedo, no retrocedí ni dejé de mirarlo a los ojos. Parecía enojado, sin embargo, su voz sonó calmada.

—Alex es una buena persona. Jamás dijo que le hubiera molestado que fueras a su tienda, pero sí que se sintió incómoda, y eso no es justo.

Mis labios se abrieron, mis piernas temblaron, creí que vomitaría de nuevo. ¿Él, hablando de justicia? ¿Ahora resultaba que no había que incomodar a su amante? ¿Y mamá qué? ¿Y yo?

—Eres un cobarde —murmuré, y hui a mi dormitorio.

Me arrojé sobre la cama, apretando los dientes. No soportaba más tener que callar por la fragilidad psicológica de mamá. Soportar en silencio cuando solo quería gritar me estaba transformando en una persona gruñona y odiosa. Ni siquiera disfrutaba ya con mis amigas, y estaba con mala cara a veces cuando me encontraba con Luke.

Un día no aguanté más y conversé con Liz y Glenn del asunto.

—Siempre te digo que los hombres son todos iguales —concluyó Liz—. Lo importante es que tú no te hagas cargo de sus problemas y solo te preocupes por ti.

–Tienes razón, pero es difícil hacer de cuenta que no tengo que ver con el asunto. ¿Por qué se separaron tus padres? ¿Fue por lo mismo que está haciendo el mío?

Liz se pasó una mano por su largo pelo rubio. Se mordió los labios carnosos y rojos y bajó la mirada, quizás para no mentir.

–Más o menos –respondió, y me miró con convicción–. Pero ahora los dos están bien. Y yo estoy genial. Así que tú también lo estarás.

Luke conocía la historia desde el comienzo, así que me comprendía y no se enojaba por mi mal humor. Siempre tenía algo gracioso para contarme y, a la larga, terminaba produciéndome una sonrisa. Con suerte conseguía olvidar los problemas que había en casa y divertirme con mis amigas, con él y con la abuela. Moriría si tenía que pasar las vacaciones de verano encerrada, escuchando a mamá en su ingenuidad y protegiendo la mentira de papá. Pero ¿qué podía hacer?

Volví a tomar la lista de Hilary y repasé los deseos que todavía no había cumplido:

1. Decir lo que pienso más seguido.
4. Nadar en la playa al amanecer.
6. Tener sexo.
9. Besar a alguien en Times Square justo en el Año Nuevo.
10. Hacer algo que valga realmente la pena por alguien.

El seis no contaba, era eso de tener sexo y lo había tachado desde un comienzo. La verdad, con Luke más de una vez habíamos estado a punto de cruzar el umbral de los besos y caricias, pero no tenía que ver con la lista. Jamás lo haría por compromiso.

En cuanto al punto uno… Bueno, le estaba diciendo lo que pensaba a papá, pero si de verdad hubiera gritado mis sentimientos, habría hecho un escándalo. Todavía tenía que callar, así que aquel seguiría siendo un deseo incumplido. Para Año Nuevo faltaba mucho, y si quería cumplir el deseo número diez, no tenía idea de qué podía hacer por alguien. Solo me quedaba eso de nadar en una playa al amanecer. Era ideal para el verano, la cuestión era conseguir con quién ir a un lugar apropiado para ello.

Aunque Glenn a veces se iba de vacaciones, tenía una familia numerosa, y no podían invitar a nadie. Por primera vez en años, Liz me había contado que ese verano iría a casa de su padre, y no quería robarle ese tiempo con él. Nada de playas por ese lado.

Por supuesto, pensé en Luke, pero no podía ponerlo en el compromiso de gastar dinero en un viaje. Además, mis padres jamás me dejarían ir con él. A pesar de que estaba enojada, no les diría que me quedaría a dormir en lo de una amiga mientras vivía una aventura con un chico. Eso me habría hecho igual a papá.

Quizás no podía cumplir ningún deseo por el momento, pero por primera vez sentí la necesidad de compartir con Luke que existía esa lista y lo que había estado haciendo.

Nos encontramos el sábado en el Central Park. Estábamos sentados en el césped cuando decidí que era hora de revelarle mi secreto.

—Quería contarte algo —dije, y saqué del bolsillo el papel doblado en cuatro. Lo desplegué, lo extendí sobre mi pierna y me acomodé para que él pudiera leer.

—¿Qué es eso? —preguntó, intrigado.

—Es una lista que hizo Hillie antes de morir. La encontré el día de su funeral, y desde entonces he estado cumpliendo algunos de sus deseos. Gracias a eso te conocí. De haber sido por mí, jamás habría ido al bar. Estaba cumpliendo el número tres: ir a un recital de rock.

Supuse que me diría que no sabía lo que era un verdadero recital, pero a cambio exclamó:

—¡Vaya! Veo que ya has cumplido el número seis.

Fue como un cimbronazo. Abrí la boca, sorprendida, y miré el papel, roja como la tinta con la que había subrayado el título.

—¡Oh, no! ¡Claro que no! —exclamé.

—Está tachado.

—Sí, lo taché.

—Supuse que tachabas lo que ya habías cumplido.

—Lo taché porque no voy a cumplirlo.

—Ah, qué pena —lo miré. ¿Acaso estaba bromeando, y yo, creyendo que él me imaginaba con otro chico?—. ¿Puedo? —preguntó, señalando el papel. Entendí que quería leerlo y se lo di. Después de un momento, me lo devolvió—. Puedo ayudarte con uno solo, por el momento —determinó. Parecía hablar en serio, pero seguía siendo ingenua a veces y temía saltarme alguna broma.

—Olvídate del número seis —respondí. Él rio.

—No estoy hablando del número seis, aunque me encantaría —tenía un arte para ponerme bordó.

Repasé la lista: nadie podía ayudarme con decir lo que pensaba o hacer algo por alguien. Ya le había dicho que se olvidara del sexo, y para Año Nuevo faltaba muchísimo. No había posibilidad de viajar a la playa juntos. Y con eso se agotaba todo.

—No veo con qué podrías ayudarme si no es con el número seis, y ya te dije que eso no va a suceder.

–¿No quieres nadar en una playa al amanecer?

–¿Cómo iríamos a la playa y esperaríamos el amanecer?

–Hay playas a pocos kilómetros de aquí. No son cálidas como las de Miami, pero en verano es posible bañarse.

–¿Dices que vayamos en ómnibus y nos quedemos en algún bar de por allí hasta que amanezca?

–No. Podemos ir en el coche de mi hermano el día anterior y detenernos en algún lugar. No olvides que yo sí soy mayor de edad: puedo conducir y hospedarme en cualquier parte.

–¿No se molestará?

Se encogió de hombros.

–Si me llevo su automóvil por un fin de semana, le haré el favor de que, por dos días, no corra el riesgo de que la policía se lo quite por conducir drogado. Así que sí, se molestará, pero siempre está molesto de todos modos. ¿Vamos a la playa en cuanto empieces tus vacaciones?

El entusiasmo me hizo reír.

–¡Vamos! –exclamé, y lo abracé.

Al fin había olvidado mis problemas. Al fin tenía una meta maravillosa que cumplir, y no era solo el deseo número cuatro.

21

Lucha por lo que quieres

El último día de clases, Glenn nos contó que su viaje familiar de ese año consistía en pasar dos semanas en un predio de su iglesia en Arizona. Aunque parezca contradictorio, di gracias a Dios no haberle preguntado si por primera vez en la historia podían invitarme.

Liz, por su parte, estaba preparando todo para su viaje a casa de su padre.

—¿Qué harás tú? —me preguntó Glenn.

Las dos me miraban con pena. Lo último que sabían era que mis padres no podían pagar un viaje ese año.

—Iré a una playa cercana algún fin de semana —comenté mientras reunía mis cosas. La última clase había terminado y no veía la hora de salir de la escuela.

—Mmm… ¿con Luke? —bromeó Liz. Sonreí. La respuesta era obvia.

Fuimos a festejar que las clases habían terminado a una pastelería. Reímos de tonterías que nos habían pasado en el año y celebramos que habíamos aprobado todas las asignaturas. La reunión se extendió, así que llegué tarde a lo de la abuela.

—Iré a la playa con Luke un fin de semana —le informé. A ella sí podía contarle todo.

—¿Con Luke? —repitió mientras colocaba brownies en un plato—. ¿Tus padres lo saben?

—Por el momento, no. Pero voy a decírselo a papá.

—¿Y crees que te permitirá ir?

—Si no me lo permite, volveré a molestar a su novia. O, peor, le diré que le contaré su secreto a mamá.

—¡Val! —exclamó la abuela. Me miraba con los ojos muy abiertos y una mano en la cintura, con gesto reprobatorio.

—Es evidente que no lo haré —me apresuré a aclarar—. Mamá está mucho mejor, pero aún no se encuentra en condiciones de escuchar esa atrocidad. Solo se lo diré a él.

—De todos modos está mal: amenazar a tu padre es…

—Un poco de su propia medicina —la interrumpí. Me sentía mal de que ella no aprobara mi idea—. ¡Abuela! Estoy cansada. Desde que Hillie enfermó no tengo paz, ¡merezco un fin de semana libre!

—¿Luke sabe cómo conseguirás el permiso de tu padre? ¿Qué te dijo al respecto? ¿Le gustaría que tuvieras esa conducta? —siguió preguntando ella.

—¡Claro que no lo sabe! Luke se opondría, por eso no voy a decírselo. De todos modos, no necesito que dé el visto bueno a mis acciones.

—Es decir que no solo amenazarás a tu padre, sino que, además, le ocultarás algo a tu novio.

Suspiré y puse también una mano en la cintura.

—Soy una chica con objetivos claros y que sabe conseguir lo que quiere —argumenté—. Además, no le estaría mintiendo a mi padre, y eso es importante, ¿no? Él sabrá dónde y con quién me encuentro.

La abuela hizo una mueca.

—Eres muy hábil para tergiversar ideas, de eso no cabe duda —admitió. Yo reí.

Regresé a casa de buen humor, segura de mi decisión, y arreglé la fecha de partida con Luke: sería el sábado siguiente. El lugar elegido: Ocean City, Nueva Jersey, a poco más de doscientos kilómetros de donde vivíamos. El horario de partida: las tres de la tarde. Llegaríamos a eso de las seis, justo para cenar en alguna parte y esperar el amanecer en un bar. Era imposible salir de madrugada, tenía que llevarse el auto antes de que su hermano decidiera usarlo.

El jueves hablé con mi padre.

—El sábado saldré con Luke y volveré el domingo —dije en la mesa; mamá había ido al baño.

—¿Es una pregunta o un comunicado? —preguntó. Después de la discusión por mi visita a la tienda de su amante, había vuelto a actuar como si nada.

—Un poco de ambos.

—¿A dónde van? ¿Por qué necesitan dos días?

—Vamos a la playa.

—Sabes que mamá se opondrá.

—Estaba contando contigo para que la convenzas.

Se respaldó en la silla, soltó la tablet y se cruzó de brazos.

—Val, entiendo que no necesitan ir dos días a la playa para hacer lo que hacen todas las parejas, pero dejarte ir sería avalarlo. ¿Entiendes lo que digo? Ya es difícil para un padre aceptar que su hija no es más una niña, imagínate si…

—Esto no tiene que ver con sexo —intervine. Sí, aunque me avergonzara, tenía que ser directa.

—Cada cosa tiene su tiempo, y ya tendrás tiempo de ir de vacaciones con algún novio.

—No son vacaciones, solo iremos a un bar en Nueva Jersey y aprovecharemos a ir a la playa. ¿Puedo? Tal como dijiste, si quisiera acostarme con Luke ya lo habría hecho, no necesito ir tan lejos para eso.

¡Uf! Acababa de confesarle a mi padre que aún era virgen y sin duda, en su mente de adulto, su preciosa hija de diecisiete años se convertiría en mujer ese fin de semana en una playa de Nueva Jersey. Si alguien conoce algo más incómodo que eso, que me lo diga. Ah, sí: tener una amante y que tu hija te descubra. Acababa de perder la vergüenza. Él era quien debía sentirse avergonzado.

—¿En qué van? —preguntó.

—En el auto del hermano de Luke —su rostro me dijo que estaba a punto de oponerse, así que me apresuré a dar explicaciones—. Como sabes, Luke trabaja en un taller mecánico. Conducir es una parte esencial de su trabajo, así que no habrá problemas con eso. Ah, y tiene dieciocho años, así que es mayor de edad.

—¿Va su hermano?

—¡No! —exclamé, intentando ocultar el horror que me provocaba tan solo imaginarlo. Mamá regresó a la mesa. Suspiré, rogando que papá ya estuviera lo suficientemente convencido como para ayudarme con ella.

—¿Qué pasa? —preguntó. Era obvio que andábamos en algo.

—Val me pidió permiso para ir con Luke a un bar de Nueva Jersey este sábado.

—¿A Nueva Jersey? —repitió mamá con expresión preocupada, y me miró—. Sobran bares aquí en Nueva York, ¿es necesario que vayan tan lejos?

Sabía que iba a oponerse.

—Vamos en el auto del hermano de Luke, pero el chico no va. Tendremos cuidado, no nos meteremos en problemas y no estamos haciendo esto por sexo. ¿Hay algo más que te preocupe?

Se quedó con la boca abierta.

—No me gusta ese chico —soltó de pronto, negando con la cabeza.

—¡Mamá! —exclamé, ofuscada—. El día que lo conociste dijiste que parecía una buena persona.

—Sí, pero no creí que te pondría en peligro.

—¡¿Por qué me estaría poniendo en peligro?!

—Cailyn, eso es una exageración —se entrometió papá. Ahora sí parecía mi padre de nuevo.

—No sé. No lo sé, Dean. Son dos chicos andando en una carretera, ¿y si les pasa algo?

—No pensemos que les puede pasar algo. En un año Val estará en la universidad. ¿Qué haremos? ¿Encerrarla para que no corra riesgos?

—Como siempre, estás de su parte —se quejó mamá.

—No estoy de su parte, sino de parte de que salga al mundo, que viva un poco la vida. Hasta que Hillie murió, creíamos que nunca nos pediría nada como esto. Se la pasaba encerrada en su habitación o siempre con las mismas amigas. Creo que ha cambiado, y eso quiere decir que está madurando. Yo confío en ella.

—¡Yo también confío en ella! Pero no en ese chico. Aunque parezca una buena persona, creo que…

—Mamá —rogué con expresión suplicante.

—Val…

—Solo esta vez. Por favor…

Ella suspiró y bajó la cabeza.

—Dejémosla, Cailyn —sugirió mi padre—. ¿Hasta cuándo podremos fingir que sigue siendo una niña?

Mamá lo pensó un momento y me miró:

—¿Van a tener cuidado? —indagó.

—Por supuesto –aseguré de prisa. Suspiró.

—Solo esta vez –concedió.

Mi felicidad fue tan grande que escapó de mi cuerpo en forma de sonrisa.

—Gracias –respondí, mirándolos a los dos–. Muchas gracias.

Ni siquiera había sido necesario extorsionar a papá, como tenía planeado. Me puse de pie y corrí a mi dormitorio. Tenía que contarle a Luke:

> ¡Luke! Papá y mamá me dejaron ir a Nueva Jersey contigo casi sin problemas. ¿No es genial?

Todo marchaba de maravillas hasta que él respondió.

> Estoy preocupado, Val. Mi hermano no ha usado su auto desde el martes, temo que se haya roto. En cuanto llegue a casa, lo reviso. Después te cuento.

¡Era lo único que faltaba! Si el coche estaba roto, nuestro viaje se cancelaba. Por si acaso, empecé a averiguar de qué otro modo podíamos ir a Ocean City.

Luke volvió a escribir recién el viernes:

> No pude revisar el coche ayer; Francis estaba en casa y podía encontrarme en el estacionamiento. Lo hice hoy: todo está en orden. Te paso a buscar mañana a las tres.

Volví a saltar de alegría. La vida me demostraba que, si luchaba por lo que quería, poco a poco todo se acomodaba a mi favor.

22

Lo que nos hace humanos

Mientras esperaba a Luke en la sala, estaba nerviosa. Mamá se hallaba peor que yo. Papá apareció recién cuando se oyó el claxon.

Me puse de pie, recogí mi mochila y salí detrás de mamá, que ya había abierto la puerta. Espié por el costado y vi el auto del hermano de Luke: era un viejo convertible rojo que parecía de colección, uno de esos vehículos que usan los pandilleros en las películas. Me sorprendió que brillara como si lo hubieran lustrado durante años y que el motor sonara muy bien.

Luke bajó y se acercó a mis padres. Ni siquiera lo saludaron.

—Por favor, las carreteras son peligrosas, ten cuidado —le rogó mamá. Estaba aterrada. Si me había dejado ir, supongo que era por lo que hablaría con el psiquiatra, con la terapeuta y con papá.

—Gracias por confiar en mí. Val y yo tendremos cuidado, se lo aseguro.

—¿Cómo estás, Luke? —lo saludó papá, mucho más amistoso, y le ofreció su mano para que él se la estrechara. Le dio unas palmadas en el hombro mientras tanto—. ¡Qué buen auto! —exclamó ni bien se soltaron, y se acercó a mirarlo de cerca. Luke lo siguió.

184

—Es un Ford Mustang de 1990 —contó con orgullo. Papá lo miró.

—¿Y estás seguro de que los llevará a destino sin problemas?

—Señor, soy mecánico. También lo era mi hermano. Cuidar de su auto es lo único que hace bien. Todo está en orden: nos llevará y nos traerá sin problemas, no se preocupe.

Papá asintió y se acercó para despedirse de mí. Saludé a mamá también, y cuando giré para ir al auto, le guiñé el ojo a Luke. Él hizo un gesto con la mano a mis padres y se metió del lado del conductor. Arrancó e hizo sonar el claxon en cuanto empezamos a alejarnos.

Bastó que doblara la esquina para que yo gritara de felicidad.

—¡Lo logramos! —exclamé. Él reía—. ¡Luke, estamos de vacaciones! ¡Síí!

A partir de ese momento, me desprendí de todo lo que me había preocupado hasta ese día y empecé a disfrutar. Era increíble: dejar de lado los problemas se sentía genial.

Pusimos música y una vez que abandonamos la ciudad, le pedí a Luke que plegara la capota. Estaba atardeciendo y el sol era una pelota naranja en el horizonte. Nos escoltaban el azul del cielo y del océano, que estaba a un costado de la carretera. Algunos pájaros volaban como en cámara lenta y, sin la capota, el viento empezó a despeinarme.

Subí el volumen de la música. Sonaba *Silent Lucidity*, una canción de Queensrÿche, un grupo de la época del auto. Me quité el cinturón de seguridad, me sostuve del borde del parabrisas y me fui levantando despacio.

—¡Ey! —exclamó Luke, y me sujetó de la pierna. Sin duda temía que me accidentara. Tendría mucho cuidado; de ocurrirme algo, él tendría que dar explicaciones a mis padres, pero no me privaría de ser libre. Nada iba a pasarme.

Abrí los brazos, cerré los ojos y eché la cabeza atrás. El viento en la cara, el olor del mar y el sonido de la música me provocaban sensaciones imposibles de olvidar. Me hacían sentir viva.

Oí que Luke reía. Lo miré cuando me soltó la pierna: me parecía tan atractivo y seductor, tan bueno e inteligente, que pensé en tirar a la basura mi regla respecto del deseo número seis. Tal vez, como decía la canción, ya no debía llorar y todo lo que había pasado en ese último tiempo solo había sido una pesadilla. Quizás mi vida empezaba justo en ese momento.

Me senté, puse una mano en la mejilla de Luke y le besé la otra. Él giró la cabeza de pronto y me robó un beso en los labios. Estaba extasiada.

Justo en ese momento, el teléfono de Luke sonó. Él lo acomodó en un soporte que estaba adherido al panel y entonces pude ver que se trataba de Francis, su hermano. Atendió.

—¿En dónde estás? —preguntó Francis. Nadie esperaba que dijera "Hola"—. ¿Tú te llevaste mi auto?

—Sí, me llevé tu auto. Te lo devolveré mañana —respondió Luke, conservando la calma.

—¡Idiota! —exclamó su hermano, más enojado que nunca—. Regresa ya, estúpido. Deja mi auto en el garaje, cubierto como lo encontraste, ¡ahora!

—Hola… Hola… Lo siento, no te escucho —mintió Luke, y colgó. Ahogué la risa mientras él apretaba el botón de apagado—. No volveré a encenderlo hasta mañana —comentó. Habría deseado poder hacer lo mismo con mi teléfono.

Llegamos a Ocean City pasadas las seis de la tarde. Creí que Luke iría al centro, buscaría dónde estacionar y luego caminaríamos hasta un bar, pero él siguió un poco más por la Avenida Central. Se detuvo cerca de la intersección con la calle 42 y metió el auto en la subida de un garaje.

—¡Luke! —exclamé, preocupada. Miraba hacia todas partes, temiendo que nos viera algún vecino.

Era imposible que hubiera rentado esa casa, ni siquiera por una sola noche. Estaba frente al mar, casi en plena playa, y se notaba que era grande, moderna y costosa. Sobre todo costosa.

Detuvo el motor, recogió su mochila y abrió la puerta del coche. Cuando bajó y se encaminó a la escalinata que llevaba al porche de la casa, el corazón se me subió a la garganta. Recogí mi mochila rápido y bajé de inmediato. Llegué junto a Luke justo cuando él digitaba un código de seguridad en un panel que estaba entre la puerta y una ventana.

—¿Estamos invadiendo una casa? —pregunté, muerta de miedo.

—No estoy invadiéndola. Como habrás notado, conozco la clave —aclaró.

La puerta se abrió, dando paso a una lujosa sala. Luke se metió como si le perteneciera. Yo miré hacia ambos lados de la calle por miedo a que alguien nos estuviera espiando y llamara a la policía. Por esa misma razón, preferí entrar antes de que un vecino me confundiera con un ladrón.

Todo estaba en penumbras; largos y gruesos cortinados azules impedían el paso de luz del exterior. Alcancé a ver sillones de color natural, muebles negros y alfombras mullidas.

—Luke, dime la verdad —supliqué, cruzándome de brazos para protegerme del ambiente húmedo y frío—. ¿Nos metimos en una casa como dos vagabundos?

—Nada ha cambiado —susurró él.

—¿Qué? —me miró.

—Conocía la contraseña. ¿Cómo la sabría, si estuviera metiéndome de contrabando?

—¿Se la robaste al dueño? ¿Encontraste un bolso tirado y tenía los datos?

—¡Ah, vamos, Val! Es mucho más sencillo que eso: es una propiedad de mi padre.

—¿Tu... padre? —balbuceé. Estaba anonadada.

—Es una historia larga y que no te gustará. ¿Quieres que mejor te muestre algo que sí disfrutarás? —preguntó, y se acercó a una consola que estaba en la pared.

Apretó un botón, y las luces direccionales del techo se encendieron. La sala era magnífica: había un enorme televisor de plasma en la pared izquierda, cuadros y bellísimos adornos. Luke apretó otro botón: las cortinas se abrieron. Las paredes traseras de la casa eran de vidrio; del otro lado, estaba el océano. Azul como las cortinas, infinito y majestuoso.

Caminé despacio en línea recta, atraída por la belleza que veían mis ojos. ¿Por qué Luke, de pronto, hablaba de su padre? Había llegado a pensar que su madre ni siquiera sabía quién era.

Giré sobre los talones y lo vi arrojar su mochila y la mía al sofá de un cuerpo.

—Luke —dije. Él se sentó y puso los pies sobre una mesita sin ningún cuidado. Estaba raro, no era el mismo de siempre. Me senté a su lado y le tomé la mano—. Necesito entender. Por favor… cuéntame.

Miles de preguntas me azotaban en ese momento: por qué vivía como alguien pobre, si su padre era rico; por qué conocía la clave para entrar a la casa, si decía que su padre no estaba presente en su vida; por qué había dicho esa enigmática frase de que *nada había cambiado*. Resultaba evidente que ya había estado en esa casa, me faltaba entender cómo y por qué.

—¿Qué quieres saber? —preguntó. ¿Podía manifestar mis dudas abiertamente? Algunas eran bastante duras.

—Me dijiste que tu padre no estaba en tu vida.

—No está.

—Pero tú ya has venido aquí.

—Sí.

—¿Cuándo?

—Desde que tenía cinco años hasta que cumplí catorce.

Seguía sorprendida y preocupada; mientras respondía, Luke ni siquiera me miraba. Había doblado una rodilla y jugaba con los dedos sobre su pierna levantada. La suela del calzado deportivo estaba en el borde de la mesa, no le preocupaba ensuciarla.

—¿Por qué dejaste de venir? —seguí interrogando.

—Porque entendí que mi padre era un maldito.

Me humedecí los labios para darme tiempo a pensar.

—Tendrás que contarme un poco mejor la historia para que entienda —me atreví a decir. Él me miró.

—Mi hermano no es hijo del mismo padre. Es hijo de un borracho con el que vivía mi madre en California, donde nació. Cuando tomó coraje, ella huyó, se mudó a Nueva York y buscó un trabajo para mantener a Francis. Entonces fue a parar a casa de los Foster como empleada de la limpieza. El dueño de casa, Ben Foster, estaba casado con una mujer de su edad. Pero aprovechó las necesidades de mi madre que, por ese entonces, tenía apenas veinte años y cargaba con un niño de tres, y la tomó como su amante. La echó cuando la dejó embarazada de mí. Por eso, llevo el apellido de mi madre.

El silencio que siguió a esa confesión evidenció mi sorpresa y confusión. Si bien no conocía personalmente a la madre de Luke y por su foto me había parecido una mujer sufrida, no me daba la impresión de ser tan frágil e inocente como él la describía. Quizás lo había sido alguna vez, y ahora ya no.

Sabía que faltaba una parte de la historia, pero con lo que había escuchado tenía suficiente para sentir el dolor de Luke en carne propia. Ahora entendía por qué había dicho que lo que tenía para contar no me gustaría, por qué había defendido a la amante de mi padre… Su madre también había sido amante de alguien. Pero la situación era muy distinta. Si, según Luke, su padre rico se había aprovechado de su joven madre pobre y luego la había pateado a la calle, no entendía por qué, desde los cinco años hasta los catorce, él había compartido tiempo con ese hombre.

—¿Cómo volviste a verlo? –indagué.

—Resultó que, después de muchos años intentando tener hijos, los médicos descubrieron que su esposa era estéril, así que mandó a buscar a mi madre y le pidió que me permitiera pasar tiempo con él. Como ella necesitaba dinero, aceptó a cambio de una mensualidad, y comencé a pasar algunos días con mi padre y con su esposa.

—¿Te trataban bien?

—Muy bien. Ella me quería como a su hijo y entre los dos me daban todo. Veníamos aquí algunos fines de semana. La contraseña es uno de los libros preferidos de mi padre: *1984*. Es una obra de George Orwell, ¿la leíste? –negué con la cabeza–. Te la recomiendo, es muy buena.

»Los Foster me llevaron de viaje por el mundo. Me enviaron al mejor colegio de Nueva York, y así, mi vida se dividió en dos: los chicos de la banda que conoces eran mis amigos del barrio de mi madre, los que conocía del kínder de Brownsville. Ellos sabían que me había cambiado de colegio y que pasaba algunos días con mi padre, pero por seguridad les había mentido con el nombre de la escuela y del barrio donde vivíamos.

»Por otra parte, mis amigos del colegio para ricos pensaban que vivía todo el tiempo con los Foster. Ni siquiera sabían que, en realidad, la esposa de Ben no era mi madre. Y yo era tan egoísta que me sentía aliviado de que creyeran eso. Mi verdadera madre se había convertido en un fantasma, pero yo tenía riqueza, una familia modelo y amigos. Lo tenía todo a costa de convertirla a ella en nada.

—Luke... –balbuceé–, eras casi un niño, claro que te sentías bien siendo rico. Te daban todo y luego volvías a tu casa a pasar necesidades. ¿Cómo no te ibas a enamorar de esto? –señalé vagamente la sala.

—Sí, me enamoré, ese fue el problema. Cuando cumplí doce años, empecé a desear estar solo con mi padre. Mi hermano ya había comenzado con las drogas y la situación en mi casa de Brownsville se volvía cada vez más insoportable. Me costaba pasar de la riqueza a la pobreza de golpe. En ese momento, no me daba cuenta, pero mi padre y su esposa también hacían lo imposible para que yo los prefiriera, y comencé a discutir mucho con mi madre. Comparaba lo que me daba el señor Foster con lo poco que podía darme ella y me avergonzaba todo lo que mi madre hacía o decía. En comparación con él y con su esposa, con los amigos de los Foster y con las familias de mis amigos ricos, ella me parecía ignorante y bruta.

Pensé en el día que me había llevado a su casa y me di cuenta de que no había nada de vergüenza en él. ¡Es que no había de qué avergonzarse! Supuse que lo había entendido en algún momento y estaba ansiosa por saber cómo.

–Un día mi madre se cansó de mis desprecios y en un ataque de furia me contó la verdad –continuó–. Para ese entonces, yo tenía trece años y ya no pude ver a mi padre de la misma manera. En definitiva, él se había aprovechado dos veces de una jovencita desesperada: cuando la había usado como su amante y, luego, cuando quiso quitarle a su hijo, ese por el que antes la había echado. Como buen hombre de negocios, había sido tan frío de despedir a alguien cuando más necesitaba su trabajo y, por si fuera poco, por algo que había sido su culpa. Tenía todo eso en mi mente, y así, nuestra relación se volvió difícil. En lugar de discutir con mi madre, ahora discutía con él. Un día le pedí que no volviera a buscarme. Y él no volvió. Así termina la historia.

Respiré hondo; Luke me necesitaba fuerte, pero yo tenía un nudo en la garganta y temía quebrarme. No había conocido a nadie con la entereza moral y la voluntad de Luke; tenía que ser valiente para haber renunciado a todo lo material que le daba su padre por lo que consideraba correcto. Sin darse cuenta, con cada palabra me demostraba quién era y me hacía amarlo aún más.

Lo abracé por la cintura y apoyé la mejilla en su pecho. Él pasó un brazo sobre mi hombro, me apretó contra su costado y me besó en la cabeza.

–No sientas pena por mí, por favor –pidió–. Ya has comprobado que, a pesar de todo, intento ser feliz.

–¿Por qué me trajiste aquí si sabías que sería difícil para ti?

–Porque hacía tiempo que quería contarte esa parte de mi vida, pero no sabía cómo. Justo vimos a tu padre con otra mujer, y creí que juzgarías a mi madre. Quizás lo estés haciendo, aunque no me lo digas.

–Siento pena por tu madre. Tenía mi edad cuando tuvo a tu hermano.

–Y tenía veintidós cuando me tuvo a mí. Seguía siendo muy joven.

Alcé la cara y nos miramos. Él bajó la cabeza despacio y nuestros labios se encontraron. Su lengua me acarició y nos hundimos en un beso cálido. Lo amaba más que antes, lo amaba más que nunca: había entendido su presente a partir de su pasado, y el pasado nos hace fuertes. Nos hace humanos.

–Quiero llevarte a cenar a un buen restaurante –susurró contra mi boca mientras me acariciaba el pelo. Me contuve de decirle que prefería quedarme y que siguiéramos besándonos–. La esposa de mi padre es como de tu tamaño, seguro que su vestidor está lleno de ropa. ¿Por qué no buscamos algo para que te pongas?

–¿Quieres decir que no estoy linda? –bromeé. Mi voz sonaba distinta, como si acabara de despertar de un sueño.

–Eres preciosa, pero seguro que encuentras algo que te gusta y lo pasarás bien probándote su ropa. Lo sé, lo presiento.

Confié en él y dejé que me llevara al primer piso, tomados de la mano.

La habitación principal era enorme y, por supuesto, a través de la pared de vidrio se podía ver el océano. El vestidor estaba junto al baño en suite y a simple vista, ya me resultó alucinante. Era tan grande como mi dormitorio, y había ropa, calzado, accesorios y joyas.

–Si esta es su casa de fin de semana, no quiero imaginar lo que debe ser la de todos los días –reflexioné, revisando la marca de un vestido negro. Era Chanel–. ¿Cómo te aseguraste de que no estarían aquí este fin de semana?

–Salió en una revista que mi padre asistiría a un congreso en Texas.

–Ah. Así que es el tipo de famoso que sale en las revistas.

–No, en absoluto. Es un hombre de perfil bajo, pero se dedica a la industria electrónica, así que, si uno sabe dónde buscar, siempre hay algo de él a través de su compañía. Sus fábricas hacen partes de cosas. Por ejemplo: piezas para teléfonos, relojes, autos y computadoras.

Me quedé de pie detrás de un mueble vidriado lleno de joyas.

–Cuando dijiste que soñabas con recorrer África, pensé que nunca habías ido.

–Nunca fui como un aventurero, pero me enamoré del continente cuando viajé con mi padre. Fue el último lugar que visitamos, y solo hicimos un safari por Sudáfrica. También fuimos a Egipto, pero era muy chico y ya casi no lo recuerdo –asentí y bajé la cabeza–. ¿Qué pasa? –preguntó él; sonaba preocupado.

–De pronto eres como una persona nueva. Todo lo que creí que sabía de ti, todo lo que pensé que eras o lo que supuse que habías vivido, de pronto es como una ficción. Tan solo una fantasía errada que tenía sobre ti.

–Val, no. Por favor, no te sientas así –susurró, y en dos largos pasos estuvo frente a mí. Cuando me abrazó, su calidez me envolvió–. ¿Sientes que algo cambió cuando te abrazo? ¿Sientes que hay algo diferente cuando te acaricio y te miro? –puso los dedos debajo de mi barbilla para alzarme el rostro. Sus ojos llenos de amor me provocaron cosquillas en el estómago, y solo pude negar con la cabeza. Todavía era el chico que vivía en Brownsville y trabajaba en un taller mecánico, aunque también fuera el niño rico que había viajado por el mundo y asistido al mejor colegio de Nueva York–. Entonces todo es lo mismo. Yo soy el mismo y te amo.

—Yo también te amo —contesté, y nos besamos.

Las manos de Luke ascendieron por mi cintura y, camino a mis mejillas, me acariciaron el costado de los pechos. El beso se volvió más profundo, y él comenzó a empujarme con su cuerpo hasta que mi cadera chocó con la vitrina de joyas incrustada en el suelo.

La entrepierna de Luke chocaba contra mi vientre, su beso recorría mi entendimiento. ¡Dios!, si eso no era cumplir con el deseo número seis, estábamos a un paso de hacerlo.

Creí que empezaríamos a quitarnos la ropa cuando él se detuvo. Apoyó la frente contra la mía y tragó con fuerza; los dos estábamos agitados.

—Quiero llevarte a cenar —repitió contra mis labios, y me besó de forma fugaz. Después se alejó despacio, caminando hacia atrás.

Yo no podía moverme. Estaba apoyada en la mesa, con las manos en el borde de vidrio y las piernas temblorosas. Mis labios estaban rojos e hinchados, húmedos y llenos del sabor de Luke. Mis ojos lo deseaban, mi piel pedía más caricias. ¿Cómo me quitaría de la cabeza todo eso?

Respiré profundo y giré sobre los talones. Me tomó un momento avanzar hasta los vestidos y acercarme al que más me había gustado.

—Me probaré este —determiné con la voz entrecortada.

Descolgué el sexy vestido negro de Chanel y lo llevé al vestidor. Cerré la cortina roja y me miré al espejo.

Yo también había cambiado, casi no me reconocía. Descubrí que, hasta ese día, nunca antes había amado. No como era capaz de amar.

El amor, como el pasado, también nos hace humanos. Y en ese momento, me sentía más humana que nunca.

23

Adiós, veneno, adiós

Antes de cambiarme, le envié un mensaje a mamá para avisarle que habíamos llegado bien; no quería que llamara desesperada en un rato porque no
la mantenía al tanto e interrumpiera mi cena con Luke. Me preguntó dónde
estábamos y qué íbamos a hacer. No quise contar lo del padre de Luke, así
que le dije que solo estábamos cerca de la playa. Le expliqué que ya casi nos
íbamos a cenar y nos despedimos.

El vestido me quedaba como si hubiera sido hecho a mi medida. Con él,
hasta parecía que ya había cumplido los dieciocho.

Me miré al espejo y me pregunté cómo se seguía a partir de esa noche.
Me sentía rara. Nunca me había puesto un vestido de una marca de lujo, y el
mejor que había tenido me lo habían regalado mis padres para mi cumpleaños. Me di cuenta de que, de pronto, había dejado de ser la que tenía una
vida acomodada en comparación con la de Luke, y ahora estaba en inferio-
ridad de condiciones. No es que el dinero fuera importante, pero el cambio
de lugar me había descolocado. Sencillamente, jamás habría apostado a que
él podía ser rico si quería, y no estaba segura de que un chico de ese nivel

fuera lo que necesitaba. Estaba cómoda en el lugar donde había ubicado a cada uno de nosotros dentro de nuestra relación, y me sentía insegura ahora que las reglas del juego habían cambiado. Tenía miedo de la manera abrupta en la que había tenido que formar una nueva imagen de Luke.

Recordé que para mi cumpleaños él me había regalado una canción. Era raro en alguien que se había enamorado de la riqueza, o tal vez tenía toda la lógica del mundo: "Aunque los objetos materiales son lindos, me inspiraste para componer después de mucho tiempo y preferí priorizar eso", me dijo en el bar. Solo alguien que había conocido la banalidad del lujo podía elegir lo inmaterial y sentirse tan seguro con su decisión.

Todas las personas dicen que el dinero no hace a la felicidad, que lo más importante son los sentimientos, que de nada sirve ser rico si a la vez se es inhumano. Pero todos andan detrás de lo material. Incluso a mis padres, sin duda, les habría caído mejor Luke si hubiera sido el niño rico y no el chico de Brownsville sin perspectivas de salir del taller mecánico.

Me dije a mí misma que el nuevo pasado de Luke no debía influir en nuestra relación, y me propuse evitar que el shock me venciera. Era muy extraño sentir que lo amaba más que nunca y, a la vez, tener miedo.

Salí del vestidor intentando ser valiente.

–¡Guau! –exclamó–. Cualquier cosa que te pongas te hace todavía más hermosa, pero ese vestido te queda espectacular. ¿Por qué no lo combinamos con unos zapatos y alguna joya? ¿Me dejas elegir algo para ti?

–¿La esposa de tu padre no se enojará de que use sus cosas? –pregunté, cabizbaja, tocando el borde de la vitrina de alhajas. Luke se encogió de hombros.

–Nadie le avisará. De todos modos, no lo creo; no es como Francis. Anda, elige un par de zapatos mientras yo busco algún accesorio.

–¿Y tú irás con los jeans rotos? –señalé sus rodillas. Él rio.

–No tengo alternativa: mi padre usa tallas bastante más grandes que las mías.

–No quisiera quedar fuera de lugar.

–Créeme: adonde iremos, el que estará fuera de lugar seré yo.

Escogí un par de zapatos del color del vestido y tacones que me permitieran caminar sin hacer equilibrio. Solía andar con calzado deportivo y botas, no soportaba nada muy alto. Luke, por su parte, eligió para mí un collar de brillantes.

–Menos es más –comentó mientras me lo mostraba; supuse que era una especie de regla cuando uno iba vestido con una marca exclusiva.

Puso una mano sobre mi hombro y yo giré de espaldas, de frente a un espejo, para que me pusiera el colgante. Era fino y delicado, y me hacía sentir como si la que estaba en ese atuendo fuera una nueva yo.

–¿Te sientes cómoda? –preguntó–. Si no te gusta, siempre puedes ir con tu ropa o elegir otra.

Me hizo reír.

–Creo que cualquier chica se sentiría cómoda en un vestido como este –respondí, dispuesta a cumplir la promesa de que nada me haría cambiar de opinión respecto de nuestra relación–. La esposa de tu padre tiene muy buen gusto, y aunque dijiste que era una mujer de su edad, y supongo que no son tan jóvenes, este vestido en particular es muy juvenil –él asintió.

Mientras se preparaba para salir, pasé por el baño. Me peiné y retoqué mi maquillaje con los productos que tenía en la mochila. Había pensado que pasaríamos la noche en un bar, en espera del amanecer, así que solo llevaba el traje de baño, un peine, algunos maquillajes, el cepillo de dientes, una muda de ropa interior y una toalla. Para terminar, me puse un poco de perfume importado que hallé en un mueble repleto de frascos. Estaba usando la ropa, los zapatos y una joya de una mujer que ni siquiera conocía, ¿qué importaba un poco de perfume?

Cuando salí, Luke volvió a halagarme y me abrazó para ir al auto. Él seguía actuando como siempre, y poco a poco conseguí relajarme. Un vestido no cambiaba mi personalidad ni mis sentimientos... ¿por qué el dinero que en realidad ya no tenía iba a cambiar a Luke?

Estacionó en una calle y caminamos hasta el Paseo Marítimo. Yo había nacido en Nueva Jersey y había pasado algunos veranos ahí. Empecé a pensar que tal vez, sin saberlo, Luke y yo nos habíamos cruzado cuando éramos niños.

Me dio la mano y recorrimos buena parte del muelle de madera entre la gente. Las farolas de la orilla estaban encendidas, así como las luces de los escaparates. Había todo tipo de restaurantes y tiendas, todas colmadas de personas; era un destino familiar de verano, así que correteaban niños por todas partes.

Viendo el panorama, pregunté:

—¿Crees que habrá lugar en el restaurante al que vamos?

—Si no hay, Greg me conseguirá uno.

—¿"Greg"?

—El dueño.

Nos metimos en un restaurante que, si no era el mejor, estaba cerca. Por suerte había una mesa para dos junto a una ventana. Allí no había niños. El ambiente era tranquilo, con luces bajas y velas en las mesas, y la mayoría de los clientes eran parejas. Tal como Luke había predicho, no me sentí fuera de lugar con el vestido; la mayoría de las mujeres que estaban ahí vestían como yo. Tampoco estaba como para ir a una fiesta, es solo que no acostumbraba a usar ese tipo de ropa.

Un hombre mayor se acercó y nos entregó el menú. En lugar de irse enseguida, se quedó mirando a Luke.

—¿Luke? —preguntó. Él sonrió y asintió—. ¡Vaya! Ya eres casi un hombre y a la vez no has cambiado nada. ¿Cómo estás? –puso una mano sobre su hombro. Luke no se incomodó; al parecer tenían cierta confianza.

–Bien.

–Hacía años que no te veía; dejaste de venir. ¿Y tu padre?

–Está en Texas.

–¡Oh!, él siempre tan ocupado –me miró. Luke entendió el mensaje al instante y me señaló.

–Ella es Val, mi novia.

–Mucho gusto, Val –dijo el señor con una sonrisa–. Soy Greg, el dueño del restaurante. Te felicito, te has ganado la lotería. ¡No sabes lo que es este chico!

–Bueno, es suficiente –intentó intervenir Luke, pero Greg no le hizo caso.

–Hasta la última vez que lo vi, era un as en el colegio. Es músico y, además, no se cansa de ganar concursos de ciencias. Es el mejor chico que conozco, después de mi hijo.

–¡Greg, basta! –gruñó Luke, entre risas. Era la primera vez que lo notaba avergonzado.

–No conozco a su hijo, pero sí, Luke es un gran chico –dije. Sentía orgullo de Luke y de que las personas tuvieran tan buen concepto de él. No como mi familia, que sin duda no lo conocía en absoluto.

Ordenamos pescado y bebimos un trago. Aunque Greg quiso regalarnos la cena, Luke le dejó dinero sobre la mesa y nos fuimos. Caminamos otro rato por el paseo y nos apoyamos en el pasamanos para contemplar la oscuridad del horizonte. Se oían las olas rompiendo contra los palotes de madera, y eso daba una agradable sensación de serenidad.

Luke me abrazó por la espalda justo cuando empezaba a estremecerme por la brisa un poco fría del océano. Desde ese momento, mi cuerpo se agitó como las olas. Me apartó el pelo de la cara y me besó en la mejilla. Después siguió recorriendo mi piel con sus labios y se detuvo en el cuello.

Tuve que apretar el pasamanos. De pronto tenía sed y necesitaba que me tocara en esas zonas que, a veces, explorábamos cuando estábamos a solas.

–¿Recuerdas cuando conversamos de viajes? Me dijiste que no soñabas con ir a ningún lado –susurró contra mi cuello. Yo incliné la cabeza hacia el lado contrario para que siguiera con eso que estaba haciendo, y cerré los ojos–. ¿Has cambiado de opinión en este tiempo? ¿Existe algún lugar al que quieras ir en cuanto puedas?

–¿África con un aventurero? –respondí, sonriendo.

–Me gusta eso –dijo él y siguió dándome besos en el cuello–. ¿Y has encontrado algo que te apasione? ¿Algo que quieras con locura?

No tenía dudas de eso.

–Sí: tú.

Giré sobre los talones y nos miramos. "¿Me dejas?", preguntaron sus ojos. "Lo quiero ahora", respondieron los míos.

Fuimos al auto y en menos de quince minutos, estuvimos en la casa. Todo se hallaba a oscuras, pero las cortinas habían quedado abiertas y los ambientes recibían la luz de la luna.

La habitación principal se veía en la gama del azul. Del otro lado de la pared vidriada, el océano brillaba, entre negro y plateado. Ni bien entramos, me quedé de pie junto a la puerta del vestidor; me había puesto nerviosa, pero a la vez era consciente de mi deseo. Deseaba a Luke más que a ninguna otra cosa, él era mi sueño.

Encendió el equipo de música, conectó un pendrive que llevaba en la mochila y comenzó a sonar *Goodbye Angels*. Se volvió y caminó hasta mí sin dejar de mirarme a los ojos. Puso un dedo sobre cada una de mis manos y los deslizó por mis brazos hasta llegar a los tirantes anchos del vestido. Yo cerré los ojos, entregada a la caricia, y disfruté cuando envolvió mis hombros y me hizo girar para que le diera la espalda.

Me apoyó contra la pared y bajó despacio la cremallera del vestido. Abrió la tela y me besó la columna desde el cuello hasta la cadera. Era una sensación abrumadora: su lengua que descendía tan lento, sus manos al bajar la tela, como si fuera una especie de tortura deliciosa.

Cuando el vestido cayó a mis pies, Luke se alejó. Me volví: ya se había liberado de la camiseta de manga corta y se estaba quitando el pantalón. Su cuerpo era tan atractivo como el resto de él, y aunque yo todavía tenía puesta la ropa interior, ya me sentía desnuda.

Sonrió y estiró una mano para que se la tomara. Me llevó hacia el lado de la pared vidriada y nos sentamos en el borde de la cama.

—¿Quieres que cierre las cortinas? —ofreció, acariciándome con un dedo por debajo del tirante del brasier mientras me miraba el hombro—. De todos modos, son cristales espejados y no se ve desde el exterior.

—Déjalas abiertas —contesté con timidez. Había cruzado un brazo delante del estómago, temerosa de que Luke notara las imperfecciones de mi cuerpo.

Él no pareció darse cuenta de eso y volvió a inclinarse para besarme en la mejilla. Recorrió mi mentón y mi cuello con los labios, y así me hizo olvidar de mis defectos. Sin que me diera cuenta, apreté sus hombros y empecé a besarlo también.

Todo era maravilloso hasta que puso las manos a la altura de mis riñones. Le levanté los brazos, y él volvió a bajarlos. Entonces, lo miré.

—Te sugiero que no toques ahí —murmuré, intentando que sonara a un pedido distendido.

—¿Por qué? ¿Te hace cosquillas? —preguntó con tono juguetón.

Me quedé en suspenso. No quería mentir, pero me avergonzaba decirle la verdad.

—Porque estoy un poco gorda —confesé finalmente.

Luke rio, parecía sorprendido.

—¿De dónde salió eso? ¿Quién te lo dijo? —preguntó con el ceño fruncido.

—Todos en la escuela lo dicen.

—No. Estoy seguro de que no todos lo dicen, solo lo repiten. Quiero saber quién lo dijo la primera vez, quién fue el sujeto cero.

¿Qué tenía que ver eso? Todo se resolvía con que no me tocara ahí y punto.

—No lo sé. Un chico en tercer o cuarto año, no lo recuerdo —contesté. Luke asintió.

—Intentaremos revertir eso. ¿Qué pasa si te digo que eres hermosa? ¿A quién le crees? —preguntó con suavidad—. ¿A un idiota de tercer o cuarto año que ni siquiera recuerdas o a mí, que soy tu novio y te amo? No nos limitemos en lo que queremos darnos el uno al otro por un tonto que ni siquiera recuerdas. Eres mi novia y quiero todo de ti, porque yo te entregaré todo. Así que no me importa lo que diga ese estúpido que conociste hace años ni lo que repitan tus compañeros del colegio. Quiero hacer el amor contigo. Solo contigo, no con toda esa gente en tu cabeza.

—No sé —dije, lagrimeando, y tomé una almohada para cubrir mi semi-desnudez—. Sé que quiero estar contigo, pero no puedo olvidarme de todo así como así.

—Val: ese chico que te dijo *gorda* era un idiota —expuso con paciencia—. No puedes permitir que, por su culpa, tu primera vez sea una mierda. Eres hermosa, te lo está diciendo alguien que te ama. ¿Qué valor tiene lo que haya dicho un desconocido? ¿Por qué estás llorando por un estúpido que ni siquiera recuerdas? ¿Por qué estamos hablando de él en lugar de estar be-sándonos?

—Porque el problema no es ese chico, soy yo. Es todo lo que siento desde hace años. El problema es que yo no soy perfecta, ¡no soy Hilary! No tengo su cuerpo de porrista, ni su rostro de muñeca, ni su pelo. No tengo su capa-cidad para el colegio, ni su popularidad, ni su cantidad de amigos. No soy la favorita de ninguna universidad ni de ningún maestro. No tengo su bondad ni su pasión por nada. ¡Y yo hice que muriera! Deseé que mis padres me quisieran igual que a ella, y mi deseo se volvió realidad. ¡Ya está cumplido! Era lo único en mi maldita lista.

El silencio envolvió el dormitorio como alas de acero. Yo estaba temblando. Una lágrima rodó por mi mejilla; había comenzado a sentir frío.

Luke me tomó una mano.

—Tú no hiciste que muriera —dijo con voz serena, aunque con tono firme—. Si sentías que tus padres le prestaban más atención a ella, es lógico que, por más buena que fuera, le guardaras rencor. Eso no significa que le hayas deseado la muerte.

Seguí callada un momento, procurando ocultar mis ojos húmedos con la cabeza gacha.

—Me siento mal —dije cuando me di cuenta de que no podía contener el llanto—. Quiero ir al baño.

Luke volvió a acercarse y me abrazó. Quitó la almohada que todavía nos separaba y me apretó contra su pecho. Yo me aferré a su espalda y empecé a llorar hipando.

Estuve así mucho tiempo, protegida entre sus brazos, dejándome acariciar. Poco a poco, mi llanto se fue calmando, y me sentí mejor. Era como si me hubiera liberado.

Cuando me calmé, Luke se puso de pie y regresó con una caja de pañuelos descartables. Recogí uno y me soné la nariz. Él volvió a sentarse y me levantó la cabeza. Me secó las lágrimas con otro pañuelo y sonrió. Nos miramos a los ojos durante más de un minuto. La vergüenza había desaparecido, ya no intentaba cubrir mi vientre con los brazos ni me parecía que mis pechos fueran tan grandes. Le acaricié una mejilla y le di un beso en los labios. Pronto él enredó los dedos en mi pelo y el beso se tornó más profundo.

Terminé sentada sobre sus piernas, temblando contra su cadera. Entonces me quitó el brasier, y las sensaciones subieron de nivel. Su boca era experta, su lengua era sensual. Y la mía también lo fue.

Cuando me recostó de espaldas y se deshizo de la última prenda que me cubría, creí que el tiempo se había detenido. Sí, estaba preparada, y ya ni siquiera me sentía nerviosa o asustada. Acababa de liberarme por completo; ya no había nada que Luke no supiera, ningún sentimiento que no le hubiera contado. Había sido capaz de confesarle lo más oculto de mi conciencia. Había desnudado mi alma ante él, como él había desnudado la suya para mí al llevarme a esa casa y a su pasado; ¿qué podía acobardarme de desnudar también mi cuerpo?

Luke desapareció detrás de la cama por un momento y regresó con un condón; apostaba a que había estado en su pantalón. La música se había terminado y solo se oía el ritmo vertiginoso de nuestra respiración.

Los sonidos iban y venían, así como nuestros cuerpos y las olas que, del otro lado del cristal, rompían contra la costa. Había una barrera que sortear, y el dolor que eso supuso fue más allá de mi deseo. Luke me abrazó cuando me quejé y me dio un beso en la mejilla. Suavizó sus movimientos, aunque no se quedó quieto.

—Libérate como antes, Val —pidió contra mis labios. Su aroma era exquisito—. Dame lo que sientas. Tus luces y tus sombras: lo quiero todo.

—Te amo —respondí, con la voz tomada por el deseo—. Imperfecta como soy e imperfecto como eres, creo que brillamos juntos.

Él sonrió y apoyó la frente sobre la mía, sus manos acariciaban mis mejillas.

—Brillarás —prometió—. Solo dame un momento.

Estuve a punto de reír, pero lo que empezó a hacer en mis pechos con su boca hizo que me olvidara de todo. Podía tocarme donde quisiera, como yo podía tocarlo. Podía llevarse mi alma si quería, porque sabía que estaría segura con él.

Y sí. Esa noche brillé. Brillamos juntos como las estrellas que estaban del otro lado de la ventana. Como la casualidad que hizo que nos conociéramos. Como todos los sucesos que se habían encadenado hasta encontrarnos ese día, en ese lugar, haciendo lo que hacíamos.

Brillamos en la oscuridad de nuestras penas, en el abismo del dolor. Y entonces, todo pareció mejor. El veneno se había transformado en amor.

24

Arrastrada por el mar

Cuando abrí los ojos, supe que algo había cambiado para siempre. Estaba en la cama, abrazada a Luke, y él acababa de despertarme.

—Está amaneciendo —susurró contra mi frente—. ¿Todavía quieres nadar?

A decir verdad, hubiera preferido seguir allí, compartiendo la calidez de las sábanas con él. Pero no podía dejar pasar la oportunidad de completar el deseo número cuatro.

—Sí. Vamos a la playa —respondí.

Intenté sentarme y él me retuvo.

—Espera —dijo.

Se levantó y buscó nuestras mochilas. Poco después, tenía mi traje de baño sobre la cama.

Me senté y miré la pared vidriada: los colores del cielo eran majestuosos, una mezcla de azul, celeste y naranja. Ya se podía ver el océano, extenso y sublime, y la espuma de las olas en la costa.

Me puse el traje de baño y me levanté. Me crucé con Luke cuando él salía del baño y nos abrazamos un momento. Luego entré yo.

206

Caí en la cuenta de qué había cambiado cuando me miré al espejo. La noche anterior me había liberado de ataduras secretas y había crecido en varios aspectos. Tenía más claro cuál era el problema conmigo y, de algún modo, aunque habría sido arriesgado decir que lo había superado, haberlo reconocido era un gran paso: me sentía más liviana.

Por el otro lado, estaba el sexo. Esa maravillosa intimidad que Luke y yo habíamos compartido y que me había dejado como recuerdo las más hermosas sensaciones. Estaba más segura que nunca de que lo amaba y que quería estar con él para siempre. Había tenido un mal ejemplo con mi padre y con mi abuela. Sin embargo, como ella decía, yo podía ser la excepción. Al menos en ese momento, no me pareció que pudiera interesarme otro chico nunca. Luke era todo lo que necesitaba.

Reaccioné con dos golpes a la puerta. Luke abrió sin esperar mi permiso.

–Val –dijo, entregándome mi teléfono, y se fue.

El móvil vibraba, era un llamado de mi casa. Contesté con un "Hola".

–¡Val! ¿Qué pasa? –exclamó mamá–. Te llamé varias veces anoche. Me asusté, ¿por qué no atendías?

–Todo está bien, mamá. Lo siento, fuimos a cenar, como te había contado, y luego dejé el teléfono en la mochila, por eso no sentí que vibraba.

–¿Dónde pasaron la noche? –me sonrojé. Por supuesto, mamá no preguntaba con la intención de conocer mi intimidad, sino por la curiosidad de saber si habíamos ido a un bar, pero yo sí sabía lo que había hecho y no podía evitar los recuerdos.

–Es largo de explicar, pero quédate tranquila: todo está bien –jamás le contaría nada que Luke no les hubiera contado por sí mismo–. En este momento estamos a punto de ir a la playa.

–¡¿A la playa a esta hora?! –exclamó mamá–. Val, ¿estás loca? ¿Quieres pescar una pulmonía?

Me hizo reír.

—Te prometo que no regresaré con pulmonía, solo será un momento. Tengo que cortar. Nos vemos más tarde.

—Mantenme informada.

—Lo haré.

Miré el teléfono en cuanto nos despedimos. Mi fondo de pantalla era una foto de Luke y yo en el Central Park, a donde íbamos con frecuencia. Sonreí como una tonta enamorada y salí. Luke me esperaba sentado en la cama, con toallas que sin duda no eran las nuestras. Había encendido el televisor en un canal de música.

Bajamos a la playa cuando el sol apenas se asomaba. El lugar estaba desolado, solo nos acompañaban algunos pájaros. Dejamos las toallas en la arena y corrimos juntos hacia las olas. Luke fue el primero en mojarse los pies. Yo me abrazaba por la cintura, acobardada por la brisa, temerosa de que el agua estuviera demasiado fría.

—¡No seas cobarde! Tú quisiste hacer esto —me impulsó Luke, y me arrojó agua con el pie.

—¡No! —grité yo, doblándome en dos.

Corrió en dirección a mí, y yo intenté escapar. Moverse por la arena era difícil, y él era más fuerte que yo, así que me atrapó enseguida y me alzó en el aire. Yo gritaba y pataleaba, enterrando los dedos en sus antebrazos.

Comenzó a adentrarse en el agua. De pronto me di cuenta de que, en realidad, me levantaba de modo que el primero en mojarse siempre era él.

—¿Estás lista? —preguntó.

Asentí con la cabeza, entonces me fue bajando despacio hasta que mis pies tocaron el fondo.

Giré de inmediato y lo miré. Él sonreía, pero estaba tiritando. El agua estaba tan fría que terminé abriendo la boca sin emitir sonido. Luke rio y nos abrazamos. Después volvió a cargarme y se hundió en el agua, conmigo entre sus brazos.

Mientras tanto, el sol seguía en ascenso, coronando nuestra aventura con el amanecer. El agua estaba helada y, a decir verdad, no había placer en la acción de meterse en el mar a esa hora. Descubrí entonces que el placer, en realidad, estaba en el acto de trascender. Había felicidad en romper una barrera y compartir la experiencia con un ser querido. El mar, el amanecer, el frío y la risa… Todo me hacía sentir viva.

Reímos y jugamos hasta que el frío pudo más y nos expulsó del agua. Salí temblando y me abrigué enseguida con la toalla.

–Necesitamos algo caliente –tartamudeó Luke. Le castañeteaban los dientes.

–¿Algo como lo de anoche? –me atreví a insinuar yo, temblando también.

–Justo a eso me refería –mintió él con una sonrisa sagaz.

Volvimos a la casa, nos abrigamos con unas batas de toalla y fuimos a la cocina. Me senté en el desayunador mientras Luke preparaba la cafetera y abría la alacena: estaba llena de paquetes de café.

–Elige. Casi todos son colombianos: fuerte, descafeinado, con chocolate…

–Con chocolate –lo interrumpí.

Bebimos un café y comimos waffles con miel. Amaba lo dulce, pero más amaba que Luke hubiera cocinado para mí.

Él estaba sentado en la banqueta de al lado, tan cerca que podía sentir su aroma y la calidez de su piel contra la mía. Giré y le di un beso en la mejilla. Él puso una mano en mi rodilla y recorrió mi muslo hasta el sitio más íntimo de mi cuerpo. La abrumadora caricia de sus dedos me hizo besarlo de forma casi desesperada; los dos queríamos repetir lo que habíamos hecho en la madrugada.

Fuimos a la habitación y volvimos a estar juntos. Después llenamos el jacuzzi del baño privado del dormitorio y nos sumergimos entre risas. Pasamos un rato allí, acariciándonos un poco adormecidos.

Al mediodía, Luke fue a comprar comida hecha y almorzamos en la cama, mirando una película. A eso de la una, con pena acordamos que teníamos que irnos y empezamos a ordenar todo. Pusimos a lavar y secar la ropa de la casa que habíamos usado y la guardamos. Por último nos vestimos, recogimos nuestras cosas y cerramos las cortinas.

Antes de atravesar la puerta, miré atrás y luego, a Luke.

—Me hubiera gustado que este fin de semana durara para siempre —dije, tomándole la mano.

—Sin duda lo repetiremos —contestó él con una sonrisa.

En el auto, volvimos a poner música y conversamos acerca de las anécdotas que nos llevábamos de ese fin de semana. La carretera estaba tranquila y despejada. A mitad de camino, llamé a mamá y le avisé que estábamos regresando. Nos deseó un buen viaje y cortamos.

—Val, ¿te molesta si primero pasamos por mi casa para dejar el auto, y luego te acompaño en transporte público a la tuya? —preguntó Luke—. No tendrás que entrar, solo dejaré el vehículo en el estacionamiento y nos iremos. Se nos hizo un poco tarde y no quiero llegar cuando esté Francis.

—Claro. Dejemos el auto primero y vayamos en tren a mi casa.

—Gracias.

Nos adentramos en Brownsville a las cinco. Como el sol me enceguecía, bajé el parasol. Hacía un rato que Luke y yo ya no conversábamos, así que me puse a mirar mis redes sociales. Glenn había subido una foto con sus amigos de la iglesia, y Liz, una de un bosque cercano a la casa de su padre. Era una imagen preciosa. Mi amiga era toda una artista, pero no lo reconocía. Ella decía que iba a estudiar Abogacía. Yo le insistía en que se decidiera por Diseño Gráfico.

Estaba dejándole un "Me gusta" cuando me atravesó un escalofrío. Lo primero que pensé fue que mamá tenía razón y que, al final, el agua fría del amanecer me había enfermado. Cuando miré a la derecha, me di cuenta de que, en realidad, los ojos de un moreno me estaban fulminando. Iba en un auto negro que se había pegado al nuestro como si quisiera chocarnos. Además del conductor, había otros tres que lo acompañaban: un rubio en el asiento de adelante y atrás, otros dos hombres llenos de anillos y collares. Solo alcancé a ver que uno de ellos vestía una camiseta negra con algunas líneas rojas, parecida a esas que usan los raperos.

Lo siguiente fue muy confuso y sucedió tan rápido que no alcancé a advertir a Luke de nada. El moreno que conducía y el sujeto de atrás extrajeron armas. El de adelante tenía una pistola, y el de atrás, una ametralladora. Ya lo dije: era muy ingenua. Solo iba de casa a la escuela, no sabía nada de las reglas de la calle, y jamás imaginé que nos dispararían.

El auto se sacudió, Luke acababa de virar la dirección de golpe. Aunque me sostuve del panel, no fue suficiente cuando el coche se subió a la acera, y me moví en dirección a Luke. El vehículo se detuvo instantes después. Luke abrió la puerta, me desprendió el cinturón de seguridad y jaló de mi brazo. Yo no podía salir por mi lado, donde los tipos seguían disparando mientras se alejaban en su auto. Arrastrarme era difícil. Luke siguió jalando de mí con desesperación hasta que, al fin, consiguió moverme de allí.

Quedé de pie junto a él, y en una fracción de segundo, me empujó atrás. En lugar de ocultarse, se quedó de pie delante de mí; miraba el auto del que nos habían disparado y que ahora huía a toda velocidad.

De pronto, sentí que la fuerza de mis piernas me abandonaba y me di cuenta de que llevaba sin respirar varios segundos. Me tambaleé hacia atrás y mis rodillas se doblaron. Caí al suelo de espaldas, y aunque luchaba por moverme, era inútil.

Luke giró sobre los talones y gritó mi nombre. Su voz sonaba lejana, como debajo del agua. Al mismo tiempo empezó a dolerme muchísimo el costado. Imaginé una espada clavándose entre mis costillas, era un dolor intenso y profundo.

Luke se arrodilló a mi lado.

—¡Val! —volvió a gritar. Por su expresión, supe que algo muy serio estaba pasando.

Me abrió la camisa que tenía puesta sobre una camiseta blanca sin mangas y puso la mano justo donde yo sentía que me habían clavado una espada.

—¡Ayúdenme! —gritó él, mirando alrededor—. ¡Llamen a una ambulancia!

Entonces comprendí la gravedad de la situación: no solo nos habían disparado, sino que yo estaba herida.

El miedo inundó mis ojos de lágrimas. Luke seguía apretándome donde me dolía; los dos estábamos temblando.

—M… Me… —quería hablar, pero no podía—. Me muero —dije.

—No. ¡No! —exclamó él, mirándome a los ojos. También lloraba—. Todo está bien. Vas a estar bien, no te preocupes.

Empecé a ahogarme; todo se ponía oscuro. Luke volvió a gritar mi nombre, pero ya casi no lo escuchaba. Intentar respirar era doloroso. Intentar moverme seguía siendo inútil. No quería cerrar los ojos, sin embargo, una fuerza superior a mí me dominaba y ya no pude mantenerlos abiertos. No tenía control de nada. Solo sabía que estaba muriendo y la desesperación me consumía más rápido.

Oí, a lo lejos, que Luke todavía gritaba.

—¡¿Por qué no viene?!

—Está en camino —respondió alguien.

—Val. ¡Val! Resiste. Te amo —me dijo él, pero ya casi no lo escuchaba.

El dolor tan intenso se estaba yendo. También la necesidad de intentar respirar en vano.

Pensé en mis padres y en Hillie. Sobre todo, en Hillie. Ella había tenido tiempo de despedirse. Había hecho una lista de deseos, había comprendido que la vida terminaba. Yo, en cambio, no lo esperaba.

¿Así se sentía la muerte? Era como el mar. Era como las olas que llevan y traen recuerdos, como el agua helada que a su vez brinda un gran placer.

Era como sentir que el océano me arrastraba y que conmigo se iba todo. Lo que había hecho, lo que había sentido, lo que me habría gustado ser. Los deseos, las lágrimas, las sonrisas.

Todo se lo llevaba el destino.

25

Entre la vida y la muerte

—¡Luke!

Fue todo lo que pude decir, presa del terror. O quizás solo lo pensé.

Cuando intenté hablar de nuevo, fue imposible. El dolor era tan intenso que, de haber tenido fuerzas, solo habría gritado.

Hasta hacía un instante, todo estaba negro. Lo último que recordaba era el frío de la acera en mi espalda, la mano de Luke presionando mi herida y su voz. Su voz llena de miedo y desesperación.

Ahora tampoco veía. No era capaz de abrir los ojos, pero al menos escuchaba, debajo del poderoso sonido de una sirena, palabras de desconocidos.

—Tiene pulso. Presión: ciento diez ochenta.

El terror hizo presa de mí. Me sentía sola. ¿Por qué ya no estaba Luke a mi lado? ¿Por qué me hallaba entre desconocidos?

Hubo un salto y me dolió hasta el alma. Supuse que iba en una ambulancia. No quería morir, pero si era el único modo de que el dolor y el terror desaparecieran, quizás era preferible. ¿Hasta cuándo tendría que aguantar así? ¿Por qué para morir, necesariamente, había que sufrir?

Creí que lloraba, aunque quizás era mi imaginación.

Solo el miedo era real. Hasta que otra vez me fui.

Tenía sed. Mucha sed.

Abrí los labios y me quejé. Mi voz sonaba débil, como si se estancara en mi garganta. Estaba tumbada de espaldas y mis dedos tocaban algo suave; supuse que eran sábanas.

De pronto, una mano cálida tomó la mía. La reconocí al instante: era mamá.

—Creo que despertó —¡sí! Era su voz entre lágrimas—. Llama al doctor.

Intenté abrir los ojos; los párpados me pesaban. Poco a poco conseguí fuerzas y empecé a ver un poco de luz. Tenía mucho frío y me dolía el costado. Me sentía cansada y mi cuerpo en general estaba bajo presión, como si mis baterías se hubieran agotado y me forzaran a recargarme, o como si me hallara debajo del agua, luchando para salir.

—Valery… —me llamó una voz desconocida. Creí ver un uniforme blanco entre mis pestañas—. Valery: si puedes oírme, mueve los dedos.

Me esforcé muchísimo hasta que al fin pude hacer un movimiento, como me había pedido. Oí un gemido de mamá y una exclamación de papá. Y entonces, terminé de abrir los ojos.

El techo estaba a unos metros, sobre mí había una luz. Alcancé a ver un cable que ascendía a no sabía dónde y la cara del médico que sonreía. Puso una mano sobre mi hombro.

—Tranquila, Valery. Estás en el hospital, tus padres están acompañándote. Tengo que auscultarte.

Sentí algo helado sobre el pecho y, poco después, que la sábana volvía a su lugar. Revisó mis ojos y me tomó el pulso. Del otro lado apareció una enfermera que no había visto hasta ese momento y me tomó la presión. Aún no alcanzaba a ver a mis padres, pero escuché la voz de mamá.

–Está temblando. ¿Tendrá frío?

–Sí, es normal cuando el efecto de la anestesia se está yendo –explicó el médico–. No se asusten si manifiesta sentir náuseas o evidencia confusión. Además, tendremos que aumentar la dosis de la medicación para el dolor, y eso puede ocasionar aún más confusión. Tengan paciencia, lo peor ya pasó.

"Lo peor ya pasó". Me quedé con esa frase para no asustarme de nuevo. Aunque estaba con mi familia, y eso era un gran alivio, tenía miedo por Luke, y también por el dolor. La muerte, al parecer, me había esquivado, y ya no era una preocupación. Pero no quería sufrir, y estaba sufriendo. ¿Qué había pasado? ¿Por qué nos habían disparado? ¿Quiénes eran esos hombres? ¡Si hubiera podido hablar! Lo intenté. Apenas pude emitir otro quejido.

–Tranquila –susurró mamá, acariciándome el pelo.

–Acompáñeme, por favor –pidió el médico. Como mamá no se movió, supuse que le había hablado a papá.

El ambiente se volvió silencioso de pronto, solo quedamos allí mamá y yo. Ella siguió acariciándome el pelo y yo procuré serenarme con eso. Pero tenía cada vez más miedo. ¿Y si esos hombres también habían herido a Luke? Lo recordaba intentando ayudarme mientras yo estaba tendida en la acera, pero ¿y si él también estaba herido y resistía por mí? ¿Y si esos matones lo estaban buscando todavía? ¿Y si él también estaba hospitalizado o muerto?

–Val… –susurró mamá. Al parecer, alguna reacción mía la había preocupado.

Giré la cabeza con dificultad. Ella estaba sentada junto a la cama. Tenía los ojos húmedos, y en cuanto nos miramos, empezó a llorar. Puso un puño delante de la boca; dentro del puño escondía un pañuelo.

—T... Tengo frío —murmuré. ¡Sí! Al fin podía hablar, aunque doliera.

Mamá se levantó enseguida y buscó una manta en un armario. La puso sobre la cama y me cubrió como si yo todavía fuera una niña muy pequeña. En ese momento estaba tan débil que lo era.

—Mamá... —susurré. Ella apretó mi mano; se notaba que intentaba retener las lágrimas—. ¿Qué pasó?

No podía ser más clara, me costaba hablar y me dolía mucho cuando lo hacía. Incluso me dolía respirar.

—Tienes que descansar —respondió ella—. Por favor, no pienses en nada ahora. Lo hablaremos cuando te sientas mejor.

—Luke... —murmuré yo.

Mamá miró hacia la puerta. Me di cuenta de que papá acababa de entrar.

—Hola, hija —me saludó, aproximándose a la cama para acariciarme la frente—. ¿Te duele algo? —miró a mamá—. Necesita un poco de agua.

Mamá se apresuró a mojarme los labios.

—Luke... —balbuceé yo.

—¿Qué hay con Luke? —preguntó papá.

—¿Está bien?

—Todo está bien. Descansa —percibí algo en el modo en que mamá miraba a papá, pero ya no quise hablar. El dolor había empeorado y tuve que callar.

A medida que las horas pasaban, mi mente se iba despejando. El dolor había disminuido y también la dificultad para hablar y respirar. Rogaba que la mejora fuera creciente y duradera.

Intenté sentarme en cuanto vi que entraba el doctor. Caí presa del dolor y me quejé, apretando la sábana. El médico puso una mano en mi hombro, tal como había hecho en la visita anterior.

—No puedes sentarte todavía —explicó. Lo miré con el ceño fruncido por el dolor—. Recibiste un disparo que provocó una fisura en dos costillas y un neumotórax. Eso significa que tu pulmón derecho colapsó, lo que generó un paro cardiorrespiratorio. En este momento te encuentras estable, sin sonda pleural ni oxígeno. Eres muy fuerte y te recuperas rápido, pero no debes abusar de ello. Lo que te duele son las costillas y la sutura, pero los tejidos internos tardan más tiempo en cicatrizar. No existe un yeso para las costillas, deberás tener cuidado hasta que sanen solas. ¿Entiendes lo que digo? ¿Tienes alguna duda?

Negué con la cabeza. Entendía bastante, aunque no todo, y me había quedado estancada en lo del paro cardiorrespiratorio. Tenía claro qué significaba eso, y era suficiente: había estado al borde de la muerte.

El doctor miró a mis padres.

—Es importante que conozca su diagnóstico para que tome conciencia de que debe tener ciertos cuidados. No somos partidarios de que los pacientes pasen demasiado tiempo en internación, así que, cuanto antes podamos confiar en que se recuperará correctamente en casa, será mejor para que puedan irse.

—Gracias —contestó mamá.

—Veo que te sientes mucho mejor. Las enfermeras te controlarán esta noche y, si todo está bien, en uno o dos días te daré el alta. ¿Quieres ir a casa, Valery? —me preguntó el doctor.

—Sí —respondí, un poco aturdida.

El médico sonrió, saludó y se fue.

Esa noche me dieron una cena liviana y, aunque creí que no sería capaz de dormir, a la larga terminé cayendo en la trampa.

No supe cuánto tiempo pasó, solo que desperté con la voz de mamá.

—No entiendo por qué deberíamos ser condescendientes con él —papá respondió, pero no alcancé a entender qué—. Te dije desde el primer día que no confiaba en ese chico, pero tú insististe, y aquí tienes las consecuencias. Casi perdemos a nuestras dos hijas en menos de un año, ¿qué más necesitas para dejar de comportarte como un adolescente?

¿Por qué discutían? ¿Acaso hablaban de Luke? ¿Estaba él ahí?

Todavía no habían querido hablar de lo que había pasado, con suerte papá me había asegurado que Luke estaba bien. Pero había pasado todo un día y él no había ido a verme. Mamá tenía que haberlo echado. Aunque quería saber, guardé silencio, decidida a preguntar por él a la mañana siguiente.

No hice a tiempo. A eso de las nueve llegaron dos agentes de policía, uno vestido con un traje y otro con uniforme. El primero se presentó como inspector de la división de drogas y abrió una libreta para tomar apuntes. El otro era un oficial, y me entregó mi mochila y mi móvil.

Me senté con dificultad para recibir todo y miré el teléfono. Moría por encenderlo, pero no me dieron respiro. El inspector me preguntó si recordaba qué había pasado y yo le describí todo con lujo de detalles: el rostro de los que habían disparado, la ropa, el auto. Por suerte, era memoriosa.

—¿Luke está bien? —aproveché a preguntar. Percibí la incomodidad de mamá, pero sabía que la presencia de los policías le impediría entrometerse.

—Se está investigando a Luke Wilston por el hecho, al igual que a su madre y a su hermano.

—¡¿Por qué?! —exclamé—. Luke no tuvo nada que ver. Ni siquiera conocíamos a los tipos que nos dispararon.

—Eso tenemos que probarlo —contestó el inspector con paciencia—. Estos hechos no suceden por casualidad, señorita Clark, suelen ser ajustes de cuentas. Sospechamos que quienes les dispararon tenían que ver con una banda de narcotraficantes. ¿Escuchó algo de eso en boca de Luke Wilston? Es importante que nos cuente todo lo que sepa, solo así podremos atrapar a quienes la hirieron.

Tragué con fuerza. ¿Hablar del hermano de Luke era traicionarlo? Supuse que no, que le estaría haciendo un favor.

—Su hermano consume drogas.

Los labios de mamá se abrieron, era fácil leer en ella la decepción.

—¿Y tú lo sabías? —se le escapó—. ¿Lo sabías y aun así seguiste viendo a Luke?

—Sí, seguí viendo a Luke, porque yo no juzgo a la gente por lo que hace su familia —respondí, ofuscada.

—Ya ves a dónde conduce el exceso de confianza —le reclamó ella a papá—. Confiamos en que ese chico era bueno, y así nos fue. Confiamos en que Val sabía elegir sus amistades, y esto pasó.

—Luke no tiene nada que ver —les repetí a los policías. Todo lo que me interesaba era dejar en claro que él era inocente.

—Sus padres tienen nuestra tarjeta —respondió el inspector—. Le ruego que nos llame si recuerda algo más.

Se fueron sin darme la seguridad de que habían entendido que Luke jamás sería el objetivo de una banda de narcotraficantes. Jamás sería la víctima de un ajuste de cuentas, porque no había cuentas que ajustar con él.

26

El héroe de la capa desteñida

Durante un rato intenté por todos los medios que mis padres se fueran a descansar de una vez por todas. Mamá seguía preguntándome por qué, si yo sabía que el hermano de Luke era un adicto, había ido a su casa, por qué estábamos en su barrio cuando nos atacaron, por qué le habíamos pedido prestado el auto a ese chico.

—No tiene sentido indagar en eso ahora —opinó papá—. Ella está bien, y eso es lo que importa.

—¡Pero lo sigue defendiendo!

—Esperemos a ver qué dice la policía.

—Necesito descansar —intervine. Hacía rato que no me molestaba en plantearles mi punto de vista—. Voy a dormir y me siento muy bien, no es necesario que se queden. Por milésima vez: vayan a casa y descansen. Nos vemos a la tarde.

Para dar mayor énfasis a mis palabras, me acosté despacio, cuidando que no me doliera el costado, acomodé la sábana sobre mi pecho y cerré los ojos. Estaba cansada de estar de espaldas, pero por el momento era la única posición que podía adoptar. Entre el suero y la sutura, no había forma de moverme sin molestias.

Mis padres se quedaron un rato más, hasta que al fin tomaron la sabia decisión de turnarse. Mamá aceptó irse con la condición de que papá me mantuviera vigilada. Por supuesto, él no era tan exagerado como ella, y en un momento, creyendo que yo dormía, salió de la habitación. Supuse que iba al comedor: era mi oportunidad para saber de Luke y hablar con la abuela. Estaba segura de que él me había llamado y de que estaría preocupado.

Me senté con cuidado, apoyé la espalda en una almohada y encendí el teléfono. La pantalla tenía algunos rayones y estaba quebrada en un extremo; el móvil se había caído en el auto cuando escapábamos del tiroteo. Ver mi foto con Luke me hizo estremecer. Esperé la lluvia de llamados y mensajes, y de hecho llegó, pero mi corazón se oprimió al descubrir que no había ninguno de Luke.

Me metí en el chat: solo había mensajes del grupo que teníamos con Liz y Glenn, del grupo del colegio y del gimnasio. Nadie estaba al tanto de lo que me había pasado. Me metí en la conversación con Luke: su última conexión era de esa mañana. ¿Por qué no me había llamado, si se había conectado? Habían pasado dos días del ataque, era imposible que no se hubiera preocupado por conocer mi estado.

Oí ruidos y oculté el teléfono debajo de las sábanas, temiendo que papá regresara. Él no armaría un escándalo como mamá si me encontraba usando el móvil, pero sospecharía. Por suerte los ruidos se alejaron: era una falsa alarma.

Miré las notificaciones de las demás redes sociales: había comentarios y reacciones de compañeros del colegio, amigos de Internet, fotos y mensajes tontos. Nada de Luke.

Tragué con fuerza, imaginando numerosas situaciones desalentadoras, y volví a nuestra conversación. La miré un rato mientras me preguntaba qué y cómo escribirle. Me sentía culpable; le había dicho a la policía que su hermano consumía drogas y quizás les había ocasionado un problema grave. No me atreví a escribirle. Yo estaba hospitalizada después de que me habían herido en su barrio, en el auto de su hermano, con Luke junto a mí. Correspondía que él me llamara o que, al menos, me escribiese, sin importar qué le hubieran dicho mis padres, si es que le habían dicho algo. Ahora, incluso, dudaba de que hubiera ido al hospital y de que hubiera tenido que enfrentarlos.

Cerré el chat, fui a la agenda y busqué a la abuela; hablar con ella me haría bien. Rompí mi palabra de no llamarla si no se compraba un móvil y me comuniqué al teléfono fijo.

—Abuela, soy Val —dije ni bien atendió.

—¡Val! —exclamó ella con alegría, se la notaba sorprendida—. ¿Cómo es que me estás llamando? ¿Pasó algo?

La pregunta trajo a mi memoria todo lo vivido, y empecé a temblar. Los ojos se me llenaron de lágrimas. Me eché a llorar.

—Estoy en el hospital —dije. No había verbalizado lo ocurrido a nadie de mis conocidos, solo a la policía, y entonces me había mantenido fuerte. Hablar con la abuela me había puesto débil de golpe.

—¿En el hospital? —repitió ella, asustada—. ¿Por qué? ¿Te encuentras bien?

—Casi me muero —sollocé con angustia contenida.

—¡Oh, Val! Val, ¿qué dices?

—Iba en el auto con Luke y nos dispararon.

—¿Te hirieron? ¿Estás herida?

—Sí. Y parece que morí por un momento.

Tuve que callar; la congoja me impedía hablar. No había caído en la cuenta de lo impresionante de la situación hasta ese instante. Hasta ahora no me había dado cuenta de que estaba viva. ¡Viva! Y era un milagro.

–Dios mío, Val, necesito verte. Estoy muy preocupada. ¿En dónde estás? Tu padre me echará, pero tengo que verte.

–En este momento no está, pero no vengas. No vengas, yo iré a verte cuando me dejen salir de aquí. No quiero que te humille delante de la gente. Voy a colgar –determiné, incapaz de seguir hablando–. Te quiero. Solo quería que lo supieras.

–Y yo te quiero a ti. Te llamaré a la noche.

Me enterré debajo de las sábanas en cuanto nos despedimos, abrazada a mi teléfono. Quería hablar con mis amigas, pero temía que entrara papá.

Llámame, Luke. Luke, tienes que llamarme, pensaba mientras la angustia crecía.

No llamó.

Me dieron el alta dos días después. En ese tiempo no había tenido oportunidad de volver a usar el teléfono, así que estaba desconectada del mundo.

Mamá me ayudó con las mangas de la camisa y a bajar de la cama; todavía tenía el vendaje en la herida y me dolía un poco el costado. Una enfermera me había orientado para darme una ducha sin perjudicar la cicatrización, y había descubierto que, además de la marca de la operación, estaba llena de hematomas y raspaduras. ¡Con razón me dolía todo el cuerpo! No quería pensar en cuánto más me habría dolido sin los calmantes. Me recetaron medicamentos y me sugirieron que me aplicara paños fríos unos días. Debía hacer reposo en casa hasta asistir a una nueva cita con el médico.

Caminamos despacio hasta el estacionamiento y subimos al auto. Jamás pensé que sentarme allí me provocaría un escalofrío. Cuando salimos a la calle me di cuenta de que tenía un miedo irracional a andar en auto y a cualquier coche que nos pasara por al lado. No comenté nada, pero observaba con cuidado a los demás conductores; temía reencontrarme con los que me habían disparado en cualquier parte. Fue el peor trayecto de mi vida, por eso cuando llegamos me refugié dentro de casa lo más rápido posible.

Aunque quería quedarme en la sala mirando televisión, mamá insistió en que fuera a mi habitación. Los dos me escoltaron para subir la escalera como si fuera una convaleciente y se interpusieron en mi camino antes de que llegara a mi dormitorio. Me miraban en silencio; había algo extraño en sus ojos.

—¿Qué pasa? –pregunté, entre intrigada y asustada.

Mamá y papá se miraron. Él dio un paso al costado y entonces me di cuenta de que estábamos frente a la habitación de Hillie. Papá abrió la puerta.

Ya no estaban la cama, ni el armario ni las demás cosas de Hillie. Intuí que, si abría el armario, ni siquiera encontraría su ropa. En lugar de todo eso, en el centro del dormitorio, había una batería. Miré a mis padres, asombrada. Mamá rio y papá asintió con la cabeza. Había entendido mi pregunta: "¿Es mía?". La respuesta era clara: "Sí, hija, es tuya".

—Oh, por Dios –dije–. No puedo creerlo, esto es… ¡Gracias!

—Solo ruego que seas buena –bromeó mamá–. ¿Sabes lo que es soportar a alguien que toca mal la batería?

—Yo ruego que la moda por este instrumento te dure –añadió papá–. Casi tuve que empeñar la casa para comprarla.

—¡Dean! –lo regañó mamá, golpeándolo en el brazo.

Yo estaba tan sorprendida que ni siquiera pude bromear con ellos. Primero, porque al fin habían decidido soltar las cosas de mi hermana. Segundo: acababan de regalarme la habitación de ella y una batería.

Entré con timidez, como si el dormitorio todavía fuera de Hillie, tomé los palillos y me senté. Toqué un poco, con mucha calma para que no me doliera el cuerpo.

—¡Oh, eres buena! —exclamó mamá, aplaudiendo.

Comprendí enseguida qué significaba ese regalo: era el premio por estar viva. Que yo tocara en la habitación de mi hermana era como llenarla de vida.

No pude contener el llanto. Mamá se acercó y me abrazó; también lloraba. Papá se aproximó y se quedó en cuclillas a mi lado, tomándome la mano.

—Estamos muy contentos de que hayas regresado a salvo, Val —dijo mamá, apretándome contra su abdomen.

—Gracias —murmuré, acongojada—. Me desesperé cuando creí que no volvería a verlos.

—No pensemos en eso —sugirió papá—. Estás bien, estás en casa… y cada vez que te escuchemos tocar este instrumento en el dormitorio que fue de Hillie, lo recordaremos. Recordaremos lo más importante: que te tenemos junto a nosotros.

—Ahora tienes que ir a la cama —sugirió mamá, apartándose para secarme las mejillas.

Aunque quería seguir tocando, le hice caso.

Me acosté y le pedí que pusiera una película en la computadora. Papá dijo que había surgido un problema en la compañía y que tenía que pasar por el trabajo. Sospeché que en realidad iba a ver a su amante después de haberla abandonado varios días, pero todavía tenía que guardar su sucio secreto. Además, me sentía débil para discusiones.

Mamá y yo miramos una película y luego me levanté. Preparamos el almuerzo juntas. Ella se comunicó al móvil de papá; él le avisó que no regresaría hasta el anochecer.

Por la tarde me acosté y les envié un mensaje a mis amigas. Me parecía inapropiado contarles lo del tiroteo por teléfono en medio de sus vacaciones, así que me limité a lo bueno.

VAL.

> ¡Chicas! ¡Estoy tan feliz! Mis padres me regalaron una batería.

Las reacciones llegaron enseguida. Celebramos un poco y después les pregunté cómo lo estaban pasando en sus viajes.

LIZ.

> Bien.

Liz no parecía muy entusiasta. Podía imaginarla encogiéndose de hombros mientras escribía o, peor, con ganas de llorar.

GLENN.

> ¡Genial! Aquí hay caballos y podemos andar en ellos. Me recuerda a una novela que estuve leyendo.

VAL.

> Una historia de amor, por supuesto.

GLENN.

> ¡Sí! Cada vez que cabalgo, pienso en el protagonista. ¡Es tan valiente y generoso! Estoy enamorada de él.

VAL.

> Jajaja, eres una infiel; siempre dices lo mismo de todos los

> *protagonistas. Cualquiera te viene bien: los chicos de los dramas coreanos, los personajes de libros, los de series y películas…*
>
> *Liz… ¿estás ahí?*

Liz.

> *Sí, lo siento, es que estaba hablando con alguien.*
> *Todo está bien. No hay mucho para contar.*

Val.

Después de conversar otro rato con mis amigas, me puse a leer un libro. Cuando papá regresó, él me alcanzó la cena a la cama. Poco después apareció mamá y comimos los tres en mi habitación. No dejaba de imaginarlos tomando la difícil decisión de limpiar el dormitorio de Hillie, llorando junto a sus cosas, llevándolas a la iglesia, si es que allí las habían donado.

Se fueron tras apagar la luz. Se suponía que iba a dormir, pero no podía sacarme de la cabeza a Luke. Todavía no me había escrito ni me había llamado, y mi dolor por su desinterés se estaba transformando en irritación.

Abrí el chat y pensé qué escribir. Su última conexión era de hacía cinco minutos, lo cual terminó de enfurecerme. Ahora sí tenía claro cuál sería el mensaje: *Creí que yo te importaba, pero después de que me balearon en el coche de tu hermano, ni siquiera te has dignado a escribirme. Me dijiste que me amabas, pasamos un fin de semana increíble. ¿Tan poco vale lo que teníamos?*

Ya ni siquiera me sentía culpable por haber delatado a su hermano. Aunque Luke me hubiera considerado una traidora, al menos por sentido de la responsabilidad debería haberse comunicado.

Estaba decidida a hacerle un reclamo. Sin embargo, no pude escribir ni la primera palabra. Suspiré y me dejé llevar por mis sentimientos más profundos, y en lo profundo, solo había amor.

Hola, escribí, como si nada. *Ya estoy en casa, te extraño. ¿Me llamas?*

Ni bien envié el mensaje, mi corazón empezó a latir muy rápido. El chat indicaba que el mensaje le había llegado. Cuando indicó que Luke estaba en línea y acababa de abrirlo, me emocioné como si él hubiera estado junto a mí. Que estuviera leyendo el chat al mismo tiempo que yo me hacía sentir cerca de él. En ese instante, todo lo horrible que habíamos vivido esos últimos días desapareció, y mi mente se llenó de recuerdos hermosos. La cena en el restaurante, cuando tuvimos relaciones, nuestras risas en el mar mientras nos congelábamos.

En línea… En línea… En línea… Esperaba que dijera: "Escribiendo", pero eso no sucedió. En cambio, todo se desvaneció. Ni siquiera apareció el horario de la última conexión, y su foto con la guitarra pasó a ser un círculo gris con el ícono de una persona.

"¿Qué…?", murmuré.

No podía creerlo: acababa de bloquearme. ¡Luke, mi novio, me había bloqueado! Empecé a temblar, mi corazón se transformó en un puño y se me anudó la garganta. Me apresuré a buscar su perfil en otras redes sociales: me había eliminado de todas. Fui a la página de su banda: el sábado tocaban en Amadeus, como si nada hubiera pasado.

No entendía, lo último que me había dicho era que me amaba. Lo recordaba muy bien: "Resiste. Te amo". Eso era lo último que había escuchado de sus labios; no tenía sentido que ahora nada le importara. No lo dejaría irse sin más, no le permitiría herirme de ese modo. Si se iba, tenía que ofrecerme una explicación. Un concurso de bloqueos no sería nuestro final.

Empecé probando con un llamado. No respondió. Esperé un minuto y volví a intentar. Una voz automática me anunció que el teléfono estaba apagado o fuera de servicio.

Sentí que algo dentro de mí se despedazaba, y ya no se debía a una bala. Lo más terrible no era, quizás, que Luke estuviera evitándome, sino que yo ni siquiera entendía el motivo. Si no me sentía ofendida aun cuando él ni siquiera se había preocupado por saber si me estaba muriendo, ¿qué derecho tenía él a hacerme esto?

Dormir me resultó imposible. Necesitaba con desesperación hablar con mis amigas, pero no quería interrumpirlas con mis penas. Lamentaba no haber guardado las fotos que Luke tenía en sus redes sociales antes de perder acceso a ellas, no tener el teléfono de ninguno de sus amigos, y en especial que me ignorara de esa manera. Estaba enojada, sin embargo, en realidad me había llenado de dolor. Luke estaba siendo muy injusto conmigo, y me angustiaba que me hiciera a un lado como si nada.

Volví a llamarlo al día siguiente. El teléfono continuaba apagado. Y aunque sabía que estaba actuando como una demente, la desesperación me llevó a crear una cuenta falsa en cada red social que él usaba. Lo agregué y dejé pasar otro día sin llamarlo. No aceptó a Roxie Brown, mi cuenta inventada, en ninguna red social.

Triste y desesperada, no me quedó más que intentar llamar su atención. Empecé a darles "Me gusta" a las publicaciones de la página de su banda. No me bloquearon, pero tampoco obtuve otros resultados. Nada. Era como si yo nunca hubiera existido. Quizás estaba muerta, después de todo; al menos para él.

El viernes por la mañana visitamos al doctor. Dijo que estaba evolucionando muy bien y que ya podía salir de casa si lo deseaba. Solo me prohibió hacer esfuerzos y meterme en situaciones que pudieran empeorar mi condición.

Todo lo que quería era llorar en mi cama, así que, antes de caer, por la tarde les escribí a Liz y a Glenn.

VAL.

> Luke me dejó, sin explicaciones. Me eliminó de todas sus redes sociales, me bloqueó del chat y no responde el teléfono. ✓

GLENN.

> ¡¿Qué?! ¡¿Por qué?! No puedes quedarte con la duda, nadie se va sin razón.

Seguía con la idea de que no podía contarles lo del tiroteo por chat. Ese suceso era parte de la razón de que Luke me hubiera dejado, aunque Glenn estaba en lo cierto: tenía que haber más.

Liz.

> Maldita basura, te dije que son todos iguales. Cuando obtienen lo que quieren o se cansan de una, tan solo desaparecen. Acostúmbrate.

Glenn.

> No te habrás acostado con él, ¿no? ¡Ay, Val, creí que eras de las mías!

Liz.

> Claro que se acostó con él, no todas queremos casarnos vírgenes como tú.

Glenn.

> Ya hablamos de eso y te dije que no me convencerás: el único hombre en mi vida será mi esposo.

Liz.

> Ja-ja. Tarde o temprano, todas caen en la tentación.

Glenn.

> Basta. Val, ¿estás bien? ¿Quieres darnos más detalles?

Val.

> No. Solo quería que me ayudaran a distraerme. Sigan molestándose, así me río.

Glenn comenzó a teorizar sobre la actitud de Luke. Liz, por su parte, empezó a trabajar para ayudarme a superarlo, escribiendo frases alentadoras sobre mi persona. Dijo que yo era una chica muy valiosa y que merecía lo mejor, o por lo menos un novio que no se evaporara como un cobarde. Tenía razón. Sin embargo, me convertí en una espectadora de la conversación. Ni siquiera mis amigas me servían de consuelo, como había esperado. Necesitaba a mi novio con toda mi alma, o al menos entender por qué me estaba ignorando, por qué me había dejado y por qué no daba la cara. Era un tonto. Un tonto como mi padre. Había creído que Luke era diferente, y ahora se transformaba en otro héroe con la capa desteñida. Pero yo no era así, y no lo dejaría ignorarme sin más: tendría que aparecer a la fuerza.

El médico había dicho que ya podía salir. Seguro que no se refería a que me metiera en una multitud, pero no importaba. Nueva York siempre estaba lleno.

Podía salir. Muy bien: saldría el sábado.

27

Nuestro final

El sábado me fui a la cama como si nada. Esperé a que mis padres hicieran lo mismo y luego aguanté otro rato hasta que consideré que podían haberse dormido. Entonces me levanté, me vestí y dejé sobre la cama la nota que había escrito para ellos esa tarde:

No se enojen ni se preocupen. Sé que estarán asustados, pero les prometo que estaré bien y que volveré lo antes posible. Llevo mi teléfono, pueden llamarme siempre que no me griten. No importa a dónde fui, estaré bien, lo juro. Gracias por comprender.

Jamás había salido de casa sin permiso. Aunque lo pidiera, esta vez solo recibiría negativas. Ni siquiera papá me apoyaría, así que no tenía sentido hacer el intento: debía salir a escondidas.

Cerré la puerta de mi habitación y bajé las escaleras de puntillas. Lo mismo cuando atravesé la puerta de calle. Caminé hasta la esquina y pedí un taxi por teléfono. Llegó en diez minutos.

Dudé antes de abrir la puerta del coche. Todavía se me erizaba la piel cuando tenía que subir a un automóvil y me quedé quieta un momento, sin saber qué hacer.

–¿Señorita? –me reclamó el taxista. Pensé en Luke y subí.

Bajé ante la puerta del bar con el corazón latiendo muy rápido. Mis manos transpiraban, me había puesto muy nerviosa. Me quedé de pie un momento mirando el cartel que decía Amadeus y cuando reuní fuerzas, avancé hacia la puerta. Intenté atravesarla. Ni siquiera pude pisar el umbral: el brazo del guardia de seguridad se interpuso en mi camino.

–Tú no pasas –dijo. Lo miré con el ceño fruncido.

–¿Disculpa?

–Ve a casa, niña.

–¿"Niña"? –repetí, y metí la mano en el bolsillo para sacar la credencial de Hillie–. ¿No me recuerdas? He estado aquí antes.

–Hablo en serio –repitió él–. Retírate antes de que llame a la policía y te denuncie por usurpar la identidad de tu hermana.

Me quedé helada: solo Luke sabía mi secreto, de modo que él se lo había contado al guardia de seguridad para que me impidiera pasar. Había hecho hasta lo inimaginable para ocultarse. ¿Qué le pasaba? ¿Por qué me rechazaba con tanta crueldad? Me sentía ofendida y humillada. Me hubiera gustado tener el mismo poder que él para hacerle lo mismo. Quería que me persiguiera como yo estaba haciendo y rechazarlo, que me amara como yo lo amaba e ignorarlo. Quería que sintiera el rechazo que yo estaba sintiendo y que su corazón se rompiera como él estaba rompiendo el mío.

–De acuerdo –dije, alzando las manos, y di unos pasos atrás.

Seguí alejándome hasta quedar en medio de la acera. Y entonces, cuando una pareja se acercó al guardia, aproveché y me colé.

–¡Ey! –gritó él.

Miré por sobre el hombro mientras intentaba abrirme paso entre la gente: acababa de levantarse de la banqueta e iba tras de mí. Empujé a un chico para pasar y él me miró, molesto. Seguí caminando de prisa.

Se notaba que era verano: había mucha gente. Alguien me chocó y tuve que sujetarme de la espalda de una chica para no desestabilizarme. Si caía en medio de la multitud, la semana que había pasado en reposo se echaría a perder. No quería más dolor ni empeorar mi condición.

El olor a alcohol, las luces y la música a todo volumen empezaron a afectarme. El tumulto, los nervios y el calor sofocante me hicieron sentir descompuesta. Sin duda estaba bastante débil e ir al bar había sido una pésima idea. Sin embargo, no quería desistir. El guardia ya no confiaría en mí, y lo más probable era que no pudiera ingresar otra vez.

Había un grupo en el escenario. Por la hora, supuse que los Dark Shadow ya habían tocado. Me metí por el pasillo de parejas en dirección a la cortina donde se ocultaban los artistas y entonces lo vi. Reconocí su camiseta y su pelo. Cuando se movió un poco, también su perfil.

Luke estaba en el pasillo, besándose con una chica muy atractiva que apoyaba la espalda en la pared. "Jamás me encontrarás con otra chica mientras estemos juntos", me había dicho cuando nuestra relación recién comenzaba. Su actitud de ahora, entonces, era la prueba irrefutable de que ya no éramos novios. Eso me quedaba claro, solo quería saber por qué.

Ella vestía un top y una minifalda. Él la apretaba con su cuerpo, enredaba los dedos en su pelo y parecía devorar su interior con la lengua. A mí nunca me había tratado de esa manera; había algo salvaje en la forma en que actuaba con esa chica y en el modo en que la chica actuaba con él.

—¿Qué haces? —le pregunté, jalando de la manga de su camiseta.

Se apartó de ella bruscamente y giró hacia mí. Sus ojos se abrieron mucho, saltaba a la vista que lo había sorprendido.

–¡Ey, tú! –gritó el guardia detrás de mí y me tomó del brazo. Lo miré, enfurecida; él miraba a Luke–. Lo siento, se coló –le explicó.

Lo empujé, intentando liberarme del guardia. Fue una idea tan mala como haber ido al bar: me dobló el codo con una técnica de defensa personal y me rodeó la cintura con el brazo. Mi rostro se contrajo y ahogué un grito. El dolor de mis costillas fue tan intenso que creí que me desmayaría.

–No. ¡No! –exclamó Luke de prisa, y apretó el brazo del guardia con las manos–. No la toques. Suéltala. ¡No la toques! –ordenó. El guardia me liberó, y Luke interpuso las manos entre mi cuerpo y el del hombre–. Yo la acompaño afuera.

El guardia hizo un gesto afirmativo con la cabeza y se alejó dando unos pasos atrás. Yo veía nublado. Me di cuenta de que mis ojos estaban húmedos, en parte por el dolor del costado, en parte por el de mi alma.

–Luke… –murmuró la chica. Había levantado una pierna y apoyaba la suela del zapato de tacón en la pared, como su espalda. Por la forma en que hablaba, resultaba evidente que había bebido.

Él ni siquiera la miró.

–¿Qué haces aquí? –me preguntó.

–¿Qué querías que hiciera? ¡No me dejaste opción!

La gente comenzó a saltar, excitada por un cover de Korn.

–¡Maldición! –musitó Luke, mirando la multitud.

Suspiró y se detuvo detrás de mí. Puso sus brazos alrededor de mi cuerpo cuidando de no apretarme y empezó a caminar, obligándome a hacerlo también. Respiraba en mi oído, y por un instante me hizo olvidar el motivo por el que había ido; casi parecía que estaba en su casa, en su cama, aprendiendo a tocar la guitarra con él.

Me llevó al fondo del salón, donde había un poco de lugar, protegiéndome de las posibles colisiones con otras personas. Incluso empujó a un chico que se me venía encima, y con eso recordé cada vez que me había demostrado su amor con actitudes parecidas. No debía confundirme: esto se debía solo a la preocupación, pero la razón no mandaba cuando las emociones se volvían confusas.

Rodeamos el lugar hasta alcanzar la puerta de servicio y salimos a la calle lateral. Afuera, la música del bar sonaba como si hubieran tapado una olla donde estaban los parlantes. Luke se alejó unos pasos y me miró con expresión turbada. Me resultaba imposible distinguir sus sentimientos y también los míos, todo se había mezclado y confluían el rencor con el amor, el alivio con la desesperación.

—¿Estás bien? —me preguntó.

—¡Como si te importara! —respondí.

—No debiste venir. ¿El médico te dio permiso para salir? ¿Tus padres saben que viniste aquí?

—¡Cállate, Luke! —exclamé, fuera de mí—. ¿Por qué no atiendes el teléfono? ¿Por qué me bloqueaste del chat y me eliminaste de tus redes sociales? Estuve en el hospital, ¡y ni siquiera apareciste! ¿Por qué me haces esto?

—Cálmate.

—¡No me pidas que me calme como si fuera una loca! ¡No merezco lo que me estás haciendo!

—No podemos seguir juntos, es por eso.

—¿Y tenías que dejarme de esta manera? ¿No podías decírmelo a la cara? ¿Tenías que ser tan cobarde como mi padre? —lo empujé poniendo las manos en su pecho. Estaba agitada y temblaba, tenía un ataque de furia.

—Lo siento, Val, no puedo —respondió—. ¿No te das cuenta? Mi vida es eso que pasó en ese auto, y no puedo cambiarla. ¡No puedo! Jamás voy a dejar a mi familia. Jamás me apartaré de mi madre y de mi hermano.

—¡No me importa! ¿Quién te pidió que lo hicieras? ¡Yo no te pedí nada!

—procuré calmarme, o la desesperación me haría decir cosas que no sentía—. Fueron mis padres, ¿cierto? Sí fuiste a verme al hospital, pero te arrepentiste porque mis padres te dijeron algo.

—Sí, ellos me dijeron muchas cosas, pero no es ese el problema. No me aparté de ti por eso.

—Entonces, decides por mí.

—No: decido por mí, y no puedo salir contigo. Creí que era posible, pero me equivoqué. Volví a cometer el error de ambicionar algo mejor; algo que, para los que viven como yo, es imposible. Hacer justicia por ti implica delatar a mi hermano. Eres tú o él.

—¿Y tenías que ignorarme? ¿No podías dar la cara?

—Si te hubiera llamado, no habría tenido el coraje para dejarte. Además, necesitas recuperarte. Lo hice del modo que consideré mejor para los dos.

—¡Eres un cobarde igual que todos!

—Sí, lo soy.

—Me usaste y ahora me dejas como si yo no importara, ¡eres una basura!

—Puedes pensar lo que quieras.

Empecé a alejarme, bañada en llanto.

—Nunca más vuelvas a buscarme —le dije, dando pasos atrás mientras lo apuntaba con el dedo—. ¡Te odio!

Me volví y seguí caminando; él estaba quieto. En mi mente deseaba que lo que acababa de suceder fuera solo una pesadilla. Esperaba que Luke se arrepintiera y me llamara. Imaginaba su voz diciéndome: "¡Val, espera!", y a mí girándome.

Cuando todo lo que se oyó fue el *bip* del panel de seguridad y luego la puerta cerrándose, mi alma terminó de romperse.

"Hacer justicia por ti implica delatar a mi hermano. Eres tú o él".

Había elegido a un drogadicto por el cual casi nos habían matado, por

238

sobre mí. Pero claro, era su hermano. Jamás hubiera pretendido que tuviera que elegir, ¿por qué él acomodaba las fichas del juego de ese modo?

No tenía idea. Solo supe que ese *bip* y el *clac* de la cerradura acabaron con la mejor etapa de mi vida.

Ya no había vuelta atrás. Ahora sí: ese era nuestro final.

28

Siempre hay una razón

Pasé una semana llorando cuando mis padres no me veían, desconectada del móvil y de cualquier cosa que me sirviera para olvidar. Ni siquiera tenía ganas de tocar mi batería nueva. Solo había llamado dos veces a la abuela, ignorando todas las notificaciones que llegaban cada vez que encendía el teléfono. Tal como hacía delante de mis padres, fingí también mientras hablaba con ella, y cuando cortamos lloré de nuevo. Por suerte tenía la excusa del reposo para quedarme en casa. No quería levantarme de la cama.

Luke había sido más que un chico para mí: durante el tiempo que duró nuestra relación, había sido el amor de mi vida. Había confiado en él más que en cualquier otra persona. Le había contado mis secretos más profundos, amparada en que él me había hecho saber los suyos, y hasta le había confiado mi cuerpo. Yo no era Glenn: no estaba esperando al matrimonio, pero tampoco lo hacía con cualquiera. Luke había sido especial, esa era la conclusión, y me costaba resignarme a que ya no me quería.

Cuando alguna chica contaba en el colegio que había hecho cosas humillantes por un chico, Liz y yo la criticábamos a escondidas. Me sentía terrible ahora, porque con gusto me habría convertido en cualquiera de esas chicas.

Pensé en ir a casa de Luke y rogarle que volviéramos a ser novios, doblegándome ante él de nuevo. Si no lo hice, fue porque la sola idea de adentrarme en ese barrio me ponía los pelos de punta. Si pasaba sin querer por la calle donde casi me habían matado, me descompensaría. Jamás resistiría volver al sitio donde había vivido el miedo más profundo y que había arruinado mi vida. El tiroteo y sus consecuencias me habían marcado para siempre.

Casi como un método de tortura, busqué el nombre del padre de Luke en Internet y me metí en la página web de su empresa. Cualquier cosa me servía para luchar contra la horrible sensación de vacío que me había dejado la despedida. Busqué también noticias del tiroteo: solo hallé una. Resultaba evidente que no lo consideraban un hecho relevante o que algún político se había ocupado de esconderlo. Con razón nadie se había enterado y no me llenaban de mensajes.

El lunes de la segunda semana en reposo, mamá entró a la habitación y se sentó en el borde de la cama. Apartó la sábana con la que yo me cubría el rostro y me acarició el pelo.

—Val, estoy preocupada —dijo—. Papá y yo estuvimos conversando, y nos parece que quizás sea bueno que comiences una terapia.

—No quiero —respondí—. Lo que tengo no se resuelve con terapia.

—Creemos que lo que sucedió te dejó muy asustada, y por eso no quieres salir de tu habitación —no se habían enterado de que había ido al bar.

—No es eso. Es solo que no tengo ganas.

—Liz llamó, dice que Glenn y ella están preocupadas porque no respondes sus mensajes —suspiré. No se me había ocurrido eso—. No quise contarle lo que había pasado porque me pareció que tú no les habías dicho nada, y no sabía si querías que lo supieran.

–Todavía no les conté nada: Saldré esta semana, te lo prometo.

–No queremos forzarte. La idea no es que…

–Saldré esta semana –repetí para acallarla–. No te preocupes, no tengo miedo de salir a la calle. Vayamos mañana a algún lado.

Mamá pareció conforme con mi propuesta y salió del dormitorio.

Encendí el teléfono y leí los mensajes de mis amigas.

LIZ.

> Val, ¿estás bien? ¿Por qué no respondes en el chat grupal?
> ¿Quieres hablar de algo que Glenn no puede saber?

GLENN.

> Oye, Liz y yo estamos preocupadas. Regreso pronto a casa,
> ¿nos encontramos?

Decidí responderles a ambas en el chat grupal. Dejé de lado la idea de esperar a que regresaran de sus vacaciones para hablar del tiroteo y resumí la historia. Escribí que unos ladrones nos habían disparado, que me habían herido y les hice jurar a mis amigas que no dirían una palabra a nadie.

LIZ.

> ¡No puedo creerlo! ¿Ahora estás bien? ¿Por qué no nos avisaste antes?
> ¡Estoy tan lejos de casa! Si no, correría a la tuya. No veo la hora
> de largarme de aquí.

GLENN.

> Sabía que algo pasaba, ¡lo sabía!

LIZ.

> ¿Y ese idiota te dejó después de que te hirieron estando con él?
> ¿Tiene aserrín en la cabeza?

GLENN.

> Oraré por ti y por ese chico que se comportó tan mal.
> ¿Ahora cómo estás? ¿Sigues en cama?

VAL.

> Hago bastante reposo, pero en realidad ya puedo salir. No se ✓
> preocupen, estoy bien.
> Por favor, no se lo cuenten a nadie.

Seguimos conversando un rato hasta que los problemas se alejaron y terminamos riendo.

Al día siguiente fui al supermercado con mamá y al otro, al hospital. Fue bueno sentir que ya podía subir a un automóvil sin temblar. Me sacaron los puntos de sutura y me hicieron una radiografía. Todo estaba en orden, solo debía seguir mi vida con cuidado.

Ya que me había levantado, al otro día fui a lo de la abuela. Y así, me propuse recomenzar.

Mis amigas me escribían todos los días y se convirtieron en un gran apoyo para mí. Poco a poco dejé de buscar las redes sociales de Luke y ya no espié la página de su banda. Retomé las clases de batería y el día que regresé al gimnasio, mis compañeros me aplaudieron. Les dije que había tenido un accidente y que por eso solo podía hacer algunos ejercicios que no implicaran demasiado esfuerzo. Lo mismo le avisé al chico que me enseñaba batería.

Cuando había comenzado a entrenar, sentía un poco de recelo. Casi no había chicas en ese gimnasio, y eso me hizo pensar que los chicos que iban allí se desesperarían al ver una. Nada más lejos de la verdad: en los gimnasios tradicionales, más de uno en realidad iba a ver si podía conquistar a alguien. Aquí, iban a entrenar en serio, y eran amables y solidarios con las chicas sin segundas intenciones. Mis compañeros me habían explicado movimientos y ejercicios cuando el profesor estaba ocupado, y terminaron de mostrarme su esencia deportiva al recibirme de ese modo ahora que había regresado.

Practicaba batería a diario, lo cual me mantenía bastante entretenida. Además, ni bien Liz y Glenn volvieron de sus vacaciones, fuimos al cine y a la cafetería. Glenn se despachó contando sus actividades del verano. Liz, en cambio, se mostró reacia a comentar cómo le había ido en casa de su padre. Tan solo decía: "bien", "sí" y "no", o hablaba del paisaje. Por supuesto, tuve que contar con lujo de detalles lo que había pasado en el tiroteo y con Luke. Terminamos abrazándonos; presentía que Liz, aunque pareciera fuerte y fría, necesitaba tanto consuelo como yo. Glenn, con sus ilusiones inagotables, nos levantaba el ánimo.

Poco antes de comenzar las clases, Liz y yo fuimos a un bar un viernes. Glenn no tenía permiso para asistir a ese tipo de lugares.

Cuando un chico se acercó a hablarme, lo dejé conversar. Así funcionaba el mundo: todo se transformaba en un círculo que volvía a empezar, cuantas veces fuera necesario hasta que aprendiéramos la lección.

—Estoy a punto de postularme para Harvard —contó—. Soy muy bueno en el fútbol americano y creo que podré obtener alguna ventaja con eso. ¿Y tú? ¿Para qué eres buena? ¿A cuántas universidades te postularás?

—Todavía no lo sé —respondí. Aún no había pensado qué estudiaría, mucho menos en la universidad a la que quería ir.

—En Harvard tienen todo lo que necesito —explicó él. Y continuó hablando de esa universidad.

Me perdí en medio de la conversación. De pronto me encontré recordando a Luke, comparando a ese desconocido con el mejor chico que había conocido nunca. Bueno, el mejor mientras duró.

—Cuando leí que se podía ingresar mediante una selección de deportistas...

—¿Te gusta la música? —intervine. El tema "universidad" me estaba agotando.

Él estiró un brazo y lo apoyó en el respaldo de mi asiento.

—También soy bueno en eso. Toco el violín desde los tres años. Iba a inscribirme en Juilliard, pero por el momento prefiero Medicina en Harvard. En el hospital que dirige mi padre...

Mientras seguía hablando de su familia y sus habilidades, nuestros cuerpos se iban acercando. Mi mente, en cambio, se alejaba. Si todo lo que ese chico contaba era cierto, resultaba evidente que tenía mucho dinero. Era conversador y estaba lleno de proyectos: sin duda les habría caído muy bien a mis padres. Yo debía ser la equivocada, creyendo que Luke era mil veces mejor que cualquier otro chico. Resultaba evidente que era mucho más rentable que me atrayera alguien capaz de concretar sus ambiciones a preferir a uno que resignaba todo por su madre. La razón siempre convenía más que los sentimientos, esa era la lección del día.

Me acordé de la casa de la playa y de mi primera vez justo cuando un dedo del chico Harvard empezó a acariciarme el hombro. Se acercaba cada vez más, era evidente que buscaría besarme de un momento a otro.

—Lo siento, tengo que irme —dije de pronto.

—Espera, ¿por qué te vas? Quédate un poco más.

—Tengo que irme —repetí, y me puse de pie sin darle oportunidad de seguir insistiendo.

Volví a la mesa donde Liz jugaba con el teléfono. Había un chico de pie junto a su silla. Se notaba que estaba intentando entablar conversación con ella, pero mi amiga no le hacía caso.

–¿Nos vamos? –pregunté.

Liz alzó la mirada enseguida.

–¡Al fin regresas! Claro, no veo la hora de irme. Tendría que estar estudiando para el lunes. ¡Qué pérdida de tiempo!

Se levantó y guardó el teléfono en el bolsillo del pantalón. Intentó dar un paso, pero el chico la tomó de la muñeca.

–Espera. Qué linda eres, no te vayas –le dijo, impostando una voz sexy.

Liz observó su brazo y después lo miró a los ojos.

–Cuidado con tu mano –remarcó las palabras–. Suéltame.

–¡Uy, qué mala! –se burló él.

–Y soy peor con los idiotas. Por favor, suéltame.

El chico la liberó y alzó los brazos con gesto sobrador. Liz puso los ojos en blanco y salimos a buscar un taxi. Tuvimos suerte y encontramos uno desocupado enseguida. Nos sentamos, le dijimos nuestras direcciones al chofer y yo tomé a mi amiga del brazo.

–¿Qué tiene que tener un chico para que te atraiga? –le pregunté mientras el automóvil avanzaba por el centro.

–Tiene que ser inteligente –contestó ella–. Y, por Dios, ¡no tiene que tomarme de la muñeca para retenerme! –bromeó–. ¿Qué tal ese que te daba conversación a ti? ¿Valía la pena? –fruncí la nariz y negué con la cabeza–. Ese tonto que intentaba conversar conmigo tampoco. Solo sabía de tragos, y el resto ya no quise escucharlo. No necesito un novio, ¿sabes? Mi prioridad es ir a la universidad. Además, sé que soy complicada. Soy difícil de convencer.

–¿Te refieres a que es difícil que te enamores?

–Sí. Y que alguien se enamore de mí. Quizás les atraigo físicamente… pero amar es diferente.

Me sentí identificada con Liz: desde que Luke me había dejado, yo también había pasado a sentir que jamás podría enamorarme otra vez.

El coche me dejó en casa a las dos de la madrugada. Avisé a mis padres que había llegado y me metí en la cama.

Durante días creí que al fin había dejado a Luke atrás, pero allí estaba aún, regresaba cuando menos lo esperaba para atormentarme. Solo deseaba que la próxima vez que conociera a un chico, ya no hubiera necesidad de comparaciones. No necesitaba estar con alguien para sentirme completa. Sin embargo, deseaba conocer a otra persona que me deslumbrara y a la que quisiera mucho más que a Luke, solo como forma de demostrarme que no lo necesitaba, que había sido un paso en el camino de mi vida y no la meta.

Por la mañana, desperté y abrí los ojos para adivinar la hora. El sol ya había salido, creí que había dormido mucho. Tomé el teléfono y miré el reloj. Eran las ocho. *Me estoy transformando en una anciana que no puede dormir más de seis horas*, pensé, e intenté conciliar el sueño de nuevo. Fue imposible, y a las ocho y media terminé revisando las redes sociales. A las nueve, me levanté.

Me detuve en medio de la escalera: papá hablaba en susurros, pero estaba segura de que había dicho la palabra "abogado". ¿Acaso había sido valiente y le había confesado la verdad a mamá? ¿Se estaban divorciando?

—¿Te dijo algo de la investigación? —preguntó ella. Entonces comprendí que estaban hablando del tiroteo.

—Parece que resolvieron el caso, solo tienen que encontrar a los que dispararon —contestó papá—. El hermano de Luke ya está detenido.

La información me llegó como un latigazo en las piernas. Me sostuve del pasamanos y me senté en la escalera. ¿Por qué estaba detenido el hermano de Luke? Consumir drogas no te hacía un delincuente, sino un enfermo. En tal caso, deberían haberlo llevado al hospital.

—¿Por qué lo detuvieron? —*gracias, mamá. Gracias por preguntar lo que necesito.*

—Parece que no solo consumía drogas. Además, era un vendedor. Pero se gastaba el dinero en sus propias drogas y les debía mucho a los traficantes. Al ver el auto, los sicarios creyeron que él era el conductor.

—Entonces querían matar al hermano de Luke.

—No. Querían darle una advertencia, ¿y qué mejor que matar a su acompañante?

—Entonces tenían la intención de matar a Val —sollozó mamá—. ¿Cómo se supo que el hermano era un vendedor de esa banda?

—Luke lo delató. Incluso presentó pruebas, entre ellas unos audios que su hermano le había enviado la noche previa al tiroteo.

—¿Él sabía que Val corría peligro? ¡¿Por qué la llevó en ese auto si podía tener problemas?!

—No lo sé, pero ¿de verdad piensas que habría hecho eso?

—¡No me digas que le creíste eso de que jamás permitiría que le pasara nada malo!

—No sé. No sé si le creí, pero él también podría haber muerto en ese tiroteo. No creo que fuera tan inconsciente de exponerse y exponer a Val. Si hubiera sabido que su hermano tenía deudas y que por eso corrían peligro, no habría tomado su auto.

—Yo creo que es un irresponsable y que debe permanecer lo más lejos posible de Val.

—Sabes que te apoyo en eso, pero no me gustaría ser injustamente duro. Que yo sepa, no se han vuelto a ver.

—Eso espero. Si ese chico es un poco inteligente, entenderá la lección y no se acercará a Val nunca más. No me importa él: por su culpa, casi perdemos a nuestra hija, y lo quiero lo más lejos posible de nosotros.

Me levanté a punto de echarme a llorar y regresé a mi habitación. Me oculté en la cama con una sola frase en mi cabeza: "Luke lo delató".

"Hacer justicia por ti implica delatar a mi hermano. Eres tú o él".

Después de todo, me había elegido a mí. O tal vez siempre había sido su elección, pero lo mismo que lo unía a mí lo separaba: ¿cómo seguir adelante con la chica por la que su hermano acabaría en prisión? Una vez más, Luke había renunciado a todo por su familia y por la culpa que le producía haberla traicionado. Hacer justicia por mí significaba delatar a su hermano, por eso me había dejado.

Siempre todo tiene una razón.

29

Las heridas que el tiempo no puede sanar

Otra noche de sábado contando los minutos hasta suponer que mis padres dormían. Me levanté, dejé una nota sobre mi cama y salí de casa tras entrar a la aplicación para solicitar un taxi. Había pensado en Luke todo el día, y al final había decidido ir al bar. No teníamos que separarnos por lo de su hermano. Tal vez estaba actuando como una de esas chicas de las que tantas veces me había reído, pero creía que, en realidad, haberlo visto con otra no significaba que me hubiera olvidado. Confiaba en que yo era capaz de hacerle entender que merecía algo más que culpa y resignación.

Sabía que el guardia no me dejaría entrar por la puerta principal, así que bajé del taxi en la esquina y fui directo a la entrada de servicio. "El código es siete dos siete ocho", me había dicho Luke cuando me había llevado al bar para cantarme mi canción. Rogaba que no lo hubieran cambiado.

Digité los números, y la cerradura se abrió. Lamenté que no se me hubiera ocurrido entrar de esa manera la vez anterior.

Había menos gente que en la última oportunidad que había estado allí. En ese momento, había un solista en el escenario. Fui al pasillo de parejas.

250

No había rastro de Luke. Entonces recorrí el salón. Alcancé a ver al baterista de su banda bebiendo una cerveza en una barra, así que esperaba que Luke también estuviera por allí. Me equivoqué. No me quedó más opción que ir del otro lado de la cortina.

El olor a marihuana me ahogó. Resistí y busqué con la mirada entre el círculo de chicos y chicas que bebían y fumaban conversando entre sí. Solo uno sujetaba un pequeño espejo y un aspirador, tenía la cabeza apoyada en la pared y los ojos cerrados. Junto a ese, estaba el único que podía decirme algo de Luke.

No había vuelto a ver a Brad desde que se había enojado conmigo porque no había querido drogarme. Solo con mirarlo sentía miedo y resentimiento, pero era capaz de vencer esas barreras por Luke. Suspiré, tomé coraje y me acerqué.

—Hola, Brad —dije, pateándole con suavidad un pie. Él levantó la cabeza y me miró. Resultaba evidente que se había drogado.

—Tú…—murmuró. Soltó la mano de la chica que tenía al lado y se puso de pie. Más allá de su mirada un poco perdida y de que hablaba como si estuviera en un seminario de control mental, nada más delataba su condición—. ¿Qué haces aquí?

Por lo menos me trataba bien.

—Sabes qué hago aquí: estoy buscando a Luke.

—Luke no vino hoy. Supongo que te enteraste de lo que pasó.

—¿Qué pasó? —pregunté, con un nudo en el estómago. Si Luke estaba en peligro, o si había sido atacado, no podría resistirlo.

—Delató a su hermano por ti, Val. Sabes lo que eso significa para él, ¿verdad? También sabes que la música es casi lo único que tiene y que por eso necesita este lugar. Si tú empiezas a venir, tendrá que dejarlo él. Luke venía a este bar antes que tú, así que, si tienes un poco de piedad, no vuelvas más.

Por un lado me sentí aliviada de que Luke no estuviera en peligro, pero no me alegró que estuviera triste. Estaba sufriendo por lo que había hecho; tanto que ni siquiera había ido al bar.

—No vine para molestar —aclaré—. Solo quería saber que estaba bien.

—No está bien, pero lo estará. Está acostumbrado a sobrevivir, así que lo superará. Ayúdalo dejándolo en paz.

Mi corazón se quebró, se me anudó la garganta. Los ojos me ardían de contener el llanto y mi estómago se comprimió al darme cuenta de que Brad tenía razón: lo mejor era que me alejara de Luke. Quería que, cuando me viera, sintiera que yo era su roca y su consuelo, no el recuerdo vivo de que su hermano estaba en prisión. Quería amarlo y que me amara, no una relación basada en el dolor. Así habíamos empezado y, tal como expresaba la letra de su canción, no era una buena forma para perdurar.

Asentí con la cabeza y le dediqué una sonrisa sincera a Brad. Le agradecí, me volví y me mezclé entre la gente, esforzándome para contener las lágrimas.

Esa madrugada, una vez que llegué a casa, decidí que jamás regresaría al bar. Decidí que enterraría definitivamente mi historia con Luke y que procuraría seguir adelante, como él. Si algo me había enseñado, era a ser altruista y a pensar primero en los demás. Tocaba que yo lo pusiera primero a él y dejara de molestar.

Creí que sería difícil, pero haber entendido el verdadero motivo por el que me había dejado lo hizo un poco más fácil. No hubo días de encierro, llanto desmedido ni ausencia en las redes sociales. No abandoné a mis amigas ni preocupé a mis padres. Tan solo seguí con mi vida, mientras una parte de mí rogaba que Luke estuviera bien y la otra se desquitaba la rabia golpeando la batería y la bolsa de box.

—Ey, Val, ¿estás segura de que no quieres pelear? —me preguntó el profesor—. Tengo una rival a tu nivel. No sería una pelea profesional, solo una práctica aquí, en el gimnasio. Llevas entrenando varios meses y ya es hora de que empieces a ejercitarte con alguien real.

La idea de entrar en el ring me tentaba desde que me había recuperado y podía hacer más esfuerzo.

—Solo si le prohíbes golpearme en el costado. Todavía tengo que cuidarme por lo del accidente.

—¡Trato hecho! —exclamó el profesor, sonriente.

Parecía que todos se habían complotado en mi favor, porque el profesor de batería también me ofreció algo.

—La banda de un amigo necesita baterista. Tal vez no sea la música que te gusta, pero…

—¿Qué tocan?

—Canciones de Nirvana y Foo Fighters.

Nunca me había considerado una persona inclinada a aceptar desafíos. Quería romper con eso también.

—¿Crees que esté a la altura? Llevo menos de un año practicando.

—Todavía tienes mucho por aprender, pero creo que entrar en una banda aceleraría tu aprendizaje.

Me encogí de hombros y sonreí.

—Entonces dile que iré a hablar con él.

Dos días después, estaba golpeando a la puerta de un garaje. Abrió un chico rubio con una camiseta rota.

—¿Tú eres Val? —preguntó.

—Sí, Val, la novata —bromeé. Él rio.

—¡Gracias a Dios! Soy Dylan. Llevamos un mes sin presentarnos en ninguna parte a causa de que perdimos a nuestro baterista. Pasa.

—Bueno, no te aseguro que puedas presentarte enseguida conmigo, pero daré lo mejor de mí —prometí mientras ponía un pie adentro.

—Si eres la mitad de buena de lo que describió Tony, nos llevarás a la cima —contestó él.

Que mi profesor le hubiera hablado bien de mí me hizo sentir rara; no estaba acostumbrada a que la gente se refiriera a mí de ese modo. Sin querer me acordé otra vez de Luke. Posiblemente había tenido razón: el niño que me había llamado *gorda* había instalado una moda. No había hecho más que establecer un estigma sobre mí aun a pesar de que mi profesor de boxeo, que también era nutricionista, me había dicho que estaba en forma. La escuela estaba llena de rumores que los ingenuos creían.

Dentro del garaje había otros dos chicos: uno de pecas y cabello colorado que Dylan presentó como Tom, el bajista, y un morocho de aspecto latino al que presentó como Diego, el guitarrista. Dylan también tocaba la guitarra, además de ser el vocalista. Habían perdido a su baterista porque se había mudado para ir a la universidad.

—¿Eres fanática del rock alternativo y del grunge? —me preguntó Tom.

—¿Sia y Lady Gaga cuentan? —bromeé yo. Los chicos rieron.

—No —respondió Diego.

—Bueno, entonces no.

—No te preocupes, te enseñaremos lo que haga falta —intervino Dylan—. Me parece que sería bueno empezar escuchándote tocar con nosotros. ¿Por qué no empezamos con *Come As You Are*? Seguro la escuchaste alguna vez y, si tienes oído musical, podrás hacer algo con la pista original de fondo.

Asentí y caminé hacia la batería. Tomé los palillos y me senté. Los chicos recogieron sus instrumentos y se posicionaron delante de mí. Nunca me había sentido más cómoda. Sonreí mirando mi camiseta bordó, mis uñas pintadas del mismo color, el mechón de flequillo largo castaño rojizo que caía sobre mi ojo. Mis pantalones ajustados, mi piercing, mis botas... Me sentía bien, justa para ese grupo. Justa para Nirvana y Foo Fighters.

El ritmo fluyó con naturalidad por mi cuerpo, y aunque me equivoqué una decena de veces, lo disfruté como a pocas cosas en toda mi vida. La voz de Dylan era parecida a la de Kurt Cobain; si cerraba los ojos me parecía verlo cantando a él. Cuando la canción terminó y los chicos se volvieron con una sonrisa, haciendo gestos afirmativos con la cabeza, confirmé que estaba hecha para estar ahí. Estaba hecha para disfrutar del rock alternativo y del grunge, y dejar fluir la energía desde mi interior hasta la batería. Solo se podía tocar bien lo que se sentía, y había sentido más que nunca con esa música.

Mi primer entrenamiento de boxeo con una contrincante también fue un éxito. Solo el profesor y nuestros compañeros nos estaban viendo, pero al ganar en el segundo round, sentí como si la gloria hubiera sido mía. Solo me había alcanzado un golpe en el pómulo, y ni siquiera me dolía. Al menos, no en comparación con el dolor que había tenido que soportar cuando había sido herida.

Mamá se enojó cuando me vio llegar con un hematoma cerca del ojo. Creyó que me habían atacado y casi se echó a llorar. Tuve que explicarle dos veces que había aceptado entrenar con una rival en el gimnasio de boxeo y jurarle que le estaba diciendo la verdad.

—¡Me dijiste que no ibas a pelear! —exclamó.

—No fue una pelea, fue un entrenamiento con rival.

—Te golpeó y la golpeaste, así que da igual. Todavía no terminas de recuperarte de la fisura de las costillas. ¿Cómo eres tan inconsciente? ¿Acaso no te quieres ni un poco?

—Lo hice porque me quiero. Ahora me quiero.

—¡Eso no tiene lógica! Alguien que se quiere a sí mismo no acepta ninguna pelea. No volverás ahí. No permitiré que un deporte pasajero arruine el rostro de mi hija.

—Mamá —intervine con calma—, sé que todavía no cumplo los dieciocho, pero no puedes evitar que mi mente ya se sienta mayor de edad. No puedes prohibirme tomar mis propias decisiones como si fuera una niña. Lamento si mis elecciones te desilusionan: seguiré eligiendo lo que me hace feliz, y me hace feliz tocar la batería y boxear.

—Piensa en tu futuro, Val. Te lo suplico: piensa en tu bienestar.

—Hasta hace unos meses ni siquiera había presente para mí. Habría muerto hace unas semanas sin saber lo que me gustaba, lo que soñaba, cuáles eran mis deseos. Quiero vivir a mi manera. Quiero vivir de una vez por todas.

—Pues esta es mi casa, y mientras vivas en mi casa, comiendo del dinero que tu padre y yo ganamos, tendrás que respetar nuestras reglas. No volverás a ese gimnasio, eso es todo. Y cuidado con lo que haces con esa banda: si vuelves a un bar para mayores de edad, también te prohibiré tocar con ellos. Tú te lo buscaste: si tan solo hubieras cumplido tu promesa de no aceptar peleas, podrías seguir yendo. Ahora ya no.

Tuve que tragar el nudo de llanto que se había formado en mi garganta y consolarme con respirar profundo. Mamá había dictado sentencia y no volvería atrás. Nunca había modo de convencerla.

Fui a la habitación de Hillie y me descargué tocando la batería. Me preguntaba por qué, cada vez que encontraba algo que llenaba mi vacío interior, lo perdía. Había sucedido con Luke, sucedía con el gimnasio, esperaba que no ocurriera también con la banda y las clases de batería.

Pensando en mis deseos recordé los de mi hermana; hacía tiempo que no seguía la lista. Había heridas que el tiempo no podía sanar. Había objetivos que se diluían como agua al calor del fuego y esperanzas que se parecían a la bruma.

Algún día podría tomar las riendas de mi vida y, entonces, nadie me detendría.

30

A veces ocurre lo inesperado

Empecé el último año de la secundaria con otra perspectiva de mi vida. Me vestía diferente, escuchaba nueva música, tenía más amigos… Me sentía distinta, más madura. No sé si fue producto de la seguridad personal que había adquirido en ese último tiempo o mera casualidad, pero nadie volvió a llamarme *gorda*. Algunos compañeros que hasta el año anterior ni siquiera me miraban, de pronto, se acercaban a hablarme en cualquier rato libre.

—Me contó Tony que estás tocando en la banda de Dylan —me dijo uno de esos chicos mientras salía de la escuela. Justo terminábamos de bajar las escaleras. Giré sobre los talones y lo miré, abrazada a mis libros—. Los conozco del club. No sabía que escuchabas ese estilo de música.

—No era mi estilo —confesé. Él sonrió.

—Te queda muy bien. Y también el piercing.

—Gracias —dije, y me volví en cuanto Liz me llamó con un grito.

Tanto ella como Glenn empezaron a hacer bromas. Decían que me había vuelto irresistible y que muy pronto todos los chicos de la escuela caerían a mis pies.

—Ese idiota de Luke Wilston se perdió a la mejor chica de Nueva York —dijo Liz, cruzando la calle. Reflexioné en torno a sus palabras un instante y alcancé muy rápido una conclusión.

—Creo que los dos nos perdimos uno al otro.

Lo dije sin tristeza ni remordimientos, sin dolor. Entonces me di cuenta de que al fin había superado a Luke.

Pero la vida no se caracteriza por ser estable. No va en línea recta, ni sus caminos están siempre libres. A veces hay que sortear escombros, y otras, retroceder. Eso me sucedió a mí.

Hacía un mes que habían comenzado las clases. Era viernes y acabábamos de cenar en familia. Papá había llegado tarde, como siempre, poniendo la excusa de que habían llegado unos casos urgentes en el trabajo. Yo seguía callando la verdad, aun cuando las actitudes de mamá, a veces, me impulsaban a gritarle su ingenuidad a la cara.

Papá me llevó al bar donde, por primera vez, iba a interpretar una canción con la banda de Dylan. Estaba nerviosa y, aunque habíamos ensayado la canción mil veces, temía equivocarme. La elegida era *Everlong*, de Foo Fighters, y como entraba en la lista de las que más me apasionaban, intenté aferrarme a eso. Todo lo que se hacía con sentimiento salía mejor, y esto tenía que ir bien.

—Ten cuidado —me pidió papá. Puse una mano sobre su hombro y señalé la esquina del lugar.

—Mira la fila: todos tienen mi edad.

Él rio, me deseó suerte y nos despedimos.

Entré sin necesidad de presentar mi identificación. El anuncio de que era parte de la banda sirvió para que, incluso, me acompañaran a una habitación que hacía de camerino. Allí estaban los chicos, preparándose para tocar. Me recibieron con risas y palabras de aliento.

—Todo saldrá bien —aseguró Dylan—. Lo más difícil es encontrar un baterista que tenga buena coordinación, resistencia y velocidad, y tú las traes innatas. Así que, por más que todavía tengas mucho que aprender, esto irá genial.

Que la banda me apoyara me hizo ganar seguridad. Aun así, me temblaron las rodillas cuando salimos al escenario. Para empezar, jamás había estado de ese lado, ni acostumbraba ser el centro de atención. Además, me pareció que la mayoría del público eran varones, y temí que menospreciaran una banda con una mujer en la batería, como si fuera poco, una novata.

Cerré los ojos, con la intención de concentrarme solo en la canción. La partitura se dibujó en mi mente y empecé justo a tiempo. Poco a poco, la pasión le fue ganando al razonamiento y después del primer estribillo, estaba poseída por la música.

Lo disfruté tanto que los cuatro minutos y diez segundos que duró la interpretación me parecieron instantes. Instantes que se esfumaron en aplausos. Nadie me silbaba por ser mujer y novata. Tal vez no se habían dado cuenta, porque lo había hecho bien. Muy bien, a decir verdad.

Me puse de pie y sonreí. Tenía un extraño nudo en la garganta, estaba emocionada. No necesitaba a nadie para ser yo misma. No hacía falta ser perfecta: solo disfrutar la vida. Y en ese momento, después de haber interpretado una de mis canciones favoritas, entre los aplausos de la gente que había disfrutado la música que salía de mi alma, me sentía feliz.

Una vez que bajamos del escenario y regresamos a la habitación, los chicos festejaron nuestro éxito. Dylan puso un brazo sobre mis hombros y me apretó contra su costado.

—¡Esta chica es un genio! —exclamó.

Yo apoyé una mano en su abdomen y otra en su pecho, y le agradecí, muerta de vergüenza. Habían vuelto a tocar para el público después de dos meses y estaban tan felices como yo, que lo había hecho por primera vez. Sin duda la música era una pasión que no quería perder.

Dylan me llevó a casa en su auto. Durante el viaje no paramos de reír y recordar lo que había sucedido esa noche. Yo había bebido una cerveza, y él, apenas un poco de agua; me había contado que jamás compraba alcohol si tenía que conducir, y no consumía drogas. Por supuesto, no todas las bandas ni los aficionados al rock eran adictos y ebrios. Me gustaba haber encontrado amigos con mis ideas, un lugar donde me sentía a gusto.

—Nos vemos el miércoles —me dijo, y me despedí de él con la mano.

Bajé del auto, abrí la verja negra de casa y volví a saludar a Dylan mientras cerraba. Él hizo un gesto con la mano y se alejó. Giré sobre los talones y transité el corto camino que llevaba a los escalones de la entrada buscando las llaves en el bolsillo. Puse un pie en el primer escalón.

—Val.

La voz me paralizó, mi corazón se aceleró. Bajé el pie, me volví, y mis ojos se clavaron en los de Luke. Lo miré de arriba abajo: estaba vestido con una chaqueta de cuero color café, una camiseta blanca y vaqueros rotos. Llevaba una mochila colgada de un hombro y la funda con su guitarra. Me quedé viendo sus botas, intentando controlar el ritmo de mi respiración. ¿Qué hacía ahí? ¿Por qué reaparecía cuando yo al fin creía que lo había superado?

Alcé la cabeza de golpe, forzándome a demostrarme a mí misma que no había necesidad de evitarlo. Entonces vi sus ojos irritados, su rostro desmejorado y pálido, y entendí que algo estaba pasando. Mientras yo había logrado rehacer mi vida, me dio la impresión de que él no.

Focalicé en detalles, como me había enseñado la abuela: tenía los nudillos de la mano derecha lastimados. ¿Acaso se había peleado con su hermano? No supe que la policía lo hubiera liberado, creí que seguía detenido. ¿Y si se había enfrentado con la banda que vendía drogas?

—¿Qué haces aquí? —pregunté; no sabía qué decir. Jamás hubiera imaginado que volvería a verlo.

Luke bajó la cabeza y dejó caer la guitarra.

–Ayúdame, Val –suplicó. Algunas lágrimas cayeron de sus ojos, y me di cuenta de que estaba llorando–. No puedo volver a mi casa. No quiero volver ahí. Por favor, ayúdame.

Sentí como si unas enormes pinzas apretaran mi garganta. Mis labios se abrieron, mis rodillas amenazaron dejar de sostenerme. No terminaba de entender qué estaba pasando, pero si Luke había aparecido en mi casa a la madrugada, llorando y rogándome ayuda después de que le había gritado que jamás volviera, algo estaba muy mal. Lo más lógico era que le pidiera que se fuera. Esa era la reacción que Luke se merecía, después de lo que me había hecho, y la que mis padres habrían aprobado. Miré atrás, temiendo que alguno de los dos hubiera despertado por el ruido del coche de Dylan y que estuviera espiando por la ventana para asegurarse de que yo había llegado. No me pareció que hubiera nadie, así que volví a mirar a Luke.

–Lo siento. Disculpa, no debí venir. Fue un error –murmuró.

Recogió su guitarra y se volvió. No se dirigió al camino que llevaba a la acera, sino hacia el costado, atravesando el césped que iba hasta lo del vecino. Me quedé en el lugar, sin saber qué hacer. ¿A dónde iría? ¿Qué le pasaba? ¿Por qué estaba así?

Mi voz abandonó mi garganta antes de que pudiera razonar.

–No –susurré, y corrí tras él.

Cuando rodeé su brazo y Luke se volvió, toda nuestra historia pasó por mi cabeza en un microsegundo. La noche que nos conocimos, nuestra cita en el museo, cuando tuvimos relaciones. Los buenos sentimientos que había experimentado a su lado ablandaron mi corazón confundido, y en una fracción de segundo, despedazaron todo lo demás.

No quería convertirme en una de esas chicas que Liz y yo criticábamos, pero tampoco quería ir en contra de mi instinto. Luke había estado para mí cuando yo más lo necesitaba. Me había ayudado a sobrevivir cuando pensé que todo se derrumbaba, me había fortalecido cuando yo no era más que un junco débil y quebradizo. Ahora él parecía necesitarme, ¿huiría yo de su lado?

Debí haberle ordenado que se fuera. Debí decirle que mis padres no querían que estuviéramos juntos, que al fin había conseguido construir una vida en la que me sentía contenta y segura. Debí haberlo ignorado como él había hecho conmigo para dejarme, pero en cambio estiré los brazos y le rodeé el cuello con ellos. En lugar de echarlo, lo abracé, y él dejó caer el bolso y me abrazó por la cintura. No corrí ni escapé: me apreté contra su pecho y permití que el deseo, la adrenalina y el cariño renacieran de nuevo.

Había sucedido lo inesperado. ¿O quizás lo esperaba?

El peligro acechaba: sería fácil perderme otra vez en Luke "Dark Shadow" Wilston.

31
El lugar donde ya no hay dolor

Puse las manos sobre los hombros de Luke y lo miré. De pronto me di cuenta de que seguíamos en el jardín de mi casa, y de que no tenía idea de cómo ayudarlo. No podía invitarlo adentro, papá y mamá terminarían de destruir su ánimo a fuerza de maltratos si lo veían en la sala. Debía actuar rápido, antes de que volviera a arrepentirse de haber buscado mi ayuda y decidiera irse.

—¿Tienes dinero? —pregunté, y lo solté para meter la mano en mi bolsillo. Saqué la tarjeta del transporte público. Por suerte la tenía conmigo—. Ven —le dije. Lo tomé de la mano y empecé a caminar en dirección a la calle.

Lo solté ni bien me aseguré de que me seguiría. A decir verdad, ya no éramos novios, e ilusionarme con que volviéramos a tener una relación habría sido estúpido. Las manos unidas no colaboraban con el escudo que necesitaba formar para protegerme de la fantasía. Mis padres jamás nos permitirían estar juntos, ni tampoco lo que nos había pasado y el modo en que él me había dejado. Todo conspiraba en nuestra contra, y cuando el destino hablaba, había que escucharlo.

Tomamos el metro y nos sentamos en un vagón prácticamente vacío. Uno junto al otro, como hermanos. Sin embargo, había tantos recuerdos en mi mente que temí sonrojarme.

Para evitar avergonzarme, pensé en las razones que podían haber llevado a Luke al jardín de mi casa en plena madrugada. Lo miré: estaba cabizbajo, sus ojos todavía se veían irritados y se tocaba la herida de los nudillos. Ni siquiera lo medité y puse mi mano sobre las de él. Alzó la cabeza y nos miramos.

—¿Cómo te lastimaste? —pregunté.

—Golpeé una pared —explicó. Me estremecí.

—Podrías haberte quebrado los huesos.

—Mi intención era quebrar los de alguien.

—Lo imaginé —miré por sobre el hombro para asegurarme de que nadie estuviera escuchando. Solo había un vagabundo dormido. Aun así, hablé en susurros—. ¿Te encontraste con los sicarios que nos dispararon?

Luke negó con la cabeza.

—No. ¿A dónde vamos?

Suspiré. No me gustaba quedarme sin una respuesta concreta, pero lo acepté por él; sin duda no quería dármela.

—A lo de la única persona que puede ayudarnos en estas circunstancias —contesté, y callamos.

Quité mi mano de las de Luke y me puse a mirar por la ventanilla. No había nada que ver, pero al menos no tenía que seguir concentrada en él. Era capaz de contemplar la negrura del túnel antes que seguir lidiando con la marea de emociones que se agitaba dentro de mí.

Pensaba en que por suerte faltaba poco para que bajáramos, cuando Luke puso su mano sobre las mías. Mi cuerpo sufrió otra sacudida; no me había dado cuenta de que las apretaba hasta ese momento. Estaba nerviosa. Nos miramos de nuevo.

–¿Cómo estás? –preguntó.

–B… bien –respondí, un poco confundida.

–Me refiero a tu herida.

–Ah. Bien. Lo que se ve sanó correctamente. Lo de las costillas no es tan rápido: lleva tiempo y no existe tratamiento –me di cuenta de que quizás estaba hablando en japonés para él, así que me apresuré a dar aclaraciones–. Sucede que la bala provocó una…

–Ya sé. Ya sé todo –me interrumpió.

–Entonces, ¿sí fuiste al hospital?

–Todos los días.

Sentí que el corazón se me estrujaba.

–Pero no entraste a verme.

–No.

–¿Mis padres te lo prohibieron? ¿Te enfrentaron? ¿Qué te dijeron?

–Sí, y me echaban cada vez que me veían. No importa qué me dijeron, tenían razón.

–Estoy segura de que no tenían razón.

–Eso ya no importa.

El tren se detuvo justo cuando iba a insistir. Debí suspender la conversación en el momento menos indicado.

–Tenemos que bajar –dije, y me puse de pie. Luke recogió sus cosas y me siguió.

La estación de Canal Street en plena madrugada daba miedo. Aunque iba con Luke, aceleré el paso. Cuatro chicos aparecieron poco antes de que llegáramos a las escaleras. Sus miradas sobre mí lograron inquietarme. Empezaba a sufrir un escalofrío, cuando sentí los dedos de Luke entrelazándose con los míos. La mirada de los chicos se trasladó a él. Enseguida cambiaron de dirección y pasaron junto a nosotros como si no existiéramos.

—Es una porquería vivir en un mundo donde, si una chica va sola, puedes molestarla, pero si va con un chico con pinta de matón, miras para otro lado —dije.

—Lo siento —contestó, y me soltó. Lo miré al instante, de pronto sentía mucho frío; no quería que se alejara, aunque sabía que era lo mejor—. Lamento que lo tengas difícil en este mundo —aclaró con voz pausada—. ¿Por qué bajamos aquí?

—Porque vamos al barrio chino.

—Tu abuela —arriesgó.

—Sí, vamos a lo de mi abuela —acepté. Asintió.

El barrio chino tampoco era un lugar que me gustara visitar de noche. Pero, tal como sucedió en la estación, ir con Luke me hizo sentir segura. Además, tenía una idea en mente, y no desistiría por nada: iba a ayudarlo, y para eso tenía que saber con detalle qué estaba pasando. El único lugar donde podíamos pasar la noche era la casa de la abuela.

—No me dijiste que era una mentalista —murmuró Luke estudiando el escaparate del local. Suspiré mientras golpeaba a la puerta.

—Que tu abuela sea una estafadora no es algo que quieras andar contándole a todo el mundo —rehuí. Luke me miró con expresión compasiva.

—No a todo el mundo, a mí.

—No me pareció importante —puse como excusa mientras me encogía de hombros y seguía desgastando mis nudillos contra el vidrio de la puerta.

—¿Quién es? —preguntó la abuela del otro lado.

—Soy Val —dije.

Ella abrió al instante, ciñéndose la bata a la altura del cuello.

—¡Val! ¿Por qué viniste a esta hora? ¿Qué pasa? —preguntó de forma atolondrada. De pronto miró al costado y se dio cuenta de que iba acompañada—. ¿Val...? —murmuró.

—Es Luke. ¿Podemos pasar?

—Sí, claro —dijo ella, y se apartó para que entráramos. Una vez que estuvimos dentro, cerró y me sujetó de los hombros—. Val, ¿estás bien? Esto es muy raro. ¿Tus padres saben que viniste? ¿Estás segura de que...?

—Tranquila —intervine, poniendo una mano sobre la de ella—. Necesitamos pasar la noche aquí. Por favor.

—¿Por qué? ¿Por qué estás con él? —señaló a Luke.

—No sé —la abuela frunció el ceño—. De verdad, no lo sé. Si nos dejas pasar la noche aquí, quizás pueda averiguarlo.

Me liberó y se aproximó a Luke, que había dejado caer sus cosas y estudiaba la mesa con las cartas. Cuando ella se le plantó adelante, la miró.

—Mucho gusto, señora —dijo—. Disculpe la hora, no sabía que Val me traía aquí y, cuando lo supe, era tarde para retroceder. Soy Luke. Luke Wilston.

Extendió una mano con intención de que mi abuela se la estrechara, pero ella no lo hizo. Tan solo siguió mirándolo de brazos cruzados, con los ojos entrecerrados.

—Escapaste de casa —murmuró.

—Sí —admitió él, escondiendo la mano.

—Necesitabas pasar la noche en un lugar seguro y fuiste a lo de mi nieta.

—Algo así. Casi. Sí.

—¿No pensaste que sus padres no querrían verte cerca de ella?

—¡Abuela! —exclamé.

—Todo el tiempo —contestó él—. Pero era eso o... —se interrumpió.

—¿O qué? —lo alentó ella.

—O hacer cosas que no quiero.

La abuela asintió apretando los dientes.

—Ya las has hecho —determinó con seguridad arrolladora. Luke bajó la cabeza.

–Alguna, tal vez.

La abuela suspiró y dio un paso atrás.

–Está bien –admitió al fin–. Pero primero tendremos una conversación en mi comedor. Adelante –indicó el camino con el brazo extendido.

Luke recogió sus cosas y avanzó delante de ella. Yo los seguí; todavía procuraba entender lo que ella había adivinado de él.

Nos sirvió té y galletas. Luke acarició el borde del plato sobre el que descansaba su taza y sonrió; supongo que pensaba en lo que él no tenía, o quizás en lo que alguna vez había tenido.

La abuela se sentó frente a nosotros, cruzada de brazos. No dejaba de mirar a Luke, ni Luke a ella.

–Peleaste con alguien –dijo la abuela. Él asintió.

–Estás perdiendo la astucia, hasta yo me di cuenta de que se había peleado con alguien –intervine, y luego miré a Luke–. No le hagas caso, no es una mentalista, tan solo deduce cosas acerca de ti por tu aspecto.

–¿Cuánto consumiste? –soltó ella. La miré hecha una furia.

–Luke no consume drogas –aclaré.

–Sus ojos no dicen lo mismo. Están irritados, y no es solo llanto.

Él permaneció callado. Uno, dos, tres segundos…

–Fue solo un cigarrillo de marihuana. Uno solo, lo juro.

¡No podía ser! Sentí que Luke me había traicionado y, sin duda, se notó en mis ojos cuando lo miré.

–¡¿Qué?! –exclamé. Él siguió hablándole a mi abuela.

–Tenía que tranquilizarme rápido. No podía ir a buscar a Val en el estado en que me encontraba.

–Y preferiste que te viera drogado antes que nervioso, o violento, o como sea que estuvieras.

–Sí. Créame, es mejor.

—¡Luke! —le grité—. ¡Me dijiste que no te drogabas!

—No me drogo.

—¿Y cómo le llamas a lo que hiciste? No me tomes por tonta. Me dijiste que...

—Val —me interrumpió la abuela—. Está bien. Es un chico sincero, y cuando alguien es sincero contigo, no lo juzgas: intentas comprenderlo. Si le gritas, sentirá que no puede ser honesto contigo, y así comienzan las mentiras. No hagas que cambie, y si has encontrado a alguien honesto, no lo pierdas por nada del mundo —enmudecí con sus palabras, y ella volvió a mirar a Luke—. Podrás quedarte, pero solo por esta noche. Tendrás que volver a casa en algún momento. Estoy segura de que tus padres...

—Mi madre —intervino él—. Y no. Mi madre no estará preocupada por mí ni se quedará esperándome.

Sentí un escalofrío. Era la primera vez que Luke hablaba mal de su madre; creí que, por la culpa de haberla rechazado durante la preadolescencia, la tenía en un pedestal.

—A veces pensamos eso, pero en realidad... —intentó la abuela. Él no la dejó terminar.

—Usted no conoce a mi madre. Ni a mi padre. Ni a mi hermano. Quizás Val le contó algunas cosas, o se enteró de lo que se dijo a raíz del tiroteo, pero... —suspiró—. No importa. Le digo la verdad: nadie está esperándome. Aun así, me iré mañana. Incluso me siento avergonzado de tener que quedarme en su casa esta noche.

La abuela sonrió, negando con la cabeza. Al fin volvía a ser la persona que yo conocía.

—No tienes nada de qué avergonzarte. Vergüenza sería no haber pedido ayuda a tiempo. Los llevaré a una habitación libre, podrán conversar y dormir ahí —me miró—. Dormir —repitió.

—¡Abuela! —exclamé.

—Solo conversaremos y dormiremos, se lo prometo —respondió Luke.

Ella asintió con otra sonrisa y se puso de pie.

—Pasa por el baño primero —sugirió—. Necesitas higienizarte ese raspón que tienes en la mano y lavarte la cara. Hay un botiquín con elementos de primeros auxilios en el mueble junto al retrete.

Luke asintió y también se levantó. La abuela lo condujo al baño y las dos lo esperamos en la sala con sus cosas.

—Es un buen chico —susurró la abuela acariciándome el pelo—. Pero tiene que salir de ese mundo antes de que pueda estar contigo. Lo entiendes, ¿verdad, linda? —acarició mi mejilla—. No quiero sonar a mi hijo, pero mientras Luke siga en ese ambiente de drogadictos y matones no es un chico para ti. Lo siento. De verdad.

Iba a responder, pero él salió y no quería que se enterara de que mi abuela también lo consideraba peligroso. La verdad, yo no lo había creído hasta que ella me lo había dicho hacía un instante. Desde hacía tiempo, la palabra de mi abuela me daba mil veces más confianza que la de mis padres.

Ella nos llevó a la habitación, acomodó un poco la cama y me apretó el hombro como despedida. Cerró la puerta al irse. Cuando volteé, Luke se había sentado sobre la cama.

—Sabes que para que pueda ayudarte tendrás que hablar, ¿cierto? —pregunté.

—Ya estás ayudándome —respondió—. Cuando te pedí ayuda no me refería a que hicieras nada concreto. Solo con verte hubo destellos de luz. Eso era todo lo que necesitaba.

Luke. ¡Maldito Luke! Con cada cosa que decía en ese tono sufrido y sereno, sentía que su mano entraba en mi pecho y apretaba mi corazón hasta ahogarlo. Suspiré, me descalcé y me senté a su lado subiendo las piernas.

—No me conforma —dije—. Necesito saber qué pasó y qué harás.

Pasamos unos segundos en silencio hasta que él decidió hablar:

—Estoy ayudando a la policía a encontrar a los tipos que te lastimaron, ¿lo sabías?

—No. Solo supe que delataste a tu hermano —él asintió.

—Era parte de hacer justicia. Supongo que nunca terminé de tomar en serio su relación con las drogas hasta que me di cuenta de que no solo podía arruinar su vida y la de su familia, sino también la de otros. Pero mi madre no lo entendió así. Ella siempre defendió a Francis, y ahora me odia.

—Estoy segura de que no te odia.

—Me odia, Val. Dice que soy un malnacido, que nunca quiso tenerme, que haber pasado aquel tiempo con mi padre me transformó en un hombre como él: alguien capaz de echar a una mujer embarazada de su hijo y luego volver para robárselo o alguien capaz de delatar a su propio hermano. Está enferma. Enferma de dolor, de esta vida, de mi hermano. Pero él es todo para ella: es el que sí estaba mientras yo me iba con mi padre y la despreciaba, el niño que crio a su manera, sin la intervención del hombre rico que se aprovechó de ella. Supongo que cada vez que me ve, lo ve a él, y la entiendo. No puedo juzgarla por eso.

—¡Pero tú la amas! Renunciaste a todo por ella mientras tu hermano podía matarla.

—Suena injusto, ¿verdad? Sucede que yo no lo pienso de esa manera.

—No me importa cómo lo pienses, es la verdad. ¿Con quién te peleaste?

—Con unos tipos que vinieron a buscar a mi hermano. No sabían que estaba en prisión, eran sus clientes y él les debía mercadería. Les dije que no estaba y creyeron que mentía, así que intentaron golpearme, y me defendí. Mi madre apareció y empezó a insultarme. Todo fue caótico, pero al menos sirvió para que un vecino llamara a la policía y ellos se fueran.

—Eso ya había pasado otras veces, ¿cierto?

—Sí. Pasaban cosas así a veces, pero yo no sabía que mi hermano era vendedor. Lo descubrí al revolver sus cosas y al averiguar con algunos conocidos después de lo que nos pasó.

Sentía que una estaca se enterraba más y más en mí.

—¿Por qué te fuiste? ¿Por qué ahora y no antes?

La mirada de Luke se volvió transparente.

—Porque te amo, Val —respondió con la voz ahogada—. Y contigo recordé que no soy ese chico que pelea con matones, que escapa de vendedores de drogas y que soporta los insultos de su madre. Soy el chico que habla con pasión de arqueología, que toca en una banda de rock y que ríe contigo en una playa al amanecer. Soy el que te invita a cenar a algún restaurante lindo y hace el amor contigo amándote realmente. Todo eso soy. Y lo siento por mi madre, pero no puedo ayudarla. Llega un punto en el que nos damos cuenta de que algunas cosas son demasiado grandes para nosotros, y creo que esto me ha superado: no puedo hacer nada por mi madre si ella no quiere hacer nada por sí misma. La policía me prometió que la ayudaría. Confío en ellos. Yo… me cansé. No puedo vivir más así. No quiero volver ahí.

Sus ojos se inundaron de lágrimas. Dejé de resistir el dolor y lo abracé. Luke se aferró a mi camiseta y lloró sobre mi hombro, liberándose, quizás por primera vez, de todo lo que lo torturaba por dentro.

Se apartó unos minutos después, aunque yo seguía acariciándolo.

—El problema es que no tengo a dónde ir —concluyó.

Le alcé la cabeza poniendo un dedo debajo de su mentón.

—Los dos sabemos que sí tienes a dónde ir.

Luke negó con la cabeza y se apartó. Buscó un pañuelo y se secó la nariz.

—No —determinó—. No volveré con mi padre.

—Luke —le tomé la mano—. ¿De qué tienes miedo?

Él bajó la mirada y esbozó una sonrisa amarga.

—Te pareces mucho a tu abuela —soltó.

—Es fácil adivinar que estás asustado.

Me miró de nuevo.

—¿Por qué tendría que recibirme? Ya no soy un niño, ¿para qué me querría a su lado y con su mujer?

—Porque eres su hijo, y si alguna vez te amó, todavía te ama.

—No lo creo —negaba con la cabeza.

—Si no haces el intento, nunca lo sabrás.

—¿Qué pasa si voy y no quiere recibirme? ¿Y si me echa? No tengo ganas de sentirme como me siento hoy.

—Si no quiere recibirte o te echa, me tendrás a mí. Estaré ahí para cumplir lo que te prometí: te abrazaré. Te abrazaré y seré el lugar donde ya no hay dolor.

32

Todo es gris

Acostados uno junto al otro, con la luz apagada, mirábamos la oscuridad del cielorraso.

—Sé que no tengo derecho de preguntar, pero ¿quién era el chico que te dejó en tu casa? —indagó Luke.

—¿Quién era la chica que estabas besando la última vez que te vi? —le devolví yo, gozando de una pequeña venganza.

—Ojalá lo supiera —respondió él. Lo dejé sufrir un par de segundos.

—Es Dylan, el líder de la banda en la que toco la batería.

Giró y me miró.

—¿Estás tocando en una banda?

—Sí —admití, sonrojada. Estaba junto a un experto y me avergonzaba de ser una novata.

—¿Qué tocan?

—Nirvana y Foo Fighters.

—¿En serio? Jamás habría apostado a que tocarías ese estilo de música. ¿Y cómo van las clases de boxeo?

—Tuve que dejar. Mamá me las prohibió porque acepté un entrenamiento con rival.

—¡Val! Me prometiste que no aceptarías peleas.

—¿Dónde quedó eso de "sé que no tengo derecho"? —¡maravillosa, maravillosa venganza! Tenía un sabor tan dulce…

—Golpearse con la gente no es divertido, y eres demasiado hermosa para perder la forma de tu tabique nasal o llevar un magullón en tu rostro por una semana.

Me hizo reír. Si no hubiera sabido que ya no era mi novio, me habría sentido tan bien como cuando lo era. Todavía tenía la capacidad de hacerme pasar por todas los emociones, incluidas las cosquillas en el estómago.

—Es solo un deporte y ya no estoy practicándolo, ¿ok?

—¿Tu padre ya confesó la verdad?

—Aún no.

—¿Cómo está tu madre?

—Mejor. Lo del tiroteo la hizo retroceder un poco, pero está bien.

Eso me recordó que, seguro, me estaban esperando en casa todavía, así que extraje mi teléfono del bolsillo y le envié un mensaje a papá:

> Estoy en lo de la abuela, volveré a casa mañana al mediodía. ✓
> Ayúdame con mamá. Gracias.

—¿Y cómo estás tú al respecto? —indagó Luke mientras yo seguía con el teléfono, mirando sin mirar una notificación del grupo del colegio.

—Bien. Al principio quedé un poco asustada, pero creo que ya lo superé.

Se produjo un rato de silencio en el que, de verdad, me metí dentro del móvil.

—Val… —susurró Luke.

–Mmm... –murmuré. Podía sentir su mirada cálida fija en mí, su dedo acercándose a mi pelo, su yema pasando por mi sien.

–No quise lastimarte. No quise comportarme como un idiota.

Hice a un lado el teléfono, suspirando, y lo miré a los ojos.

–Eso fue justo lo que hiciste –dije, con algo de rencor acumulado pero, por sobre todo, con mucho dolor.

–Lo siento.

Fue lo último que nos dijimos antes de que él se volviera y se pusiera a dormir. O quizás lo estaba intentando, como yo. Ya casi amanecía y ninguno había pegado un ojo en toda la noche.

La abuela nos despertó a las nueve de la mañana. Después de usar el baño, nos encontramos los tres en el comedor. Ella nos convidó con té y una tarta casera.

–¿Ya han decidido lo que hará Luke? –preguntó. Él y yo nos miramos.

–Sí –dijimos al unísono.

Ni bien terminamos de desayunar, Luke recogió sus cosas y la abuela nos acompañó a la puerta.

–Gracias –le dije, y le di un abrazo. Ella me besó en la frente mientras me acariciaba el rostro y nos despedimos.

Esta vez me dejé conducir por Luke, ya que solo él sabía a dónde nos dirigíamos. Caminamos a la estación y tomamos el metro. Me sorprendí cuando bajamos en Upper East Side, un barrio exclusivo por el que habíamos andado mil veces en nuestras salidas al Central Park.

Luke se detuvo delante de un edificio antiguo, uno de esos que todo el tiempo están restaurando para mantener intactos. Estudió el largo portero eléctrico dorado y de pronto, giró para mirarme.

–No puedo. Mejor, vamos.

Reí en su cara, sin importarme cómo fuera a tomarlo.

–¡Dios mío! ¿Todos los hombres son tan cobardes? –protesté.

–No entiendes. Él no me querrá aquí. De hecho, ni siquiera debe estar en casa.

–Es domingo, ¿por qué no va a estar en casa? Deja de poner excusas. Toca ese timbre o dime cuál es que lo toco yo.

–Para ti es fácil porque no has estado en mi lugar. Yo…

–Luke: es tu padre. Mi padre es una basura por engañar a mi madre, pero sé que me quiere. Los años que tú y ese hombre pasaron juntos, él también te quiso; nadie puede fingir durante tanto tiempo.

–Dormiré en el taller –determinó, bajando el escalón de la entrada–. Le pediré a mi jefe que… –negué con la cabeza, subí el escalón y abrí la mano sobre el panel de timbres–. ¡Val, no! –exclamó Luke, desesperado.

–Tocaré todos los timbres a la vez si no me dices cuál es.

–No puedes hacer eso –dijo, y jaló de mi brazo.

–¿Ah, no? ¡Suéltame! Todavía tengo las costillas débiles –me soltó de repente. No sé si había entendido que estaba mintiendo, pero lo aproveché–. Dime o tocaré todos.

–Es el piso nueve, pero… –apreté el botón antes de que terminara la frase, bajé el escalón y lo empujé para que quedara delante del portero eléctrico.

Suspiró. Si no hubiera sido un experto en ocultar sus emociones, habría estado temblando.

"Hola", dijo una mujer con acento español.

–Hola, Betty, soy Luke. ¿Mi padre está ahí? ¿Puedes abrirme?

–¿Luke? –repitió ella, sorprendida–. Espera.

Se oyó que apretaba el botón de colgar. Luke me miró, los nervios escapaban por sus ojos. Pasaron tres minutos. Cuando yo también empezaba a pensar que había perdido la apuesta y comenzaba a preocuparme, se oyó la puerta. Los dos miramos la manija al mismo tiempo. A los dos segundos, había un hombre alto y fornido que ocupaba la abertura.

Tenía puesto un pantalón de vestir negro y una camisa blanca con los puños remangados. Un Rolex rodeaba su muñeca izquierda y llevaba un grueso anillo de bodas. No se parecía mucho a Luke, pero algo en la energía que lo rodeaba terminó de confirmarme que era su padre. ¡Había bajado a abrirle en persona!

Luke se quedó mirando, los dos en perfecto silencio.

–Yo… –susurró Luke, bajando la cabeza. Respiró profundo–. No quiero volver a casa. ¿Puedo quedarme contigo?

Nunca imaginé que sería tan directo. Le estaba pidiendo vivir en su piso después de casi cinco años sin contacto, sin darle explicaciones. La respuesta del hombre se hizo esperar tanto que, por un momento, creí que lo echaría volando. Cuando estiró los brazos y atrapó a Luke entre ellos para abrazarlo como si todavía fuese un niño, creí que me echaría a llorar allí mismo.

No podía creerlo: mis predicciones habían sido acertadas. El señor Foster amaba a su hijo, y a pesar de haber desaparecido cuando Luke le había dado la orden, no lo había olvidado y lo estaba perdonando sin necesidad de más. Luke había ido a buscarlo, eso era suficiente. Las personas no eran buenas ni malas todo el tiempo, al parecer esa era la lección del día. Existían los grises.

Mientras los miraba abrazados, me di cuenta de que tenía el privilegio de asistir a un momento único en la vida de dos seres humanos. Un instante que, sin duda, atesorarían para siempre, porque había cambiado la realidad de ambos. Me sentí feliz. Haber contribuido, aunque fuera un poco, para que dos personas lograran hallar lo que les hacía bien, me hacía bien a mí.

El señor Foster y Luke se separaron. El hombre dejó las manos sobre los hombros de su hijo y se quedó un instante quieto, mirándolo a los ojos. Esbozó una sonrisa casi imperceptible y me miró.

–¿La chica viene contigo? –preguntó. Tenía una voz fuerte y grave.

–Sí –respondió él, girando la cabeza para mirarme–. Es mi... es Val.

"Es mi...". ¿Novia?, ¿amiga?, ¿exnovia? Le sonreí al señor como saludo y él asintió con la cabeza. Enseguida nos abrió el paso.

El hall presagiaba la exclusividad del resto del edificio. Atravesamos el pasillo alfombrado, decorado con espejos y plantas, y fuimos al elevador. Mantenía el aspecto antiguo del resto de la decoración, sin embargo era moderno. Subimos hasta el noveno piso y salimos a un recibidor. Estaba cubierto por una alfombra persa. Había una mesa vidriada de bordes dorados, un espejo con bisel negro, una planta y un paragüero. La puerta de madera clara lustrada y labrada se abrió, y dio paso a una sala y comedor. Había dos sofás, una mesita, más alfombras persas y una mesa larga con sillas de madera. 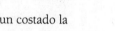 Los cuadros de las paredes, los muebles, el hogar de mármol y las ventanas que daban a la calle 62 daban cuenta de la riqueza que se ocultaba en cada detalle de ese sitio.

Entramos y nos sentamos en uno de los sofás. Luke dejó a un costado la mochila y la guitarra, justo cuando una señora vestida de mucama apareció.

–¡Luke! –exclamó con una sonrisa. Se notaba que estaba contenta de verlo.

Luke se puso de pie y la abrazó.

–Tráenos algo fresco, Betty, por favor –pidió el señor Foster, sentándose en el sillón de enfrente. Cuando la señora se fue, respiró profundo–. Debo admitir que estoy sorprendido –le dijo a Luke–. Gratamente sorprendido.

Luke bajó la cabeza. Me pareció que estaba un poco incómodo o avergonzado.

–Yo... –murmuró. Le costaba expresarse.

–No te estoy pidiendo explicaciones –aclaró su padre.

Betty apareció con una bandeja y nos dejó un vaso de refresco para nosotros y un whisky para el señor Foster. Resultaba evidente que conocía los gustos de todos, hacía años que debía trabajar para la familia.

—¿Y Margaret? —interrogó Luke. Supuse que se refería a la esposa del señor Foster. El hombre bajó la cabeza, el silencio que siguió a la pregunta de Luke me dio miedo.

—Margaret murió el año pasado.

Sentí el dolor de los dos en la mirada que se dedicaron. Creo que Luke no imaginaba que la mujer había muerto. Instintivamente puse una mano en su rodilla en gesto de apoyo.

—Pero… —balbuceó—. Su ropa…

—Ah, sí —intervino el señor Foster—. Las cámaras de seguridad te filmaron en la casa de la playa. No he regresado allí en mucho tiempo, por eso todo está intacto.

Me dio un escalofrío. Primero, porque había usado la ropa de una mujer fallecida, así como hacía con las prendas de mi hermana. Además, las cámaras de seguridad nos habían filmado. ¡¿Y si el padre de Luke nos había visto tener sexo en su habitación?!

Tal vez Luke se dio cuenta de que yo estaba al borde de un desmayo; su mano se deslizó hacia la mía, que todavía estaba en su rodilla, y la cubrió.

—Creí que las había desactivado cuando digité el código en el panel —balbuceó Luke. Supuse que tenía el mismo miedo que yo.

—Sí, lo hiciste una vez que estabas adentro, pero hice mejoras en el sistema en estos años, y ahora me llega una notificación al móvil cuando alguien ingresa a alguna de mis propiedades. La cámara te había filmado en la entrada y mientras desactivabas el sistema desde el panel.

Luke estaba tan helado como yo pero, al menos, ya no había riesgo de que nos hubiera visto teniendo relaciones.

—¿Y no dijiste nada? —preguntó. Su padre se encogió de hombros.

—Es tu casa, ¿por qué habría de reclamarte algo?

—Lamento lo de Margaret —murmuró Luke—. Nunca creí que… —se interrumpió. Le costaba pronunciar "que moriría", como me había pasado en un comienzo con la muerte de Hillie—. Me habría gustado volver a verla.

El señor Foster sonrió.

—Siempre te recordó. De hecho, no había oportunidad en que no me recriminara que no fuera a buscarte, pero hice lo que consideré mejor. El tipo de vida que llevabas de una casa a la otra te estaba haciendo mucho daño. Espero que hayas encontrado paz, aunque sea por un tiempo.

¡Vaya! ¿Así que otra vez yo había tenido razón? Si el señor Foster no había regresado a ver a Luke, era por su bien, no por egoísmo.

—No volviste —murmuró él, mirando al hombre a los ojos.

—Me pediste que no lo hiciera. Me lo pediste de verdad, y odiaba verte sufrir. ¿Terminaste el colegio, o tu madre me mintió?

—¿Qué? —balbuceó Luke con el ceño fruncido.

—Ella me dijo que terminaste el colegio, pero siempre dudo de su palabra.

—¿Hablas con ella?

—Por supuesto que hablo con ella. Claro que lo que más le interesa es la mensualidad que deposito en su cuenta bancaria, así que a veces se niega a atenderme. Pero en cuanto el depósito se atrasa unos días, ella misma llama, y así obtengo algunos datos. Por ejemplo, siempre me interesó saber si alguna vez estabas enfermo, cómo te iba en la escuela, si te metías en algún problema… Ella siempre dice que todo está bien. Le insistí en que te impulsara a ir a la universidad, pero creo que no hubo caso.

Percibí la tensión y sorpresa de Luke en mi propio cuerpo. Entonces, lo que había percibido en la foto de la mujer era cierto: había sido una víctima, pero la vida le había enseñado a ser victimaria.

—Tú… ¿le envías dinero? —repitió Luke.

—Claro que sí. ¿Tu madre no te lo dijo? Es para ti. Y bueno, también para que ella pueda tener una vida mejor. Me porté muy mal en el pasado y no quiero cometer otra vez el mismo error.

Luke bajó la cabeza; estaba pálido. Había creído durante años que su padre era un desgraciado, y ahora resultaba que el dinero que le había enviado todo ese tiempo había ido a parar a las deudas de Francis. Era evidente lo que su madre había hecho con la mensualidad que le correspondía a su hijo menor.

—Necesito ir al baño —dijo, y se levantó. Podría decirse que huyó.

El señor Foster se quedó mirando el pasillo por el que Luke desapareció y luego trasladó sus ojos a mí.

—¿Acaso…? —murmuró. Jamás terminó la frase.

—Luke creía que usted se había desentendido de él, tal como la primera vez —respondí con cuidado—. ¿Imagina por qué vino a pedirle que le permita quedarse en su casa? —negó con la cabeza—. Hace tres meses unos hombres abrieron fuego contra el automóvil en el que Luke y yo viajábamos, y resulté herida. Íbamos en el coche de su hermano mayor, que como usted debe saber, es un drogadicto. Luke descubrió que, además, también era vendedor, y que les debía dinero a esas personas que tirotearon el vehículo. Luke está ayudando a la policía, así que delató a su hermano, y su madre enfureció —me acerqué más al señor Foster para decir lo siguiente; no quería que Luke escuchara, si es que regresaba enseguida—: Él ha renunciado a todo por devolverle a su madre algo de lo que creyó que le debía. Relegó sus estudios, su relación conmigo, incluso su verdadera personalidad por ella. Hizo un esfuerzo muy grande para venir hoy aquí. Por eso, por favor… déjelo quedarse. Ayúdelo a recuperar su identidad.

—¿Por qué creíste que debías suplicarme eso? —indagó.

—Porque él cree que usted no siempre es una buena persona. Yo me pregunto: ¿quién lo es?

Luke era el chico más bondadoso y altruista que conocía, pero para dejarme me había lastimado más que un disparo. Yo era una chica noble y con sentido de la justicia, pero les mentía a mis padres y a veces me dejaba dominar por sentimientos negativos. Mi padre era el mejor papá del mundo, sin embargo, traicionaba a mi madre. Mi abuela era genial, pero había engañado al abuelo. Mi madre era honesta y generosa, pero había preferido a su hija mayor y estaba obsesionada con mi seguridad ahora. Hilary... Hilary era perfecta, pero estoy segura de que, si yo hubiera tenido tiempo de conocerla mejor, habría encontrado su lado oscuro.

Sí. Las personas no podíamos brillar todo el tiempo. Definitivamente, nadie era bueno o malo siempre. Las personas son grises, como los días lluviosos, como las cosas tristes, como todo.

33

Mi futuro

Mientras Luke seguía en el baño, recibí un mensaje de mamá. Me decía que estaba preocupada y que quería que regresara a casa lo antes posible. Le respondí que ya estaba yendo.

—¿De dónde conoces a Luke? —me preguntó el señor Foster. Me apresuré a guardar el teléfono.

—Lo conocí en un bar.

—Me preocupa eso del tiroteo y de que te hirieron.

Betty me llenó el vaso de nuevo. Le agradecí con una sonrisa.

—Ya estoy bien —aseguré.

Luke regresó. Estaba pálido y desmejorado. Me dio pena dejarlo en ese estado, pero supuse que tendría mucho que hablar con su padre y, además, yo tenía que volver a casa.

—Luke… —susurré—. Tengo que irme.

—Claro —dijo él, y me ofreció su mano. Me puse de pie y miré al señor Foster.

—Gracias —dije, y lo saludé con un gesto de la cabeza. Él respondió de la misma manera.

Avancé hacia la puerta sin aceptar la mano de Luke. No éramos novios; me había dejado de la peor manera y no quería ilusionarme en vano. No le vi sentido a alimentar fantasías que solo me ocasionarían sufrimiento. Primero tenía que poner en orden su vida, y luego veríamos.

No sé si se sintió despreciado por mi gesto, pero no lo demostró. En el elevador, se respaldó en el espejo y no me quitó la mirada de encima. En la puerta del edificio, se quedó de pie en el escalón mientras que yo bajé.

—Me alegra que todo haya salido bien —dije.

—Gracias —respondió él.

Sonreí y me fui. No esperaba que me llamara o que me siguiera. Tampoco lo hizo.

En el metro, rumbo a casa, mis emociones se volvieron contradictorias. Por un lado, estaba tranquila y contenta de que Luke hubiera encontrado un poco de paz en casa de su padre. Por el otro, me sentía desolada sin él. Todos los sentimientos que creí haber enterrado resurgieron con fuerza cuando se me ocurrió que, otra vez, nos habíamos separado. No quería sentirme así, ya había sufrido demasiado. Hubiera querido ser capaz de mandar sobre mí.

Cuando llegué a casa, mamá me estaba esperando.

—¿Quién es esa nueva amiga que te invitó a su casa a dormir? —preguntó. Sin duda era lo que le había dicho papá, ya que le había pedido ayuda y mamá no sabía que yo estaba viendo a la abuela.

Suspiré, preguntándome si seguía la mentira o si decía una verdad a medias. Iba a traicionar a mi padre, pero me pareció que lo mejor sería decir lo más parecido a la verdad. Acomodaría las cosas para que él no quedara tan mal por mi culpa.

—No es una amiga. Eso es lo que le dije a papá —contesté, con la cabeza en alto. Prefería quedar como una mentirosa que perjudicarlo por haberle pedido que me encubriera.

–Val… no me digas que…

–Es la abuela –confesé, previendo su miedo de que hubiera estado con Luke.

Mamá respiró, aliviada, hasta que se dio cuenta de lo que acababa de oír.

–¿La abuela? –repitió.

–Estoy viéndola desde hace un tiempo.

–¿Por qué no me lo dijiste? ¡Le mentiste a tu padre!

–Papá no quería que la viéramos, pero desde que él la echó del funeral de Hillie, quise saber de ella. Llevo viéndola todo este tiempo, y no entiendo por qué papá persiste en rechazarla.

Mamá suspiró y se sentó.

–Siéntate –pidió–. Voy a contarte un secreto.

–Ya lo sé. La abuela me contó que engañó al abuelo, le confesó que amaba a otro hombre y papá y el abuelo la echaron de la casa.

–¿Ella te lo dijo? –se sorprendió mamá.

–Sí, y me parece valiente de su parte haberle dicho la verdad a su esposo. No como otros.

Tuve que morderme la lengua para no seguir hablando. Mamá me observaba, sin poder creer lo que oía. Intentó decir algo más, pero no le salieron las palabras, así que di la conversación por terminada y fui a mi habitación.

A solas, procuré concentrarme en algunas tareas de la escuela, pero de a ratos me encontraba haciendo garabatos en la hoja o tamborileando el bolígrafo al ritmo de *Have It All*, la canción que estábamos practicando con la banda para tocar en el bar dentro de dos semanas. En el fondo, solo pensaba en Luke. Me preguntaba si todavía estaría conversando con su padre, si habrían culminado la charla con un abrazo, si ese sería el último día que yo lo vería.

A la mañana siguiente, encontré que me había agregado de nuevo a sus redes sociales. Lo acepté. Para mi sorpresa, a pesar de cuánto me había herido, no le guardaba rencor, y creí que aceptarlo sería una especie de pacto de amistad. No esperaba nada, y nada sucedió. No le dio "Me gusta" a ninguna de mis publicaciones recientes, no me habló por mensaje privado, no hubo interacción alguna entre los dos. Él no usaba mucho sus redes sociales, nunca lo había hecho, quizás porque su vida no era algo que le gustara mostrar. Agregarme de nuevo fue más una tregua que un deseo genuino de establecer contacto.

Si eso hubiera sucedido unas semanas atrás, habría enloquecido. Me sorprendí de mi propia madurez y de que, en lugar de pensar en lo que yo había sufrido por causa de Luke, seguía pensando en que solo me importaba que él estuviera bien.

El lunes en el colegio una profesora nos preguntó quiénes ya habíamos elegido qué queríamos estudiar. Todos levantaron la mano, excepto un compañero y yo. Luego preguntó si ya sabíamos a qué universidades nos postularíamos. La mayoría dijo que sí.

Miré a mis amigas: Liz era la primera en responder siempre; hacía años que decía que iba a ser abogada. Después de terminar la escuela, Glenn se iría a un seminario bíblico. Eso contaba como estudio, así que también estaba decidida. Me sentía un sapo de otro pozo mientras todos comentaban por qué habían elegido una u otra institución o cómo se veían en diez años. Yo no tenía idea de la vida.

A los que todavía no nos habíamos decidido, la profesora nos sugirió que escribiéramos tres asignaturas que nos gustaran, las tres en las que nos iba mejor y, por último, una situación en la que hubiéramos sentido que habíamos hecho algo bien. Dijo que eso nos ayudaría a orientarnos un poco.

En la hora del almuerzo, mientras esperaba a mis amigas, saqué el teléfono e intenté cumplir con la consigna. Tres asignaturas que me gustaran... Mmm...

No había. Escribí Batería, Boxeo y "Esperando a que algo me sorprenda", solo para no ver el bloc de notas vacío. Las tres asignaturas en las que me iba mejor... Mi vida no era un concurso de buenas calificaciones, pero últimamente me iba bien en todo, así que escribí las que menos me costaban: Literatura, Arte y Español.

Lo primero que se me ocurrió ante la tercera y última consigna fue vergonzoso. Pensé en Luke y en que, si no hubiera sido por mi insistencia, posiblemente no se habría animado a contactar a su padre. Me sentí soberbia y engreída al pensar que había hecho algo importante por él. Pero, por otro lado, me recordó uno de los deseos de mi hermana. Quedaban pocos y me los sabía de memoria:

10. Hacer algo que valga realmente la pena por alguien.

¿Acaso había cumplido ese deseo sin querer? ¿Había hecho algo realmente valioso por Luke? Estaba segura de que era así, y eso me hacía sentir muy bien. Tan bien que ni siquiera había pensado en mi propio dolor o en el rencor que bien podría haber sentido por él. Me di cuenta de que tenía una enorme facilidad para encontrar la solución a los problemas ajenos y que ayudar a quienes se sentían atrapados me hacía sentir importante y valiosa. Me hacía feliz.

Guardé el teléfono en cuanto Glenn se acercó con su bandeja y empezó a hablar de un trabajo que teníamos que hacer junto con Liz. Yo solo podía pensar en que, tal vez, ese simple ejercicio que nos había propuesto la profesora me había ayudado a encontrar lo que quería hacer para el resto de mi vida. O quizás había sido Hillie: cumpliendo sus deseos había podido cumplir uno mío que, al final, era igual al de ella. Tal vez éramos más parecidas de lo que yo creía.

Llegué a casa y taché el deseo número diez de la lista. Después, me puse a investigar. Escribí en Google: "Carreras para ayudar a la gente". Entré a la primera página que apareció en los resultados. No sirvió de mucho, era un artículo largo y pesado que me aburrió. Después de dos intentos más, di con la página adecuada. Había una lista de profesiones que coincidían con lo que buscaba.

Lo primero que leí fue: "Voluntario". *No*, pensé. *Eso sería bueno por un tiempo, pero tengo que trabajar de algo que me permita vivir.* Lo siguiente era Consejero escolar. No tenía alma de maestra y casi no soportaba a mis compañeros cuando se comportaban como idiotas, así que no. Los adolescentes no eran para mí. Médico. No, era pésima en Ciencias. Psicólogo... Me gustaba, pero representaba una ayuda a largo plazo, y yo quería resolver problemas de forma rápida. Trabajador Social. Sí, eso podía ser.

Investigué más acerca de la carrera: en qué consistía, cuáles eran las asignaturas, qué se hacía al egresar, en qué universidades de Nueva York se estudiaba. No quería alejarme tanto de casa, y nuestros ahorros se habían ido en la enfermedad de Hillie y en la recuperación de mamá, así que tenía que ser práctica.

Un trabajador social ayuda en lo inmediato brindando recursos a las personas que atraviesan diferentes problemas: adicción a las drogas, desempleo, vida delictiva, disputas familiares, reinserción laboral luego de la cárcel, solo por citar algunos ejemplos. Un trabajador social piensa que cada una de esas personas puede cambiar su vida y que, aunque no está en sus manos cambiar el mundo, sí puede contribuir a que un individuo mejore el suyo.

Dejé de leer, mi corazón latía muy rápido: ¡era exactamente lo que quería!

Me entusiasmé tanto leyendo sobre mi futura carrera que olvidé por completo las tareas que tenía que hacer. Lamentaba no haberme anotado en la clase de Psicología, como sí había hecho Liz. De haber sabido que me gustaría el trabajo social, lo habría hecho.

Antes de que me diera cuenta, mamá me avisó que ya estaba lista la cena. Bajé leyendo información de la Universidad de Nueva York, donde se dictaba la carrera de Trabajo Social. Cené leyendo las instrucciones para enviar mi solicitud, experiencias de estudiantes y consejos para ser aceptada en una universidad, aunque mi desempeño escolar no hubiera sido brillante.

Cuando terminamos, mamá y papá llevaron la vajilla sucia a la cocina y luego se quedaron de pie del otro lado de la mesa. Me miraban.

–¿Se puede saber qué te tiene tan atrapada? –preguntó mamá con una sonrisa. Supongo que ya habían espiado y me habían visto en la página de la universidad, aunque yo no lo había notado. Vi perspicacia en los ojos de ambos.

Respiré profundo y sonreí con orgullo.

–Encontré la carrera perfecta, lo que quiero hacer para siempre.

Los dos rieron, entusiasmados.

–¿Y qué es? –indagó mamá–. ¿Algo en la rama de la arquitectura, como mamá, o algo más bien legal, como papá?

Mi sonrisa se congeló en mis labios. Nunca me había dado cuenta de lo difícil que era sentir la presión de mis padres, quizás porque nunca me habían presionado, eso solo lo hacían con Hillie.

–Voy a enviar una solicitud para Trabajo Social –contesté con orgullo.

–¿Qué? –soltó mamá, incrédula. Su sonrisa también se había congelado. Papá fruncía el ceño.

–Val, ¿lo has pensado bien? –preguntó–. No es un trabajo fácil. Quizás te

290

demande un poco menos de tiempo de estudio en comparación con Abogacía y Medicina, pero cuando tengas que salir al campo laboral…

–Ayudar a las personas me hace bien –contesté.

–Puedes ayudarlas de otro modo –argumentó mamá–. Esa carrera te arrojaría directo a los drogadictos, los alcohólicos, los presos… La gente como los que te hirieron en ese auto.

Me sorprendió la rapidez con que la decepción dio paso al miedo.

–Un trabajador social no puede ayudar a todo el mundo, solo al que quiere que lo ayuden. Si fuera tan peligroso, no habría trabajadores sociales –respondí.

–Además, más de una vez tendrías que estar en contra de tu padre –siguió mamá. No me extrañó que otra vez no pareciera escucharme.

–Pues sí –respondí con naturalidad–. Las compañías de seguros son lo peor que hay. Pagas todos los meses para que, cuando las necesitas, te digan que no cubren lo que te hace falta. ¿No es así, papá? –reí–. ¿Sabías que tu madre ofrece servicios como mentalista? Ahora que lo pienso, ustedes dos son más parecidos de lo que creía: a su modo, los dos estafan a la gente.

–¡Val! –exclamó mamá.

Bueno, tal vez yo también me parecía a la abuela: ella había dicho que ayudaba a las personas. Yo iba a ayudarlas también.

–¿Hay alguna otra objeción? –pregunté–. Hasta hace poco les preocupaba que no supiera qué iba a hacer de mi vida. Ahora que lo sé, tampoco les gusta mi elección. No se puede vivir conformando a todo el mundo.

Me levanté y fui a mi habitación. Tarde o temprano, tendrían que aceptar que no había nacido para ser la sombra de nadie.

Me acosté y volví a mirar unos videos en los que unos chicos daban consejos sobre cómo elaborar una buena solicitud para la universidad. Pausé la reproducción cuando oí unos golpes a la puerta. Di permiso y se acercó papá. Se sentó en el borde de la cama, cabizbajo.

—Cuando mencionaste a la abuela, creí que le dirías a mamá lo que te pedí que guardaras en secreto –dijo.

—Te envió para que me convencieras de que siguiera buscando carreras, ¿verdad? –indagué. Él rio.

—Nos conoces mejor que nadie –admitió–. No me opondré, Val. Mamá está asustada, pero tampoco lo hará. Queremos que seas feliz.

—Gracias –respondí; de verdad estaba conmovida.

—¿Le dijiste que estás viendo a la abuela?

—Sí. No me gusta mentir –tragué con fuerza y decidí hablar con honestidad–. Papá… ¿No crees que llevas demasiado tiempo en la mentira? ¿Cuándo confesarás lo de esa chica? Dime la verdad: ¿todavía amas a mamá?

Me miró un instante en silencio. Al siguiente, me pareció que sus ojos se llenaban de sufrimiento.

—Siempre la he amado –dijo–. Pero desde que Hillie enfermó, ella es otra persona.

—Quizás tú también eres otra persona. Yo también lo soy. Lo que ocurrió con Hillie nos transformó a todos, y creo que ella sigue transformándonos desde donde sea que esté.

Sonrió cabizbajo, tocando la sábana con un dedo.

—Sí, yo también lo creo –contestó.

—Entonces piénsalo. Si amas a mamá, salgan juntos de esto. Por otro lado, está la abuela. Sigo sin entender por qué la odias.

—Yo no la odio.

—¿Entonces?

—Quizás me dé vergüenza ser tan parecido a ella.

—Quizás no sea cierto. Lo que le pasó a la abuela es distinto: ella dejó de amar al abuelo. Tú acabas de decir que todavía amas a mamá. Son casos distintos.

Papá suspiró y me tocó el pelo.

—Val… ¿Me cuentas cuándo creciste tanto? Maduraste de golpe.

Me hizo reír.

—No fue de golpe —dije—. Primero fue la muerte de Hillie. Después, Luke. Aunque no lo creas, él tuvo mucho que ver con que yo me sienta mejor.

—¿Te sientes mejor?

—Sí. Me siento más segura y optimista.

Papá asintió.

—Eso me hace feliz —respondió, y se levantó—. No te quedes hasta tarde, tienes tiempo de seguir investigando sobre universidades mañana. Prometo pensar en lo que hablamos.

—Gracias.

Asintió y se fue.

Haber hablado con sinceridad me liberó, y a él también. Quizás no todo estaba perdido y podíamos volver a ser una familia. Esperaba que sí.

Para cuando la profesora me preguntó si había servido de algo el ejercicio que nos había recomendado, yo ya tenía planeado todo lo que haría a partir de ese día para alcanzar el futuro que soñaba. Al fin pude decirle que sí. Alto y con orgullo, en representación de cómo me sentía al haber descubierto quién era y quién quería ser. Era la primera vez que podía imaginarme en diez años, la primera vez que pensaba en el futuro, y todo parecía mucho más claro ahora. La incertidumbre había quedado en el olvido: tenía una meta que estaba dispuesta a cumplir.

—¿En serio? ¡Qué alegría! ¿Me cuentas? —pidió la profesora con una sonrisa.

Supe que se sentía feliz de que su consejo hubiera sido útil, aunque sea, para una sola persona. Quizás de eso se trataba ser profesor y trabajador social: no se podía cambiar el mundo, pero sí influir sobre el futuro de alguien. Podíamos dejar huellas, como Hillie las había dejado en mí con su lista y con cada recuerdo de ella. De eso se trata la vida.

¡Sorpresa!

Dylan me abrazó por la espalda. Nunca había hecho eso antes, y de verdad me sorprendió. Estábamos en la habitación que hacía de camerino, esperando nuestro turno para salir a tocar rock.

—¿Estás preparada? —me preguntó.

Se lo notaba entusiasmado. Reí con su cabeza sobre mi hombro; su respiración me hacía cosquillas en la oreja.

Grité levantando un palillo y salimos al escenario. Dylan me llevó de la mano y me soltó recién junto a la batería.

Ya no sentí miedo de equivocarme o de que el público me rechazara. Y aunque todavía me faltaba práctica, me desenvolví muy bien. *Have It All* era otra de mis canciones favoritas y, mientras la tocaba, pensaba en cuánto deseaba que ya estuviéramos practicando *All My Life*, que sería la próxima.

Cuando terminamos de tocar, la gente nos aplaudía todavía más que en la oportunidad anterior. Me levanté con una enorme sonrisa y salí de atrás de la batería para ir al centro del escenario, donde la banda se estaba reuniendo para bajar juntos de él. Los chicos reían y saludaban al público alzando una mano. Todavía no me atrevía a tanto, así que solo miré el tumulto. Apenas pude dar un paso en dirección a la escalera: Dylan no se movía de mi lado. Me abrazó por la cintura, enredó los dedos de la otra mano en mi pelo y me besó.

No pude moverme; no sabía si quería o no ese beso, pero estaba segura de que no podía rechazarlo. Era mi amigo y en ese tiempo me había encariñado con él, no iba a avergonzarlo delante de la multitud.

Cuando me soltó, saludó a la gente que seguía aplaudiendo, volvió a tomarme la mano y nos retiramos del escenario.

No pensé en cómo se seguía después de eso hasta que volvimos a reunirnos en el camerino y los chicos empezaron a bromear sobre nosotros. Dylan puso un brazo sobre mi hombro; era un gesto bastante posesivo. Al parecer me estaba marcando como su novia, o al menos como la chica con la que había iniciado una relación, sin haberme preguntado siquiera si tenía ganas de emprender ese camino.

Por un lado, me sentí bien: era un buen chico, y lo quería. Por el otro, me sentí incómoda. Si le decía que, por el momento, no quería tener una relación con nadie, temía tener que dejar la banda. Me hubiera dolido perder algo que me apasionaba. No quise que pasara vergüenza delante de sus amigos, así que me quedé debajo de su brazo y dejé que me besara de nuevo cuando quiso hacerlo. Por suerte no estábamos solos, y los besos eran superficiales.

Mientras él conversaba con los integrantes de otra banda, todavía con un brazo sobre mis hombros, mis emociones empezaron a tambalear. En un segundo, sentía que lo quería. Al siguiente, que necesitaba respirar. Después de que los sentimientos lucharon en mi interior durante unos minutos, terminó ganando la incomodidad.

–Voy al baño –le avisé en voz baja, tomándole la mano para sacarme su brazo de encima. Él asintió y me dejó libre, no se había dado cuenta de que yo dudaba.

Abandoné el camerino y me mezclé entre la gente, la música y las conversaciones. El lugar estaba lleno y casi no había sitio por donde caminar. Paradójicamente, me sentí libre.

Fui a la salida. Miré atrás: un grupo tocaba sobre el escenario. Suspiré, rogando que esa no fuera la última vez que yo había hecho lo mismo, y atravesé la puerta.

Me crucé de brazos y empecé a caminar en busca de un taxi. La entrada del bar estaba en un pasadizo un poco oscuro, pero desde allí ya se podía ver la esquina donde, más temprano, se había formado fila.

Me bastó doblar para llevarme la sorpresa de mi vida. Mi cuerpo se paralizó, mi corazón dio un vuelco: Luke estaba apoyado en la pared, con los ojos cerrados y una lata de cerveza sobre el muslo. Tenía una pierna doblada y la suela del calzado deportivo contra el muro. Lo recorrí con la mirada de arriba abajo: llevaba puesta una camisa negra a cuadros desprendida sobre una camiseta gris con el logo de una banda de rock y jeans. Las tiras color café que llevaba en la muñeca me recordaron el día en que me había enseñado a tocar un fragmento de *Dust in the Wind* en la guitarra.

–Luke –susurré. Fue evidente que su corazón también saltó. Se despegó de la pared y giró hacia mí. Nos miramos en silencio un momento mientras yo intentaba adivinar qué significaba el brillo en sus ojos–. ¿Qué estás haciendo aquí? –indagué. Él respiró profundo.

–Compartiste una foto de la página de tu banda en la que anunciaban que este sábado tocarían aquí –respondió–. Me moría por verte. Eres hermosa cuando tocas la batería. Tus mejillas se encienden, tu rostro se apasiona casi tanto como cuando hacíamos el amor –calló de pronto. Tal vez se asustó por mi expresión. Es que jamás, jamás, hubiera esperado que dijera algo así. Bajó la cabeza–. No debí decir eso, lo siento. Ni siquiera debí venir. No quiero interferir en lo que sea que tienes con ese chico. Yo… Quería que supieras que… Mejor, me voy.

Sí, tenía que irse. Tenía que dejarme seguir con mi vida de una vez por todas. ¿Hasta cuándo íbamos a jugar a te quiero, te olvido, te quiero de nuevo?

Eso pensaba, pero en cuanto me dio la espalda, arrojó la lata a un cesto de basura y empezó a caminar, mi cuerpo tembló. Mi corazón retumbaba "casi tanto como cuando hacíamos el amor".

–¡Luke! –exclamé. Él giró de inmediato, y yo corrí a su encuentro. Quedamos frente a frente, mirándonos de nuevo–. ¿Me acompañas a algún lado? Tomemos un taxi o un autobús.

–Vine en auto.

–Entonces tomemos tu auto –bromeé. Él no rio.

–Val… –susurró–. No quiero traerte problemas. Entiendo que, aunque me sienta celoso, no tengo derecho. Cuando ese chico te besó, quise subir al escenario y partirle la cara, pero ¿quién soy?

–Basta –ordené con los dientes apretados.

–Te perdí porque fui un estúpido. Me alegra que él sea mejor que yo.

–No me haré cargo del beso que Dylan me dio –Luke al fin calló–. Eso no significa que quiera algo contigo, pero podemos hablar. Puedo subir a tu auto y podemos detenernos en algún lugar solitario para conversar. Si viniste, tienes algo para decir. Quiero escucharlo.

Suspiró, bajando la cabeza, y al final terminó aceptando.

Caminamos unas calles hasta que se fue acercando al borde de la acera. Enfilé hacia un coche rojo parecido al de mi padre, pero él se detuvo recién frente a un espectacular Nissan Z amarillo. Me miró con el ceño fruncido. Yo intenté disimular que había perdido noción de lo rico que era y me dirigí al otro auto sin emitir sonido.

Me detuve junto a él, y nuestros brazos se rozaron. Sentí un intenso cosquilleo donde, alguna vez, nuestros cuerpos se habían unido.

–Anda, puedes decirlo –me alentó él.

–¿Qué cosa? –pregunté con el ceño fruncido.

–Que piensas que vine en este coche para impresionarte, que estoy hecho un creído, que…

Me eché a reír como si el tiempo no hubiera pasado y todavía estuviéramos saliendo.

–No pienso eso –aseguré.

–¿Ah, no? –insistió él. Yo negué con la cabeza–. ¿Y qué piensas?

–Que soy una tonta por haber pensado que habías venido en ese auto –señalé el coche rojo–. Y que tendrás muchas chicas haciendo fila por ti, todavía más que cuando solo se sentían atraídas porque eras músico. Así que, si vamos a ser amigos, tendré que advertirte cuando me dé cuenta de que alguna te quiere solo por interés, y tú tendrás que hacerme caso.

Al fin sonrió, y así me pareció todavía más atractivo. Era difícil mantenerme inmune a él y a los recuerdos que nos unían.

–Me parece bien. Seguirás haciendo de mi ángel guardián –contestó.

"Seguirás haciendo de mi ángel guardián". Me sentí importante cuando escuché eso. Quizás no estaba tan errada y sí lo había ayudado mucho. Tanto como él a mí.

Abrió la puerta para que me metiera. Nunca había subido a un coche como ese. Él se sentó y encendió el motor. Rugía y la aceleración era impresionante. Bastó que presionara un poco el acelerador para que pareciera una montaña rusa. Aunque íbamos despacio, en cada semáforo la sensación se repetía.

Mientras cruzábamos el puente de Brooklyn, recibí un mensaje de texto de Dylan.

DYLAN.

> ¿Dónde estás?

Me sentí mal. No podía dejarlo sin respuesta.

VAL.

> Mamá me llamó y tuve que irme, lo siento. ✓

DYLAN.

> ¿Todo está bien?

VAL.

> Sí, no te preocupes. ✓

—¿Es tu madre? —preguntó Luke—. ¿Te llevo a casa?

—No —respondí, y guardé el teléfono.

Terminamos del lado de Brooklyn, en una zona sin nada de movimiento frente al río. Luke apagó el motor y dejamos que solo nos iluminara la luz de la luna.

—¿Cómo has estado? —le pregunté. Hablábamos en voz baja, como si alguien pudiera oírnos.

—Bien —dijo—. Después de que te fuiste, mi padre y yo hablamos durante horas.

—Me alegro. Lamento lo de su esposa.

—Sí, yo también. Era una buena mujer.

—¿Crees que te llevarás bien con él, que podrán vivir juntos?

—Sí.

Nos quedamos en silencio un momento.

–¿Por qué fuiste al bar? –pregunté. Mi corazón quería oír una sola respuesta.

Luke se acercó e inclinó la cabeza. En esa posición me miró alzando los ojos.

–Porque te extrañaba –confesó–. Y quería agradecerte por haberme ayudado.

"Porque te extrañaba". Eso hizo latir mi corazón a miles de kilómetros por segundo. Lo demás me sumergió en un témpano de hielo. ¿Por qué quería que me dijera cosas como la que se le había escapado a la vuelta del bar? ¿Por qué estaba esperando a que hablara como si quisiera que volviéramos y no como si solo me debiera algo?

–No tienes que agradecerme –respondí. Otra vez se hizo silencio.

–No quiero que pienses que estoy jugando contigo –dijo después de un momento.

–¿Por qué pensaría eso?

–Porque me estoy acercando milímetro a milímetro con toda la intención de besarte –un calor repentino me invadió por completo. Era cierto: estaba mucho más cerca que cuando habíamos empezado la conversación–. Después de lo que hice, no creo merecer tu confianza –ya podía sentir su respiración sobre mi rostro–. Está bien si me apartas con una bofetada, lo entiendo –ahora su dedo me retiraba el pelo, acariciándome la mejilla–. Y está bien si prefieres a ese otro chico.

–Luke –dije.

Él se detuvo de inmediato. Quería creer en lo que estaba diciendo y en las sensaciones que me provocaba, pero una parte de mí estaba aterrada del sufrimiento. Si aceptaba que seguía enamorada, no resistiría otra vez si luego me ignoraba.

–Val… –susurró. Ya no había seducción en su voz, solo preocupación y miedo.

—Te amo, nunca dejé de amarte —confesé con los ojos húmedos—. Pero volver contigo sería ir en contra de mis principios. Desde que tuve edad de entender lo que es una relación de pareja, critiqué a esas chicas que se dejan humillar por los chicos y luego vuelven como si nada.

—Jamás me perdonaré por haberte hecho sentir humillada. No quiero que volvamos como si nada —dijo—. Quiero pedirte disculpas todas las veces que pueda y prometerte que nunca volveré a hacer algo tan estúpido. Quiero explicarte por qué lo hice y que…

Lo detuve alzando una mano.

—Quiero olvidarlo. No necesito explicaciones que ya conozco ni que te sientas culpable. Solo quiero que sigamos haciéndonos felices el uno al otro como antes. Que sigamos comprendiéndonos, que sigamos brillando juntos. Y que nunca más te atrevas a dejarme de un modo tan cobarde. ¿Puedes intentarlo, o en esto también te atarás al pasado?

—Lo intentaré con todas mis fuerzas.

—Entonces tienes permiso para besarme.

Volver a sentir sus labios sobre los míos fue una de las sensaciones más increíbles. Fue como volver a respirar un aire puro y diferente, el aire que compartíamos. Sin querer nos dejamos llevar y terminamos haciéndolo en su auto.

—¿Sabes que en este momento estamos cometiendo un delito? ¿Sabes que mis padres no podrán saber que volví contigo y que te veré a escondidas? —susurré contra sus labios, sentada sobre su cadera. Mi pelo rozaba su frente y sus dedos masajeaban mi cuello. Los dos estábamos agitados.

—Odio todo eso. Pero no puedo detenerme —murmuró, y me besó de nuevo.

¡Sorpresa! Luke y yo habíamos vuelto.

35

Decisiones

Después de un rato, volví al asiento del acompañante y Luke me abrazó contra su costado. Cerré los ojos, alentada por la calidez de su cuerpo y su agradable perfume, y guardé silencio. Él me rozó la frente con los labios y después me dio muchos besos suaves.

–Val… –susurró. Su respiración me acariciaba la piel–. Quiero que sepas que no podía dormir sabiendo que estábamos distanciados. Me preguntaba todo el tiempo cómo lo estarías llevando y si te sentirías tan vacía como yo. Supuse que te sentirías peor, porque yo había desaparecido sin dar explicaciones.

Me incorporé y nos miramos.

–Quiero saber qué te dijeron mis padres.

Luke bajó la cabeza.

–¿Para qué? Eso no importa. Los dos sabemos que no quieren que estemos juntos.

–Lo que pasó no fue tu culpa.

–Indirectamente pasó porque estabas a mi lado, y entiendo que tengan miedo.

—En algún momento tendré que decirles que volví contigo.

—Estoy de acuerdo.

Me acarició una mejilla y volvimos a besarnos. Después apoyé la cabeza en su hombro y él empezó a jugar con mi pelo.

—Val…

—Mmm…

—¿Qué vas a hacer con ese chico?

Volví a enderezarme.

—¿Con Dylan? —Luke asintió con la cabeza—. No sé. Supongo que le explicaré que tengo novio. No quiero dejar la banda. ¿Te molesta si sigo tocando con ellos?

Luke suspiró y esbozó una sonrisa apretada.

—No voy a decir que me encanta la idea de que pases más horas de la semana con un chico al que le atraes antes que conmigo, pero tampoco quiero actuar como un novio celoso que te prohíbe cosas. Confío en ti y en que lo mantendrás a raya.

Reí con la expresión; me parecía antigua.

—Te lo prometo —dije—. Yo tampoco lo quiero como más que a un amigo. Solo a ti.

Nos quedamos allí hasta el amanecer, entonces Luke me llevó a casa. Nos despedimos en la esquina; temía que mis padres se dieran cuenta de que él iba en el auto, aunque nunca lo imaginarían: lo último que sabían era que conducía un viejo convertible de su hermano. No lo escuché irse hasta que yo había abierto la puerta.

El lunes pasé a buscar a Liz y fuimos a hacer un trabajo de la escuela a la casa de Glenn. Luego me dirigí al garaje de Dylan para ensayar con la banda. Intentó recibirme con un beso, pero logré esquivarlo con disimulo. No insistió.

Estuvimos hasta tarde practicando *All My Life*. Los primeros ensayos siempre demandaban más tiempo; había bastante para corregir y acomodar. Cuando terminamos, aproveché que los chicos estaban guardando sus instrumentos para acercarme a él y hablarle en voz baja.

–¿Tienes un minuto después de que los chicos se vayan?

–Sí, claro –dijo.

Tom y Diego se fueron con sonrisas cómplices, resultaba evidente que creían que Dylan y yo queríamos pasar tiempo a solas. Él pensó lo mismo porque, en cuanto quedamos solos, intentó darme la mano. Me senté para evitarlo.

–Dylan… Lamento si te di las señales equivocadas, pero estoy enamorada de otra persona.

Se quedó estático; me miraba con expresión de decepción y sorpresa.

–Val… –murmuró–. Cuando te abrazaba, respondías. Creí que…

–Sí, lo siento –intervine–. La verdad es que en un principio quizás me confundí un poco; mi novio y yo habíamos terminado de una manera horrible y me dejé llevar por eso.

–¿Volvieron? –preguntó.

–Sí, volvimos el sábado.

Sonrió, negando con la cabeza.

–Entonces me mentiste. Me dijiste que tu madre te había enviado un mensaje.

Asentí con la cabeza, asumiendo mi conducta.

–Lo siento, no podía explicarte todo esto por chat –nos quedamos callados.

Yo seguía sentada en la banqueta y él de pie en medio del garaje–. No quisiera tener que dejar la banda –continué–. Tocar con ustedes se volvió muy importante para mí.

–Si a tu novio no le molesta que sigamos en la misma banda, no veo por qué tendrías que irte.

Cerré los ojos, aliviada.

–Gracias.

–Lamento si te hice sentir incómoda.

–No, yo lo lamento –respondí, levantándome–. Te quiero. Eres un buen amigo.

–Por favor, Val, no –solicitó él, haciendo un gesto con la mano–. Entiendo que me estás dejando en la *friendzone* solo con lo que dijiste antes, no tienes que hacerlo tan obvio.

Me hizo reír. Apreté los labios y me tragué el resto de mi discurso. Nos despedimos con un abrazo sincero.

A partir de ese día, mi vida tomó un nuevo rumbo, uno mucho más claro que el anterior. Tenía la banda, a mis amigas, a Luke. Claro que mis padres no sabían que, después del bar, siempre terminaba con él. Su padre viajaba mucho por trabajo, así que teníamos la casa solo para nosotros. Nos divertíamos mirando películas, jugando en línea y, por supuesto, usando su cama.

Un domingo almorzamos con su padre y después salimos a dar un paseo en el auto. Teníamos una relación sana y normal, excepto porque mis padres seguían desconociendo el asunto.

–¿Crees que sería conveniente decirles que estoy viviendo con mi padre? –me preguntó Luke. Estábamos en su cama, abrazados y en penumbras. Yo jugaba con sus dedos mientras intentábamos resolver el dilema.

–No sé si eso cambiaría algo. Papá puede que entre en razón, pero mamá… Ella todavía tiene miedo, y el miedo la hará decir cosas injustas.

—Puedo soportarlo si solo se trata de palabras hirientes producto del miedo.

—Eso solo lo hice yo la noche en que nos conocimos y no volverá a suceder —concluí y le besé el hombro. La conversación quedó en eso.

Él seguía tocando con su banda, pero no había vuelto a su barrio. Tampoco había decidido qué haría con su vida ahora que ya no trabajaba en el taller mecánico. Estaba en una especie de limbo, procurando armar una realidad que se ajustara a sus deseos.

El miércoles regresé de la escuela y encontré a mamá hablando con mi padre. Callaron en cuanto me vieron aparecer en la cocina, y ella se giró de espaldas. Era raro que él estuviera ahí, nunca regresaba para el almuerzo.

—¿Qué pasa? —pregunté.

—La banda que te hirió cayó en manos de la policía —explicó papá—. Es posible que vayan a juicio, no solo por tu caso.

Respiré profundo, comprendiendo que el hermano de Luke también podía recibir una condena. Apostaba a que mamá estaba angustiada de solo recordar lo que me había pasado; ver la cara de los que me habían disparado sería aterrador. Eso me llevó a pensar que yo no los había reconocido, entonces…

—¿Cómo saben que son ellos? —pregunté.

—Parece que Luke los reconoció y que, incluso, existía un video. Alguien filmó parte del tiroteo con su teléfono y se veía la matrícula del auto. El coche apareció y, con él, la banda. No sabíamos que eso existía, la policía lo mantuvo en secreto para no poner sobre aviso a esos sujetos.

Papá seguía hablando, y aunque escuché todo, una parte de mí se había quedado en "Luke los reconoció". Tenía que ir a buscarlo, no quería imaginar lo que debía estar sintiendo.

Me dirigí a la puerta de calle.

—Val. ¡Val! —gritó papá. No le hice caso.

Tomé el metro. De pie junto a la puerta, no dejaba de mirar la hora en mi móvil. Entré al chat de Luke y espié su última conexión: era de la mañana.

Corrí las calles que separaban la estación de su casa y toqué el timbre varias veces, desesperada. Betty respondió y bajó a abrirme.

En la casa encontré al señor Foster de pie en la sala. Luke estaba sentado en el sofá, a su lado. Se veía bastante angustiado.

No me preocupé por nuestra imagen ni por lo que el señor Foster pudiera pensar de nosotros. Dejé caer la mochila, me arrodillé frente a Luke y nos abrazamos.

Pasamos un rato así, consolándonos en silencio, hasta que me aparté un poco y le acaricié la mejilla.

—¿Damos una vuelta? —le ofrecí. Supuse que salir de la casa le haría bien.

Luke asintió y se puso de pie al tiempo que me daba la mano. Me despedí del señor Foster, Luke recogió mi mochila y salimos juntos. Estábamos cerca del Central Park, así que decidimos caminar por allí.

—¿Has visto a tu madre o a tu hermano? —le pregunté.

—A mi hermano —contestó él—. Parecía un cadáver; la abstinencia lo está matando.

—Supongo que, en realidad, lo está resucitando —dije. Él asintió.

Me detuve e hice que girara para mirarme a los ojos.

—¿Estás bien?

—Sí —contestó, bajando la cabeza—. Era lo que tenía que suceder. Solo espero que los encarcelen y pasen allí mucho tiempo.

—Ahora vives con tu padre, estarás protegido.

—Me preocupa mi madre. Si bien la policía envió a Servicios Sociales para que la ayudasen, ella no aceptó. Me prometieron que insistirían.

—Tienes que confiar en las autoridades —dije, y no pude contener una sonrisa—. Por cierto... No te conté que decidí estudiar Trabajo Social.

–¿Trabajo Social? –repitió, con expresión entusiasta. Asentí, y él también sonrió–. ¡Es genial, Val! Estoy seguro de que te irá muy bien.

Le rodeé la cara con las manos, me puse de puntillas y lo besé. Había dolor en sus ojos, y quería que volvieran a verse alegres.

Lo que sucedió a continuación me tomó por sorpresa. Alguien me sujetó del brazo y, por un instante, creí que estábamos en peligro de nuevo.

–¡Lo sabía! –gritó mamá–. ¡Sabía que seguías viéndolo!

Jaló de mí, obligándome a retroceder. Papá avanzó sobre Luke y le arrebató mi mochila.

–¿No tienes vergüenza? Eres mayor que ella, ¿no entendiste lo que te dijimos en el hospital?

–¡Papá! –exclamé yo. Luke estaba quieto y agitado; era evidente que tan solo se dejaría maltratar por mis padres.

–¿Qué parte no entendiste de que te queremos lejos de Val? –lloriqueó mamá. Yo intentaba soltarme, pero ella me retenía.

–¿Puedo hablar? –grité–. ¿Pueden escucharme por una vez en la vida?

–¡Tú te callas! –bramó ella–. Confiamos en ti, ¿y así nos pagas? Nos mentiste una vez más, dile adiós a la confianza.

–¡Déjame hablar! –supliqué, desesperada.

–Vete de aquí –le ordenó papá a Luke. Había gente mirando; sin duda no quería más escándalo–. Aléjate ahora mismo. Y si se te ocurre volver a acercarte a Val, llamaremos a la policía.

Papá se volvió para ayudar a mamá, y entre los dos me llevaron al auto, que esperaba en la calle a unos metros. Giré la cabeza para mirar a Luke entre lágrimas: él seguía inmóvil. ¿Por qué no peleaba? ¿Por qué no se defendía? Eran mis padres, pero en ese momento, se merecían una respuesta de su parte.

Mamá se sentó conmigo en el asiento de atrás, papá conducía.

—¡¿Cómo pudieron hacer esto?! –grité, ofuscada–. ¡Luke no tiene la culpa de nada!

—Eres joven y no entiendes –argumentó mamá.

—No puedes decir eso cuando no pasas tiempo con Luke. Eres tú la que no lo conoce. ¡Ni siquiera conoces a tu esposo!

—¡Val! –exclamó papá.

Me mordí la lengua para no seguir hablando. No podía ser tan inmadura de arruinar el matrimonio de mis padres porque ellos arruinaban mi relación con Luke.

—¿Qué más necesitan para entender que Luke no hizo nada malo? –indagué. Lloraba–. Delató a su hermano, ayudó a la policía a encontrar a los sicarios… De ser necesario se arrodillaría para que le perdonaran algo que no hizo.

—Deja de victimizarlo –ordenó mamá, fría–. Dame el teléfono.

—¡¿Qué?! –exclamé yo.

—Lo que oíste: quiero tu móvil ahora –repitió, extendiendo la mano.

Saqué el teléfono del bolsillo y se lo entregué. Después guardé silencio. Cuando estaban nerviosos era imposible dialogar con ellos. Tendría que esperar el momento.

Recordé a Luke todo el camino a casa con dolor en el pecho. Después de que él había sufrido todo el día, yo había fracasado en llevarle algo de consuelo, y a cambio lo había enfrentado a otra pérdida. Me arrepentí de no haber hablado con mis padres antes, de permitir que el ocultamiento pusiera en riesgo a Luke.

No siempre se podían tomar buenas decisiones. A veces hay que equivocarse para entender cuál es el camino correcto. Ahora lo tenía claro.

36

Lo incomprensible

Llegué a casa y me encerré en mi dormitorio. Mamá golpeó a la puerta ordenándome que abriera. No le hice caso; solo quería llorar sobre mi cama. No pude relajarme ni siquiera un poco hasta que se cansó y se alejó.

Entonces me levanté y encendí la computadora. No había conexión a Internet, supuse que mamá la habría cortado. Me había pedido el teléfono, ahora me dejaba sin computadora… No quería que me comunicara con Luke bajo ninguna circunstancia.

Apreté los puños y gruñí con bronca. Volví a arrojarme sobre la cama, consciente de que solo me quedaba retorcerme de dolor.

Pasé una hora preguntándome por qué siempre todo me salía mal. Recordaba el final de mis breves vacaciones con Luke, lo que había pasado hacía un rato en el Central Park e, incluso, al idiota de su amigo Brad. Empezaba a preguntarme si la culpa la tenía la vida o yo cuando escuché un motor conocido. Salté de la cama y me asomé por la ventana: tal como sospechaba, era el coche de Luke. Pero eso no fue todo. La mayor sorpresa sobrevino cuando él bajó del lado del acompañante y del otro, su padre.

Corrí escaleras abajo mientras ellos se acercaban por el camino de entrada. Oí el timbre cuando todavía me faltaban un par de escalones. Llegué a la sala al tiempo que papá abría la puerta y espié por sobre su hombro.

—¿Qué significa esto? —preguntó él.

—¿Señor Clark? —interrogó el padre de Luke. Alto, canoso y de traje, parecía todo un hombre de negocios. ¿Habría ido a negociar?—. Soy Ben Foster, el padre de Luke. ¿Tiene un momento?

Mamá apareció, venía del comedor con un trapo de cocina en la mano. Papá se movió para que Luke y su padre avanzaran. Mientras los adultos se sentaban en los sillones, Luke me habló en voz baja.

—Lo siento. Le supliqué que no viniera, no pude detenerlo —explicó.

—Val —me llamó mamá con voz gélida.

Bajé la cabeza y cumplí su disimulada orden de que me acercara. Terminé sentada entre mis padres, frente a Luke y al señor Foster.

—Luke me contó que trabaja para una compañía de seguros —comenzó el señor Foster, dirigiéndose a mi padre.

—Luke nos dijo que su padre no estaba —respondió papá.

—No estaba en el momento en que él le dijo eso, pero ahora sí —replicó el señor Foster—. Mi compañía es cliente de la suya.

Papá frunció el ceño y se removió en el asiento; se lo notaba nervioso.

—¿Su… compañía? —repitió.

—Sí. Luke está viviendo conmigo ahora y Val ha estado visitándolo en nuestra casa. Pasé tiempo con ella algunas veces, es una chica encantadora.

Mamá me miró con los ojos muy abiertos. Papá se había quedado mudo.

—Val no nos contó nada de eso —explicó mamá—. Nos molesta que haya mentido. ¿Puedo preguntarle dónde vive?

—Cariño —intervino papá—. Acaba de decir que su compañía es cliente de la que a mí me da trabajo.

—Luke y yo vivimos en Upper East Side, cerca de la zona donde los encontraron hoy.

Mamá no se dejó convencer por la compañía del señor Foster ni porque viviera en uno de los barrios más ricos de Nueva York.

—¿Le parece bien que su hijo haya mantenido una relación con nuestra hija a espaldas de nosotros? —replicó—. ¿Tenemos que aceptar que la haya puesto en peligro?

—¿Está segura de eso? —contestó el señor Foster.

—Papá, no —intervino Luke.

El señor Foster omitió el pedido de su hijo y extrajo el teléfono del bolsillo interno de su chaqueta.

—Val, quizás quieras retirarte un momento —propuso.

—No —determiné enseguida.

El señor Foster asintió, buscó algo en el móvil y luego lo sostuvo frente a nosotros. Mamá apretó las manos, papá se quedó sin respiración, mi corazón se sacudió. Era el video del tiroteo.

Comenzaba cuando Luke y yo ya estábamos saliendo del auto. Se oían los disparos, gritos, el motor del coche del que nos habían disparado. Recordaba todo con tanta claridad que temblé de solo ver de nuevo que Luke se detenía delante de mí, dispuesto a protegerme con su cuerpo. Viendo la imagen, me di cuenta de que, cuando él había hecho eso, los tipos todavía seguían disparando.

El video terminó cuando el dueño del teléfono se lanzaba a correr hacia nosotros, después de que el auto de los maleantes se había alejado.

Mamá se cubrió la boca con una mano, tenía los ojos húmedos. Papá tragó con fuerza, estaba anonadado.

—Vete, Val —ordenó mamá, y miró a Luke—. Acompáñala, por favor —pidió.

Los dos nos pusimos de pie al mismo tiempo y fuimos a mi habitación. Me senté en la orilla de la cama, lagrimeando, y Luke me abrazó.

—Lo siento, no tendrías que haber visto eso.

—Podrían haberte matado —susurré, aterrada.

—Tenía que saber quiénes eran.

Me aparté unos centímetros para mirarlo a los ojos.

—¿Qué pasó después de lo del parque? —indagué.

—Fui a casa e hice algo muy vergonzoso —mi ceño fruncido lo animó a continuar—. Lloré delante de mi padre. Lo había estado evitando desde los trece años, pero llegué al límite. Él me había acompañado a la estación de policía, por eso estaba en casa. Cuando le conté lo que había sucedido con tus padres, tuve que decirle también por qué no nos querían juntos. Le conté lo de tu hermana, tuve que decirle todo.

—Está bien —dije, acariciándole una mano. No había razón para que se sintiera culpable.

—Entonces, me prometió que él lo arreglaría y me pidió tu dirección. Me negué a dársela, por supuesto, no quería que viniera. Le bastó llamar al gerente de la compañía de seguros de tu padre para conseguirla. Yo le había contado a qué se dedicaba y mi padre me había dicho que era su aseguradora. Así terminamos en tu casa.

Lo abracé, y él me rodeó la cintura. No podía creer que al fin algo hubiera hecho reaccionar a mamá, que estuviéramos allí, juntos, por orden de ella.

No sé qué hablaron mis padres con el señor Foster, pero nadie nos molestó durante la media hora que permanecimos en mi dormitorio. Nos abrazamos varias veces, nos besamos y descansamos uno en el pecho del otro alternándonos. Finalmente, nos miramos a los ojos tomados de las manos.

—¿Qué haremos ahora que podemos estar juntos sin riesgos ni ocultamientos? —pregunté. Sabía que Luke estaba pensando lo mismo.

—Separarnos —dijo con calma—. Los dos tenemos asuntos internos que resolver antes de brindarnos por completo al otro. Primero debemos ayudarnos a nosotros mismos.

—Sí, lo sé —asentí con lágrimas en los ojos—. Pensaré en ti —le prometí, como al principio de nuestra relación, y le acaricié el rostro.

—Y yo me la pasaré pensando en ti —prometió él, y volvimos a abrazarnos.

Sí. A veces el camino a la madurez es incomprensible. Solo el tiempo le daría sentido.

37

La verdad que libera

"Tenemos asuntos internos que resolver antes de brindarnos por completo al otro".

No podía estar más de acuerdo. Sin embargo, había pasado un mes de esa conversación, y todavía no había terminado de resolver nada.

Mi postulación para la universidad aún no tenía respuesta, y me angustiaba la posibilidad de recibir una negativa. Siendo honesta conmigo misma, no me había preocupado por la escuela desde los trece años hasta que murió Hillie, y temía que eso pesara a la hora de que la universidad me admitiera.

En cuanto al tiroteo, esperábamos al juicio, aunque el abogado nos había dicho que eso podía tardar mucho tiempo. Por el momento, los integrantes de la banda y el hermano de Luke seguían en la cárcel, y eso nos tranquilizaba.

Luke y yo no habíamos vuelto a hablar. Tampoco nos habíamos eliminado de las redes sociales y nos regalábamos un "Me gusta" de vez en cuando, pero nada de conversación. Aun así, sabía que pensábamos el uno en el otro, y cuando aparecía alguna foto de él con su banda, no aguantaba y me metía en su perfil a buscar algunas fotos donde se lo viera de cerca. A veces acariciaba su imagen, quizás como un modo de sentirlo más cerca y de acompañarlo, si acaso lo estaba pasando mal. Deseaba que él estuviera haciendo lo mismo con mi foto.

El resto del tiempo que no ocupaba en esos asuntos, en mis amigas o en el colegio, meditaba la situación de mis padres. Mamá estaba mejor, sin embargo, yo no había logrado que papá admitiera su infidelidad ni que se acercara a la abuela. Eso tenía que terminar.

Una noche les pedí conversar en la sala después de la cena.

—Val, no me asustes —pidió mamá, llevándose una mano al pecho—. Creí que no veías más a Luke y solicitaste tu ingreso a la universidad. Si estás embarazada…

—No, mamá. No estoy embarazada —respondí con calma. Mi corazón había comenzado a latir muy rápido, no sabía cómo empezar—. Es solo que creo que deberíamos hacer lo que Hillie deseó en vida.

Mamá frunció el ceño, noté qué papá tampoco entendía una palabra. Extraje del bolsillo la lista de mi hermana y extendí el papel sobre la mesa. Al lado deposité la copia que había escrito yo.

Mamá se aproximó al borde del sofá para ver mejor. Sus ojos se humedecieron en cuanto reconoció la letra de Hilary: Diez cosas que quiero hacer antes de morir. Sin duda, un centenar de recuerdos se apilaron en su cabeza, y no todos debían ser alegres.

—¿Por qué la copiaste y tachaste casi todo? —interrogó papá con la voz quebrada—. ¿Acaso tú…?

—Estuve cumpliendo sus deseos. Excepto el número seis, claro. Eso, como imaginarán, tan solo se dio —mamá tragó con fuerza cuando lo leyó. Papá me miró, y yo le sostuve la mirada.

—Has cumplido casi todos —susurró mamá, secándose una lágrima.

—Les pedí que nos sentáramos aquí porque creo que hay un deseo que todos deberíamos cumplir.

—¿Hillie quería acercarse a la abuela? —balbuceó papá, ajeno a mis palabras.

—¿Fue por el deseo número cinco que apareciste con ese piercing y por el número cuatro que quisiste ir a la playa con Luke? —siguió indagando mamá; señalaba la lista.

—Sí —respondí. Ella me miró.

—¿Y crees que todos deberíamos acercarnos a la abuela?

—Sí, pero no es ese el deseo al que me refería —suspiré. Ahora venía lo difícil—. Creo que todos deberíamos decir lo que pensamos. Deberíamos decir la verdad, porque la verdad nos liberará de las cargas que llevamos —miré a papá. Su expresión rayaba en el terror.

—No te entrometas en asuntos de adultos, Val, por favor —rogó él.

—¿Me he perdido de algo? —intervino mamá, alternando su mirada entre papá y yo.

—Te sentirás culpable para siempre —siguió diciéndome papá.

—Basta —rogó mamá, haciendo un gesto con las manos—. Creo que entiendo. No necesito que Val se sienta culpable de nada. Ya lo sé. Lo sé desde hace tiempo. ¿Me creían tan estúpida?

Sentí un escalofrío. ¿De verdad sabía de qué estábamos hablando? ¿Cómo podía vivir conociendo la verdad, fingiendo que nada pasaba?

Papá la miró con los ojos muy abiertos; descubrí que él también podía ponerse rojo de vergüenza.

—P... pero... —balbuceó.

Mamá estaba sentada a una prudente distancia de él, con los hombros muy erguidos y la espalda recta. Casi parecía orgullosa de lo que estaba a punto de decir y, por primera vez, me hizo pensar que, quizás, había sido la única valiente de la historia.

—Lo sé desde que comenzó —siguió explicando ella—. Eres un hombre tan bueno que ni siquiera sabes engañar. Dejabas tu teléfono a mi servicio, con todos los mensajes que te enviabas con esa chica. Los leí durante meses hasta que me aburrí de ellos.

—P... pero... —seguía balbuceando él, sorprendido—. ¿Por qué no dijiste nada? ¿Por qué seguiste actuando como siempre?

—No estaba como siempre. De todos modos, debes haber confundido mi dolor como mujer con mi dolor de madre. Mi hija era más importante que cualquier otra cosa, y jamás habría sobrecargado la angustia de Hillie con la separación de sus padres, ni siquiera con una pelea.

»Cuando murió, quedé devastada. No solo acababa de perder a una hija, sino que, además, mi esposo me engañaba. Con el tiempo me di cuenta de que, en realidad, no valía la pena desperdiciar todo lo que habíamos construido por tu aventura.

»Tú no eres ese idiota que envía mensajes calientes. Eres un hombre tierno y amable que, cuando está enamorado, es capaz de decir las cosas que ese chico Luke decía de Val. Que jamás permitirías que me pasara nada malo, que me querías... Él nos dijo en el hospital que la amaba. ¡A nosotros! ¡A los padres, que estábamos echándolo! Así eras tú cuando éramos novios y así eres como esposo y como padre. Lo que le dices a esa chica es un acto desesperado por escapar de una realidad que te duele tanto como a Val y a mí: la realidad de haber perdido una parte de ti, una parte de vida cuando Hillie nos dejó.

»Esta es mi familia, y la defenderé con uñas y dientes; por eso resistí. Por eso sigo resistiendo. Solo hay una cosa que no te perdonaré: que hayas involucrado a nuestra hija en esto, que la hayas hecho mentir. Por lo que dice, intuyo que no soportaba más esconder tu secreto y que ha sufrido por eso. Debiste cuidarla mejor.

En ese punto, yo estaba llorando sin emitir sonido. Papá, en cambio, se cubrió el rostro con las manos y estalló en un llanto sonoro y profundo. Nunca lo había visto así, ni siquiera en el funeral de Hillie.

–Lo siento –suplicó, acongojado, y nos miró–. Por favor, ¡lo lamento! No tengo perdón. Yo… extraño a Hillie. No quiero pensar en ella, ¡no quiero seguir preguntándome por qué no pude salvarla! No había nada que pudiera hacer. Ella se marchaba, su vida se iba apagando, y no resistía verla así. Tú tenías que ocuparte de ella y no podía recargarte con mis preocupaciones. Alex me escuchaba, me contenía. No es una excusa, no tenía derecho a hacerte esto. Fui un egoísta. No me perdones. Lo lamento.

Se levantó y subió las escaleras. Yo estaba agitada; cuando había decidido enfrentar a mis padres con la verdad, no pensé en las consecuencias. ¿Qué sucedería ahora? ¿Cómo seguiría nuestra vida?

Mamá tragó con fuerza. Tenía los ojos húmedos, pero no lloraba. Ella era la única que había llorado lo suficiente antes.

–Disculpa si dije algo que no debiste haber oído –me dijo–. Supongo que no será peor que el modo en que descubriste lo que estaba haciendo tu padre.

–Lo siento –susurré–. No quise acabar con nuestra familia. Yo…

Mamá se levantó y se sentó en el apoyabrazos de mi sillón. Cuando me acarició la espalda, estallé en llanto.

–Val –dijo, preocupada–. Tú no has acabado con nada. Ni siquiera diría que nuestra familia está terminada: está recomenzando. Tu padre se equivocó, es nuestro problema si yo acepto su error o no. Tú no tienes la culpa de nada, jamás debiste quedar involucrada en esto –me levantó la cabeza y me acarició las mejillas para secarme las lágrimas. Su mirada llena de amor me conmovió; hacía tiempo que no me sentía tan amada–. Esta será la última vez que estés envuelta en este asunto. Pase lo que pase, tienes que seguir adelante con tus cosas: tu admisión a la universidad, tus clases de batería, el colegio... ¿Estamos de acuerdo?

Asentí con la cabeza, solo porque no quería preocuparla, pero no podía dejar de sentirme culpable.

Poco después, papá bajó con un bolso, y yo sentí que mi mundo se tambaleaba. Mamá se levantó del apoyabrazos y lo miró. Él bajó la cabeza.

—Creo que lo mejor será que me vaya a un hotel por esta noche. Iré a un hotel, lo juro.

—No hace falta que jures —respondió mamá, fuerte como nunca antes.

Hubiera querido entrometerme y rogarle que se quedara. No lo hice. Si yo quería resolver mis asuntos con Luke solo entre Luke y yo, era lógico que mis padres quisieran lo mismo. Estaban casados desde hacía veinte años, tenían incluso más derecho que nosotros a que nadie se entrometiera en sus problemas.

Papá salió y mamá no lo retuvo. Tan solo suspiró, se cruzó de brazos y dijo que iba a mirar una película. Se mostraba entera, pero yo sabía que estaba sufriendo. Recogí las listas y busqué refugio en mi habitación. Me metí en la cama enseguida.

No dejaba de sentirme culpable. Aunque sabía que había hecho lo correcto, temía haber cometido un error. Me habría dolido que mis padres terminaran como los de Liz. Yo jamás habría perdonado una infidelidad, pero de pronto me encontré rogando que mamá sí perdonara a mi padre. También había dicho que jamás permitiría que un chico se comportara conmigo como se había comportado Luke para dejarme, y sin embargo, había vuelto con él.

Las cosas no siempre eran blancas o negras. Tal como había descubierto hacía un tiempo en casa del señor Foster, existían los grises. Existían razones que llevaban a las personas a actuar de una determinada manera, y esas razones no podían ignorarse.

38

Reencuentros

Dos días después de que la verdad había salido a la luz, papá aún no había regresado a casa. Mamá me dio una explicación antes de que preguntara: él le había dicho que se sentía muy avergonzado y que todavía no podía sentarse a hablar con ninguna de nosotras.

Hacia el fin de semana, me di cuenta de que había pasado a buscar más ropa. Le pregunté a mamá si habían hablado, y ella me dijo que no. Papá solo le había contado que había dejado a Alex y que estaba intentando poner su vida en orden en casa de un amigo; no podía seguir pagando un hotel.

—¿Y qué harás? —pregunté—. ¿Lo perdonarías?

—Nunca dije que tuviera que perdonarlo —contestó mamá—. Seguí adelante confiando en el poder de nuestra familia todo este tiempo; es él quien no puede perdonarse todavía. Tú no te preocupes, Val. Lo que tenga que ser será. Y estoy segura de que será para bien.

Temía que mamá estuviera siendo fuerte por mí, como había sido fuerte por Hilary cuando estaba enferma, y que, en realidad, se estuviera destruyendo poco a poco por dentro. Por lo menos seguía yendo a terapia.

La semana siguiente, regresé de la escuela mientras mamá estaba haciendo un trabajo de decoración en la casa de un cliente. Entré a casa revisando las notificaciones en mi teléfono: había un correo electrónico de la universidad.

Dejé caer la mochila y me senté. No pude volver a moverme; me había puesto tan nerviosa que me transpiraban las manos. Lo más probable era que me hubieran rechazado y que tuviera que pensar en estudiar en otro lado, quizás también en buscar un trabajo mientras intentaba que una universidad me aceptara a pesar de mis deslices académicos.

Suspiré y abrí el correo. Era bastante largo, ¿acaso hacían falta explicaciones para un rechazo?

Empecé a leer muy despacio, con el miedo que me anudaba el estómago:

Estimada Valery, nos complace informarle que...

¿"Nos complace"? A partir de ese momento, empecé a leer como un torbellino.

Llegué al final en segundos: les había gustado mi perspectiva de la sociedad en el ensayo que había enviado, tenían confianza de que pudiera esforzarme al ser la carrera de Trabajo Social lo que me apasionaba y agregaban que me esperaban para comenzar las clases al año siguiente. Entonces, me habían admitido. ¡Había ganado la entrada a la universidad!

Mi corazón empezó a galopar. Estaba tan contenta que me puse de pie y grité. La emoción me llevó a moverme por el comedor, necesitaba compartir con alguien lo que acababa de suceder.

Primero, llamé a mamá. Estalló de alegría cuando le conté. Dijo que traería helado para festejar, y cortamos. Mientras alejaba el teléfono, escuché que empezaba a contarle la noticia a su cliente. Reí y abrí la aplicación de chat. Tragué con fuerza cuando leí "papá".

No resistí y lo llamé. Atendió enseguida, a pesar de que, seguro, estaba trabajando.

—Val, ¿está todo bien? ¿Qué pasa? —preguntó. Sonaba preocupado.

—Nada, no te asustes —me apresuré a responder—. Solo quería contarte que me admitieron en la universidad. ¡Voy a estudiar Trabajo Social!

—¡Oh, Val! —exclamó él; su alegría desbordó el teléfono—. ¡Te felicito! Tenemos que celebrarlo. ¿Qué te parece si las invito a cenar el sábado?

Se me hizo un nudo en la garganta. ¿Acaso podíamos reconstruir nuestra familia? ¿Podíamos volver a ser felices a pesar de lo que él había hecho y de que nos faltaba Hillie?

—Sí —respondí.

—Gracias. Te llamo a la noche —prometió, y cortamos.

Cuando les conté a Liz y a Glenn, la alegría se triplicó por un rato. Después, Liz la apagó con un comentario:

LIZ.

> *Mi universidad pende de un hilo.*

VAL.

> *¿Por qué dices eso? Eres brillante, cualquier universidad te aceptaría mucho más rápido que a mí.*

Era lo que pensaba de verdad.

LIZ.

> *Nada, no importa.*

Liz era así: a veces se cerraba, y nadie podía alejarla de ese estado. Había que esperar a que se le pasara y olvidar el asunto. Cuando algo personal estaba en el medio, ella lo callaba.

Mamá regresó tarde y cansada. Yo había preparado la comida.

—Hoy hablé con papá —le conté, revolviendo las verduras de mi plato.

—Yo también —confesó ella—. Me llamó y me pidió que tomáramos un café.

—¿Y? —aunque no quería entrometerme, la ansiedad me devoraba.

—Le dije que sí. Además, quiere que el sábado vayamos a cenar para festejar que te admitieron en la universidad.

—¿Irás?

—Sí.

Apreté los labios, intentando no reír. No sabía si era correcto alegrarme.

La noche del sábado, me puse muy nerviosa. De verdad sentía que nuestra familia estaba recomenzando, y lo nuevo siempre me producía una temible sensación de incertidumbre.

Mamá y yo fuimos en taxi hasta la puerta del restaurante donde nos esperaba papá. Verlo después de tantos días me hizo sentir vulnerable; lo había extrañado demasiado.

Nos saludamos con un abrazo. Mamá solo le sonrió, y él a ella también.

La cena transcurrió con normalidad. Aunque mamá estaba seria y se notaba que papá seguía avergonzado, entre los tres conseguimos que la situación funcionara. Me preguntaron qué había escrito en mi ensayo, y les confesé que lo había basado en mi experiencia en el tiroteo. Había leído mucho sobre el tema del narcotráfico y las cuestiones sociales que contribuían a que existieran los adictos. Estaban asombrados, y era de esperarse: hasta el año anterior creían que yo no tenía idea de la vida, y de pronto, era casi una universitaria.

—Val, en nuestro encuentro, papá y yo también estuvimos conversando acerca de Luke —dijo mamá—. Queremos que sepas que no nos entrometeremos. En especial, que yo no me opondré. No es una cuestión de dinero, por favor, no malinterpretes. Siempre supimos que era un buen chico; el problema era el entorno en el que estaba involucrado. Si ese entorno ya no existe, no veo por qué no puedes salir con él. Me duele pensar que lo has dejado por mi culpa o que...

—No —me apresuré a aclarar—. Entendimos que ya nadie se opondría a nuestra relación desde que me enviaste a mi dormitorio y le pediste a él que me acompañara. No es por eso que nos tomamos un tiempo.

Mamá asintió. Papá me tomó la mano.

—¿Estás bien con eso? —preguntó.

—Sí, estoy bien. Fue de común acuerdo. Veremos qué pasa más adelante.

Los dos asintieron, y la conversación quedó solo en eso.

Regresé a casa con la ilusión de que todo sería como mamá había predicho: para mejor. Cualquiera que fuese el resultado de esa cena, tenía que ser positivo. Si se separaban o si decidían seguir juntos, teníamos que apostar por una buena relación familiar.

El domingo, papá me pidió que nos encontráramos. Fuimos a una cafetería.

—El otro día tomé un café con tu mamá —explicó—. Si bien me siento avergonzado todavía y creo que jamás podré perdonarme, tampoco quiero que nuestra familia se evapore por mi error. Mamá está dispuesta a que volvamos a empezar, pero me pidió que primero conversara contigo. Tiene razón: te debo una disculpa.

326

—Está bien —dije, alzando una mano—. No quiero que te disculpes, no hay problema.

—No, Val. Sí hay problema.

—Te aseguro que no. No importa qué haya dicho cuando estaba enojada contigo: eres el mejor padre del mundo. Solo te pediré una cosa: sé también el mejor hijo.

Después del café, fuimos a casa de la abuela juntos. Papá miraba el escaparate de la tienda con sorpresa; yo sofoqué la risa intuyendo que él quería ocultar su desaprobación.

Golpeé a la puerta y la abuela abrió enseguida.

—¡Val! —exclamó, con el mismo cariño de siempre, abriendo los brazos para recibirme.

Entonces vio a su hijo, y su mirada se transformó. Apretó los puños delante del pecho y entreabrió los labios.

—Hola, mamá —dijo papá, dando un paso adelante.

—¡Oh, Dean! —susurró la abuela, y se puso a llorar.

Nunca había entendido la razón de la muerte de Hillie hasta ese día. No me había reconciliado con que se hubiera marchado tan temprano hasta que vi que papá y la abuela se abrazaban. Hillie se había ido y nos había dejado como regalo la sanación de todos. Yo no sabía cuántos deseos de su lista ella había llegado a cumplir antes de morir, pero estaba segura de que había cumplido el último: "Hacer algo que valga realmente la pena por alguien". Había hecho algo por todos nosotros.

En casa volví a revisar la lista de deseos y la acaricié pensando en cuánto había pasado desde que me había encontrado con ese papel después de romper un espejo.

No podía creer que ya casi había cumplido con todo, incluso con lo que me propuse no cumplir. Solo faltaba esperar al Año Nuevo.

39

Polvo en el viento

Cada treinta y uno de diciembre, Nueva York es un caos. Mamá y papá no querían que me fuera y que, en lugar de recibir el Año Nuevo con ellos y con la abuela, estuviera en un tumulto de extraños.

—¿De dónde vas a sacar a un chico que quiera darte un beso? —preguntó mamá—. Deja ese deseo para más adelante, cuando tengas novio. ¿En serio te atreves a pedirle un beso a un desconocido?

—Sobran chicos que quieran besar a una chica en Año Nuevo, te lo aseguro —respondió papá. Mamá lo miró con expresión desaprobatoria.

—¿Y si te acompañamos? —insistió ella, buscando mis ojos. Tuve que ahogar la risa para no ceder ante la cara de espanto que puso la abuela a espaldas de mamá. Ella era la única que me entendía, pero no podía entrometerse.

—Solo yo tengo un ticket para pasar las vallas de seguridad. Voy a estar bien, y prometo robarle un beso a un desconocido decente —dije.

—¡¿Se lo vas a robar?! —exclamó mamá.

—Es el último deseo de Hillie. Tengo que terminar lo que me propongo, ¿no me enseñaron eso siempre?

–¡Qué hábil! –exclamó la abuela–. Siempre tergiversa las enseñanzas, ¡a mí me hace lo mismo!

–Ten cuidado –terminó diciendo papá, y me dio un beso en la frente. Los tres me despidieron en la puerta.

En Times Square no cabía un alfiler. Con esfuerzo, me abrí paso entre las personas con gorros y globos de color violeta hasta quedar en un lugar desde donde podía ver la cuenta regresiva. Ni soñaba con tener acceso al escenario, tan solo escuchaba la voz de la cantante que, en ese momento, estaba dando un espectáculo.

La gente gritaba y no dejaba de hablar; casi todos estaban acompañados. Se me anudó el estómago al darme cuenta de que ya había empezado a buscar un chico al que pudiera besar de improviso, fingiendo excitación por el Año Nuevo. Como no había nadie apetecible alrededor, me abrí paso un poco más hasta quedar junto a una posible víctima. Era un chico alto y rubio, bastante corpulento, que podía tener unos diecinueve o veinte años.

–Hola –le dije, sonriendo.

–Hola –respondió.

–Hay mucha gente, ¿verdad? –¡qué tontería! Hubiera deseado ser buena para ligar, pero era pésima–. Al menos, no hace tanto frío.

–Creo que la gente es una buena calefacción –bromeó él.

Me sentí bien cuando reímos juntos. Era un buen candidato para besar. El mejor, hasta que una chica jaló de su brazo.

–¡Te perdí, amor! –exclamó ella, y él la abrazó.

¡Dios! Deseé que me tragara la tierra. Me sentí más sola que una planta en un desierto y fui apartándome del chico despacio, muy despacio, hasta que otra persona se interpuso entre nosotros y, entonces, me sentí en paz. No sería tan fácil cumplir con el deseo de Hillie.

–¡Val! –oí de pronto, y todo en mí se sacudió.

Una mano se apoyó en mi hombro y, muy pronto, alguien estuvo a mi lado. Era Luke.

Se había puesto botas, un jean, una chaqueta de cuero y un gorro gris de lana. Me pareció tan atractivo como siempre, y eso terminó de reavivar mis sentimientos.

—¡Ey! —exclamó, sonriente, en cuanto nuestros ojos se encontraron.

¡No podía creerlo! Todo lo que sentía por él renació en un microsegundo, cada momento compartido volvió a mi mente y me erizó la piel. Por la forma en que me miraba, supe que le pasaba lo mismo. No nos habíamos olvidado. Jamás aceptaríamos el final de nuestra relación.

—¿Cómo estás? –preguntó.

—Bien. ¿Y tú?

—Bien. Leí en tus redes que te admitieron en la universidad. ¡Felicitaciones!

Con que estaba pendiente de mis redes sociales tanto como yo de las de él, solo que no dejaba "Me gusta". Me preguntaba cómo habíamos aguantado sin hablarnos.

—¿Y tú? –indagué–. La verdad, no subes casi nada.

Él rio.

—Sabes que no me gusta mucho eso. Me admitieron también. Voy a ser profesor de Ciencias.

—¡¿Profesor?! –exclamé, asombrada. Luke asintió.

—No recorreré toda África, pero al menos podré explicar lo que me gusta a los demás para que lo amen tanto como yo.

Sonreí e hice un gesto afirmativo con la cabeza.

—Es genial, Luke. Se necesitan profesores apasionados por su asignatura para que aprendamos en serio. ¿Vas a ir muy lejos?

De pronto sentía un vacío, como si todavía fuéramos novios y tuviéramos que separarnos. Bueno, estábamos acostumbrados a eso, pero nunca era agradable. Respiré hondo: no teníamos una relación, así que no importaba si él quería ir a una universidad al otro lado del mapa.

–No. Me admitieron en Columbia.

Sentí un enorme alivio.

–A mí en la Universidad de Nueva York.

Él rio. Deseaba que estuviera sintiendo lo mismo que yo.

–¡Qué bien! –exclamó–. ¿Sabes, Val? En este tiempo pude ordenar mi vida. Todavía nos falta enfrentar el juicio, pero me siento fuerte, y sé que podré con eso. ¿Cómo vas tú?

–B… bien –susurré. No sabía en qué dirección iba la conversación. ¿Sería la que esperaba?–. Te haré un resumen de lo que no está en mis redes sociales: mi madre ya sabía lo de papá. Siguen juntos. Él se reconcilió con la abuela. Fin.

–¡Qué alivio! –exclamó Luke–. Ojalá sea lo mejor.

–Yo creo que sí.

Nos quedamos callados, mirándonos a los ojos. Los dos queríamos decir más, pero lo guardábamos para quién sabía cuándo. Supongo que por dentro nos invadían los mismos sentimientos: miedo, coraje e ilusión.

La cuenta regresiva comenzó, pero no podía prestarle atención.

–Debo decirte la verdad: sabía que estarías aquí –confesó de pronto. Yo tenía los recuerdos atravesados en el pecho de nuevo, y no podía hablar–. Quería sentirme cerca de ti, por eso vine. Jamás pensé que te encontraría. ¿Sabes cuánta gente hay aquí? En las noticias, dijeron que se esperaban más de dos millones de personas. ¡Dos millones, Val! Somos dos gotas en un océano, pero aun así nos encontramos. Eso tiene que significar algo.

–Yo sé lo que significa.

–Yo también.

La multitud empezó a contar los últimos segundos. Nosotros seguíamos mirándonos intensamente, incapaces de movernos. Luke levantó una mano despacio y me acarició la mejilla. Yo tragué con fuerza y arrugué su chaqueta, atrayéndolo hacia mi pecho. Los dedos de Luke se enredaron en mi pelo, y él me aproximó un poco más. Nuestros cuerpos ya estaban muy cerca, nuestro aroma se mezclaba como una hermosa promesa.

Tres, dos, uno…

Entonces me dio un beso. El beso más esperado y el que completaba un deseo. El mío. El suyo. El de Hillie. El de todas las personas que nos rodeaban: ser felices.

Mis manos ascendieron en busca de su cuello y se quedaron allí para acariciarlo. Luke seguía con las palmas en mis mejillas y los dedos apretando con suavidad mi cabeza. Había perdido noción del entorno, solo sabía que Luke estaba conmigo y que, esta vez, sería para siempre.

Unos segundos después, nuestros labios se separaron y nos miramos, sonriendo. Alzamos la cabeza: una lluvia de papelitos caía sobre nosotros como polvo en el viento. Supongo que imitaban nuestras almas, que también se sentían volando por el cielo.

Todo es polvo en el viento: los deseos de cada persona, la vida que debemos aprovechar al máximo. Los instantes compartidos, los sentimientos, los momentos que aguardan en el futuro. Todo se mezclaba cuando estábamos juntos, porque el amor hace eso. Hace que todo cobre sentido.

Epílogo

MIS DESEOS.
La lista definitiva de Valery Clark:

1. Ser feliz y hacer felices a los demás.

2. Aprovechar al máximo el tiempo junto a mis seres queridos.

3. Formar mi propia familia.

4. Recibirme y ayudar a las personas.

5. Pisar todos los continentes para enriquecerme con distintas culturas.

6. Convertirme en una excelente baterista y llenar con la música los corazones de los demás, como se llena el mío mientras toco.

7. Hacer algo que se considere una aventura.

8. Dejarme llevar más por lo imprevisto.

9. Destacarme en algo.

10. Decir con más frecuencia a las personas que las amo.

Playlist de Brillarás

- ▶ Dust in the Wind, Kansas

- ▶ I'm a Ruin, Marina and the Diamonds

- ▶ Everlong, Foo Fighters

- ▶ Have It All, Foo Fighters

- ▶ All My Life, Foo Fighters

- ▶ Goodbye Angels, Red Hot Chili Peppers

- ▶ Aeroplane, Red Hot Chili Peppers

- ▶ Fortune Faded, Red Hot Chili Peppers

- ▶ My Friends, Red Hot Chili Peppers

- ▶ Silent Lucidity, Queensrÿche

- ▶ The Sounds of Silence, Simon & Garfunkel

- ▶ (I Can't Get No) Satisfaction, Rolling Stones

¡QUEREMOS SABER QUÉ TE PARECIÓ LA NOVELA!

Nos puedes escribir a vrya@vreditoras.com

con el título de esta novela en el asunto.

Encuéntranos en

f facebook.com/VRYA México

🐦 twitter.com/vreditorasya

📷 instagram.com/vreditorasya

COMPARTE
tu experiencia con
este libro con el hashtag

#brillarás
🐦 📷 f